HEXENMUSE

DIE HEXEN VON KEATING HOLLOW, BAND 9

DEANNA CHASE

Übersetzt von
HELENA TAMIS

Die Hexen von Keating Hollow 9: Hexenmuse

Originaltitel: Muse of the Witch © 2020 Deanna Chase

Copyright für die deutsche Übersetzung: Die Hexen von Keating Hollow 9: Hexenmuse

© 2022 Helena Tamis

Lektorat: Nadine Manz

Lektorat Original: Angie Ramey

Cover Art: © Ravven

ISBN 978-1-953422-54-5

Deutsche Erstausgabe

Bayou Moon Press, LLC

www.deannachase.com

ÜBER DIESES BUCH

Wanda Danvers ist der Mittelpunkt jeder Party. Sie stellt ihre eigenen Rahmenbedingungen auf und steht niemandem Rede und Antwort. Ihr Liebesleben ist keine Ausnahme, selbst wenn es um den talentierten und attraktiven Cameron Copeland geht. Aber bevor die Sache wirklich in die Gänge kommt, taucht ihre Halbschwester bei ihr auf, die eine Bleibe braucht. Da Wanda sich nun um einen Teenager kümmern muss, wird das Daten kompliziert – genauso kompliziert wie Cameron. Plötzlich will er, dass sie sich festlegt … während Wanda sich geschworen hat, ihre Unabhängigkeit nie aufzugeben.

Cameron Copeland weiß, was er will. Und was er will, ist Wanda Danvers. Er ist bereit, sich auf etwas Ernstes einzulassen, aber wie kann er die bindungsscheue Frau seiner Träume davon überzeugen, wenn er immer wieder für den Job abreist? Als noch ein Teenager in Nöten dazu kommt, hat Cameron so einiges zu tun. Doch als er gerade bereit ist, Wanda zu zeigen, dass sich das Risiko lohnt, bekommt er selbst überraschenden Besuch. Wird Cameron und Wanda alles zu viel, oder finden sie eine Möglichkeit, endlich eine Familie zu werden?

KAPITEL 1

„*D* u hast *was* getragen, als seine Eltern reinkamen?", stieß Abby Townsend hervor. Eine Strähne ihrer langen blonden Haare fiel aus der unordentlichen Hochsteckfrisur, als sie den Kopf in den Nacken legte und lachte.

„Ein durchsichtiges Nachthemd", sagte Wanda mit verzogenem Gesicht. Sie konnte immer noch nicht glauben, dass Camerons Eltern bei ihr hereingeplatzt waren, als sie in seinem Zimmer in der Keating Hollow Pension gewartet hatte, bereit, seine Welt auf den Kopf zu stellen. Er war ein Drehbuchautor, der vor Kurzem nach Keating Hollow gekommen war, um an seinem neuesten Projekt zu arbeiten. Nachdem Wanda und Cameron zusammengekommen waren, hatten sie ein paar heiße Wochen erlebt, ehe er losgezogen war, um an seinem neuesten Film zu arbeiten. Aber er hatte ihr eine Nachricht geschickt, um sie wissen zu lassen, dass er heute Abend wieder in der Stadt sein würde, und sie hatte beschlossen, genau dort weiterzumachen, wo sie aufgehört hatten … Nur dass seine Eltern ihren Avancen einen Riegel vorgeschoben hatten. „Das ist das erste Mal, dass ich die Eltern eines Mannes getroffen habe, während meine Nippel voll sichtbar waren."

„Ach du liebe Götter." Abby legte sich eine Hand über den Mund und schüttelte den Kopf, während Lachtränen sich in ihren blauen Augen sammelten. „Das ist ja mal ein echt krasser erster Eindruck, den du da hingelegt hast. Was hast du dann gemacht?"

„Was denkst du denn?" Wanda nahm einen großen Schluck von ihrem Bier und sah zum sternenübersäten Himmel hinauf. Nachdem Wanda aus der Pension geflohen war, war sie direkt zu Abby gegangen und hatte sie überredet, eine nächtliche Fahrt in Wandas Party-Golfmobil zu unternehmen. Normalerweise wären sie durch die Stadt gefahren, während Prince aus ihrem Sound-System dröhnte, aber in dieser Nacht waren sie unten am Fluss gelandet, um nur zu reden. Wanda trank Bier, während Abby, eine werdende Mutter, an Mineralwasser nippte.

„Ich kann es mir nicht mal vorstellen. Ich hätte mich unter die Decke vergraben und gebetet, dass das Bett mich einfach verschluckt", sagte Abby.

Wanda schnaubte. „So hätte man es auch machen können. Ich allerdings bin aus dem Bett gesprungen und direkt auf die Fresse gefallen. Dann bin ich ruhig ins Bad gegangen, habe mich angezogen und bin mit hocherhobenem Kopf abgedampft."

„Ach, Wanda", sagte Abby, die ihr einen mitfühlenden, doch erheiterten Blick zuwarf. „Das ist … furchtbar und gleichzeitig urkomisch."

„Ich weiß." Wanda stieß ein Seufzen aus. „Jetzt muss ich

mich wohl verstecken, bis Cameron die Stadt verlässt. Wie geht's denn deinem Gästezimmer?"

„Ist voller Babykram." Abby legte die Hände auf ihren kaum sichtbaren Babybauch. „Clay und ich sind womöglich leicht aufgeregt." Ihre Augen funkelten, und sogar unter dem Mondlicht war es unmöglich, den Glanz zu übersehen, der auf ihrer Haut lag.

Wanda liebte es, ihre beste Freundin so glücklich zu sehen. Sie und Clay waren schon an der Highschool zusammen gewesen, aber über zehn Jahre getrennt gewesen, da sie beide die Stadt verlassen hatten, kurz nachdem ihre Freundin Charlotte Pelsh gestorben war. Ihr Tod war tragisch gewesen, und Abby hatte er besonders mitgenommen. Aber sobald sie und Clay wieder in die Stadt gezogen waren, hatten sie es geschafft, ihren Weg zueinander wiederzufinden. Es war für sie beide nicht leicht gewesen, aber sie waren das verliebteste Paar, das Wanda je gekannt hatte. Sie waren die perfekten Vorbilder, was Beziehungen anging. Nur dass Wanda niemals hatte heiraten wollen. Sie war immer glücklicher Single gewesen. Und dann war Cameron Copeland aufgetaucht.

Der Mann richtete einfach etwas mit ihr an. Er war sexy, lustig und locker. Und perfekt für sie. Durch seinen Job musste er für die Arbeit reisen, was bedeutete, dass er sein Leben hatte, und sie hatte ihres. Sie kamen zusammen, wenn er in der Stadt war, und wenn er weg war, vermisste sie ihn schon, aber sie genoss auch ihre Zeit allein und die Tatsache, dass sie niemals irgendjemand anderem außer sich selbst Rede und Antwort stehen musste.

Unabhängigkeit war Wandas zweiter Vorname.

„Kann ich eine Baby-Party für dich schmeißen, oder sind da schon deine Schwestern dahinter?", fragte Wanda Abby. „Du weißt doch, wie sehr ich Partys liebe."

Abby grinste ihre Freundin breit an. „Das würde mich freuen. Ich glaube, Noel ist voll beschäftigt mit meiner süßen Baby-Nichte, darum würde ich mir keine Sorgen machen, dass sie irgendwelche Partypläne hat. Frag aber bei Yvette und Faith nach. Sie haben sich schon bei mir erkundigt, was wir für Zeug brauchen, darum haben sie vermutlich etwas vor."

„Bin dran." Wanda hatte niemals eigene Kinder gewollt, aber es machte ihr durchaus Spaß, die kleinen der Townsend-Schwestern zu verwöhnen. Sie war glücklich damit, die Lieblingstante für die Familie zu spielen, die sie immer behandelt hatte, als würde sie zu ihnen gehören.

„Ich brauche ein Eis", sagte Abby plötzlich. „Nein. Streich das. Leg mal den Gang in diesem Golfmobil ein, und wir fahren zum Brauerei-Pub. Es steht ein warmer Brownie-Eisbrecher auf der Speisekarte, der meinen Namen ruft."

„Bier und Brownie? Das lasse ich mir nicht zweimal sagen." Wanda tat, worum ihre Freundin sie bat, und als sie diesmal die Musik anschaltete, wählte sie „1999" von Prince. Während der Wagen ruckartig anfuhr, dröhnte das Lied aus den Lautsprechern, und blitzende violette Lichter erhellten die Nacht.

„Woohoo!" Abby warf die Arme in die Luft und fing an, das Lied aus vollem Hals mitzusingen.

Wanda warf ihr einen Blick zu und spürte die Freude, die in ihrer Brust aufwogte, wenn sie mit Leuten zusammen war, die sie liebte. Vorhin, als sie vor Cameron und seinen Eltern geflohen war, war sie erniedrigt und verletzt gewesen, als Cameron sie nur als gute Freundin vorgestellt hatte.

Nur eine gute Freundin.

Was sollte das sein? Obwohl sie einander keine Versprechungen gegeben hatten, und sie es nicht auf einen Ring abgesehen hatte, hatte sie trotzdem nicht die

Gewohnheit, sich einfach mit jedem einzulassen. Sie hätte ihre Beziehung bestimmt nicht als *gute Freundschaft* beschrieben.

Sie konnte nicht anders, als auf diese bohrende Stimme zu hören, die fragte: *Was hätte er denn sonst sagen sollen?* Freundin? Die Frau, mit der er ausging? Oder etwas genauer, die Frau, mit der er ins Bett ging?

Wanda stieß ein angeekeltes Brummen aus. Hatte sie den Verstand verloren?

„Was war denn das?", fragte Abby. „Denkst du wieder an Cameron?"

„Wen denn sonst?" Wanda lenkte das Golfmobil auf die Hauptstraße und drehte die Musik auf, damit sie ihre Gedanken nicht äußern musste.

Abby schien die Nachricht erhalten zu haben, denn anstatt weiter zu bohren, sang sie abermals aus vollem Halse bei Prince mit.

Wanda spürte, wie ihre Lippen sich zu einem leichten Lächeln wölbten, während sie lautlos ihrer besten Freundin Abby Townsend dankte.

Fünf Minuten später saßen sie an einem Tisch im Townsend-Brauereipub. Wanda entschied sich für einen der neuen Apfel-Ciders mit höherem Alkoholgehalt, während Abby den Kräutertee trank, den sie höchstpersönlich auf die Speisekarte gesetzt hatte.

„Tee und einen Brownie-Eisbrecher?", fragte Wanda mit einem Lachen. „Sieht nach einer seltsamen Kombination aus."

„Meine andere Option ist heiße Schokolade, aber das wäre zu viel Schokolade, sogar für mich."

„Echt? Seit wann denn das?" Wanda beäugte ihre Freundin und dann den Babybauch. „Ich habe doch gesehen, wie du eine ganze Tüte einzeln verpackter Halloween-Schokoriegel wegputzt und sie dann mit einem Riesenglas Schokomilch runterspülst."

Abby verzog das Gesicht. Dann kicherte sie. „Kannst du das glauben? Ich denke, dieses Baby hat einen eigenen Kopf. Wenn sie mit auch nur einer winzigen Abneigung gegen Schokolade zur Welt kommt, muss ich mich wohl fragen, was für ein Außerirdischer mir das angetan hat, denn kein Kind von mir kann ein Anti-Schokoladen-Gen besitzen."

„Klingt für mich vernünftig", sagte Wanda, um ihre Freundin zu unterstützen, während sie Rhys anlächelte, den stellvertretenden Geschäftsführer des Brauereipubs.

Er hatte die extra großen Brownie-Eisbrecher vor ihnen abgestellt und fragte: „Noch einen Wunsch, die Damen?"

„Heiße Schokolade." Wanda zwinkerte Abby zu. „Zweimal."

Abby stöhnte, verbesserte ihre Freundin jedoch nicht.

Rhys lachte. „Bin dran."

„Du bist der Teufel", sagte Abby, dann schob sie sich einen riesigen Löffel Brownie und Eis in den Mund.

Wanda stürzte sich auf ihren eigenen Eisbrecher, als auf ihrem Handy eine Nachricht summte. Sie ignorierte sie beinahe, doch sie konnte nicht verhindern, dass sie sich fragte, ob Cameron versuchte, sich bei ihr zu melden. Als sie aber einen Blick auf den Bildschirm warf, war es eine Nachricht von einer Nummer, die sie nicht kannte. Sie runzelte die Stirn und tippte auf das Display.

Wanda, hier ist Blake. Wo bist du?

„Blake?", flüsterte Wanda. Sie hatte seit über neun Monaten nicht mehr mit ihrer Halbschwester geredet. Nicht, seit sie und ihr Vater sich gestritten hatten, und er gesagt hatte, er wäre fertig mit ihr. Wanda war erleichtert gewesen. Ihre Beziehung zu ihrem Vater war immer schon ein wilder Ritt gewesen, und der einzige Grund, weshalb sie mit ihm noch Kontakt hatte, lag an ihrer Schwester Blake. Aber als ihr Vater alles abgebrochen hatte, hatte auch ihre Kommunikation mit Blake ein Ende gefunden. Furcht machte sich in Wandas Magen breit. Woher hatte ihre Schwester eine neue Nummer? Sie tippte rasch eine Nachricht, um sie wissen zu lassen, dass sie im Pub war. Dann fügte sie an: *Warum? Wo bist du?*

Auf deiner Veranda.

Wanda machte sich nicht mal die Mühe, zu fragen, warum ihre Schwester in Keating Hollow war. Es gab nur einen Grund, weshalb Blake unangekündigt durch das halbe Land reisen würde. Etwas war mit ihrem Vater passiert. *Der Schlüssel ist unter dem Pflanzentopf mit der aufgemalten Sonnenblume. Geh schon mal rein. Ich bin gleich da.*

„Was ist denn los?", fragte Abby, legte den Löffel auf den Tisch und schenkte Wanda ihre volle Aufmerksamkeit. „Du siehst aus, als würdest du gleich jemanden ermorden wollen."

Wanda warf ein paar Geldscheine auf den Tisch und erhob sich. „Nicht irgendjemanden. Meinen Vater. Tut mir leid, Abs. ich muss los. Blake ist gerade bei mir an der Tür aufgetaucht."

„Blake?" Abbys Augen wurden größer. „Wie denn das? Wohnt sie nicht in North Carolina?"

„Ja, so ist es. Und ich weiß nicht, wie sie hergekommen ist. Eine Siebzehnjährige kann kein Auto mieten." Wandas Magen drehte sich um, während sie versuchte, keine voreiligen Schlüsse zu ziehen. Blake war ein kluges Mädchen. Sicher war sie keine unnötigen Risiken eingegangen. „Ich ruf dich später an."

„Du solltest ihr vielleicht einen Brownie mitnehmen. Wir können ihn schnell einpacken lassen", sagte Abby.

Wanda schüttelte den Kopf. „Nimm du ihn. Ich hab Zeug in meiner Gefriertruhe." Ohne ein weiteres Wort marschierte sie aus der Brauerei, vergaß völlig, dass sie Abbys Mitfahrgelegenheit gewesen war.

Es dauerte nicht lang, bis Wanda an ihrem zweistöckigen Haus im Craftsman-Stil am Rand der Stadt ankam. Das Haus lag in den Hügeln gleich unter dem Berg und hatte einen wunderbaren Blick auf die Stadt und den Fluss. Sie hatte es ein paar Jahre zuvor gekauft, als es repariert werden musste, und sie hatte zahllose Stunden damit verbracht, ihre Küchen- und Badschränke zu erneuern, die Bretter der Veranda auszutauschen und jedes Zimmer zu streichen. Es war ihr Stolz und ihre Freude und Zuflucht.

Ein kleines SUV war in ihrer üblicherweise leeren Zufahrt geparkt, und sie stieß ein erleichtertes Seufzen aus. Ihre Schwester hatte es geschafft, irgendwie an ein Fahrzeug zu kommen. Den Göttern sei es gedankt. Wanda drückte auf die Fernbedienung für ihre Garagentür und fuhr das Golfmobil rein. Als sie aus dem Wagen stieg, lief ihre Schwester in die Garage, ließ einen Beutel fallen und riss Wanda mit ihrer Umarmung fast von den Beinen.

„Ich habe dich so vermisst", sagte Blake, ihre Stimme brach vor lauter Gefühlen, während sie sich ganz fest hielt.

„Ich habe dich auch vermisst, Blake." Wanda hielt sich an ihrer Schwester fest und ließ dann eine Hand über ihre langen, dunklen Haare streichen. Als sie sich zurückzog, konnte sie die Tränen, die über das Gesicht des Teenagers liefen, nicht übersehen. „Was ist passiert?"

„Sie sind einfach ... weg", stieß Blake keuchend hervor.

„Was meinst du mit weg?" Wanda warf dem Teenager einen Blick mit gerunzelter Stirn zu. „Wer ist weg?"

„Mom und Dad." Weitere Tränen liefen ungehindert über ihr Gesicht hinab. „Ich bin von einem Wochenendausflug an den Strand mit Freunden zurückgekommen, und der Großteil ihres Zeugs war weg." Sie holte zitternd Luft. „Mom hat mir eine Nachricht mit einer Prepaid-Kreditkarte hinterlassen und mir gesagt, dass sie untertauchen wollen."

„Untertauchen?", wiederholte Wanda ausdruckslos, versuchte zu verstehen, was ihre Schwester ihr sagen wollte, und schaffte es doch nicht. Hatten sie ein Wohnmobil vollgepackt und waren in die Wüste gefahren oder so? „Was bedeutet das genau?"

Blake schüttelte den Kopf. „Ich weiß es nicht. Dad hat in den letzten Jahren davon geredet, eine Rucksackreise um die Welt zu machen. Aber in letzter Zeit haben sie ..." Sie schluckte schwer. „Mom hat wieder angefangen."

„Und Dad?", fragte Wanda, ihr Herz hämmerte so stark, dass es ihr beinahe aus der Brust hüpfte. Ihr Dad hatte sie und ihre Mom verlassen, als Wanda klein gewesen war. Er war ein funktionstüchtiger Alkoholiker gewesen. Jahre später, als er schließlich Kontakt mit ihr aufgenommen hatte, hatte er ihr erzählt, er wäre trocken. Sie war natürlich glücklich gewesen, doch ihre Beziehung hatte sich niemals erholt. Was Blake anging, war sie immer wieder mal bei ihren Großeltern untergekommen, aber sobald ihr Dad einmal trocken war, war sie auf Dauer zu ihren Eltern gezogen. Nun fragte sich Wanda, wie schlimm genau es geworden war, wenn sie einfach aufgebrochen waren und sie zurückgelassen hatten.

Sie zuckte mit den Schultern. „Ich weiß nicht. Er versteckt es gut."

Es gab so viele Fragen, die Wanda stellen wollte, aber dafür würde später Zeit sein. „Okay. Gehen wir rein. Ich mache heiße Schokolade und besorg dir was zu essen. Dann reden wir weiter."

Blake nickte, starrte aber nur auf ihre Füße. Ihre Hände

bebten, und Wanda konnte sich nicht vorstellen, wie viel Angst sie wohl hatte.

„Blake?"

„Ja?" Sie schaute auf und blinzelte Tränen weg, die immer noch in ihren Augen standen.

„Du bist in Sicherheit, Süße. Mein Haus ist dein Haus. Das verspreche ich. Ganz gleich, was passiert, ich bin für dich da. Verstehst du das?"

Blake nickte wieder, fasste ihren Beutel aber etwas fester.

„Komm schon." Wanda öffnete die Tür der Garage, die in die Küche führte. „Du gehst schon mal nach oben und legst dein Zeug ins Gästezimmer. Das erste Zimmer oben an der Treppe. Ich setze den Kakao auf. Okay?"

„Hast du Marshmallows?", fragte Blake mit einem zerbrechlichen Lächeln.

Wanda grinste. „Was für eine Frage ist das denn? Aber natürlich habe ich die. Mach schnell, oder ich esse sie alle auf."

Wanda zwinkerte ihr zu, erinnerte sich an das eine Mal, als ihr Vater Blake vor etwa sieben Jahren nach Keating Hollow mitgenommen hatte. Es war im Sommer gewesen, und Wanda hatte die ganze Woche damit verbracht, ihre kleine Schwester mit jeder Süßigkeit zu gewinnen, die es gab. Die gerösteten Marshmallows hatten die Sache schließlich besiegelt.

Blake drehte sich um und setzte sich zum Wohnbereich in Bewegung. Aber dann blieb sie stehen und warf einen Blick über die Schulter. Mit einer sehr leisen Stimme sagte sie: „Vielen Dank, Wanda."

Wandas Herz brach beinahe, weil ihre Eltern ihr das angetan hatten. Sie wollte die Arme um die junge Frau legen und sie zusammenhalten, damit sie nicht zerbarst. Denn es war nur allzu deutlich, dass das Mädchen, nun, da es sicher war, sehr wahrscheinlich einen Zusammenbruch bekommen würde. „Ach, Kleine. Es gibt doch nichts zu danken. So sollte Familie doch sein."

Die Tränen standen ihr wieder in den Augen, aber als Blake sich diesmal umdrehte, schien die Anspannung, die ihre Schultern so steif werden ließ, ein wenig nachzulassen. Und Wanda fragte sich, wie lange es dauern würde, bis sie das glückliche, gesprächige Mädchen sah, dass sie vor sieben Jahren kennengelernt hatte.

KAPITEL 2

„Cameron", sagte Emily Copeland mit ihrer Mom-Stimme. Sie stand im Eingang eines ihrer Zimmer in der Keating Hollow Pension. Er war überrascht gewesen, als seine Eltern in letzter Minute beschlossen hatten, zu einem Besuch in das magische Städtchen mitzukommen, aber nicht annähernd so überrascht wie später, als sie bei Wanda hereingeplatzt waren, die fast nackt in einem ihrer Zimmer auf ihn gewartet hatte. „Du folgst jetzt sofort diesem Mädchen. Das ist nicht der Zeitpunkt, die Dinge schleifen zu lassen."

„Sie ist kein Mädchen, Mom", sagte er, sah im Geiste noch einmal das Abbild von Wanda in ihrem sexy durchsichtigen Outfit. Er stöhnte beinahe bei der Erinnerung an ihre üppigen Kurven. Doch als seine Mutter wieder etwas sagte, verzogen sich alle Gedanken an die hübsche Frau, und seine Wangen wurden vor Verlegenheit warm. Warum musste er darüber mit seiner Mutter reden?

„Es braucht eine Menge Mut, ganz zu schweigen von Vertrauen, um einen Mann so zu überraschen", sagte sie, eine

Hand erhoben, während sie auf ihn zeigte. „Ich sag es dir, wenn du nichts tust, um das wieder zu glätten, wird so etwas nie wieder vorkommen. Wenn du eine Frau wie sie glücklich halten willst, such sie jetzt auf und sorge dafür, dass sie erfährt, dass du ihre Bemühungen zu schätzen weißt."

Cameron stöhnte. Es war ja nicht so, dass er nicht zu Wandas Haus loswollte. Jede Zelle seines Körpers brüllte ihn an, genau das zu tun. Aber er fühlte sich seltsam unbehaglich, jetzt, da seine Eltern versuchten, ihn dazu zu drängen. „Bitte hör auf. Das ist keine Hilfe."

„Sie hat recht, Sohn", sagte sein Vater von hinter ihr. Dayton Copeland ragte über seiner Frau auf und zwinkerte seinem Sohn zu, während er hinzufügte: „Geh und such dieses Mädchen, und beendet, was sie angefangen hat."

„Das reicht." Cameron ging hinüber zur Tür, schob sie beide zurück in den Gang. „Diese Unterhaltung ist beendet. Wir sehen uns dann morgen beim Frühstück."

„Nicht zu früh", rief Dayton. „Wir wollen doch nicht, dass du zu eilig vom Haus deiner Freundin zurückmusst."

Cameron schloss die Tür, ohne zu antworten. Wanda war nicht seine Freundin. Oder doch? Nein. Diese Unterhaltung hatten sie nie geführt. Tatsächlich waren sie beide darauf bedacht gewesen, ihre Beziehung gar nicht zu definieren. Was sie hatten, waren ein paar Wochen mit wirklich gutem Sex und viel Gelächter. Das einzige Versprechen, das er gegeben hatte, war, dass er zurückkehren würde. Und sie hatte ihm überhaupt keins gegeben.

Trotzdem war ihm ihre offensichtliche Verärgerung nicht entgangen, als er gesagt hatte, sie wäre eine gute Freundin. Er stieß ein weiteres Stöhnen aus. Es ließ sich nicht leugnen, dass seine Eltern recht hatten. Er sollte zu ihr. Er war nur ein paar

Tage in der Stadt, bevor er wieder zurück ans Set musste, was sollte es also, Zeit zu verschwenden? Ohne einen weiteren Gedanken schnappte er sich sein kleines Handgepäck und den Schlüssel zu seinem Mietwagen und marschierte aus seinem Zimmer.

„Ach, gut", sagte seine Mutter, die ihn überraschte. Sie stand mit einer Porzellantasse in der Hand an ihrer Tür. Sie war wohl nach unten gegangen an die Kaffee- und Teebar, die Noel in der Lobby aufgestellt hatte. „Viel Spaß. Vergiss nicht, aufzupassen. Denk dran, geschützt fühlt sich's besser an."

Cameron schüttelte einfach nur den Kopf und tat so, als würde auf seinem Gesicht nicht die Verlegenheit brennen. „Wir sehen uns morgen, Mutter."

„Mutter." Sie stieß ein Schnauben aus und schob die Tür auf. Kurz bevor sie sich schloss, hörte er, wie sie anfügte: „Er macht es einem so leicht."

Cameron konnte nicht anders. Er lachte leise. Sie hatte ihn absichtlich bedrängt, und das war nur einer der Gründe, weshalb er sie so liebte. Er wusste, dass er Glück hatte. Seine Eltern waren immer locker, witzig und seine größten Unterstützer gewesen. Er wünschte sich einfach nur, sie würden nicht jeden Gedanken mitteilen, der ihnen durch den Kopf ging. Manchmal waren Grenzen etwas Gutes.

Wandas Haus war dunkel, als er den Mietwagen in die Zufahrt fuhr. Es wurde schon spät, und er fragte sich, ob sie bereits ins Bett gegangen war. Aber das sah ihr gar nicht ähnlich. Wanda war eine Nachteule, genau wie er. Nachdem sein Klopfen an der Tür nicht beantwortet wurde, beschloss er, sich ein Scheibchen von Wanda abzuschneiden, und holte den Schlüssel unter dem Topf mit der Sonnenblume hervor. Sobald er drinnen war, rief er nach ihr. Wenn sie zu Hause war, wollte er sie nicht erschrecken. Als sie nicht antwortete, lächelte er vor sich hin und begab sich nach oben.

Es war nicht das erste Mal, dass er in ihrem Haus war, und er ging direkt zu ihrem Schlafzimmer. Er warf einen Blick auf das perfekt gemachte Bett und konnte es kaum erwarten, es mit ihr zu zerwühlen. Während er vor sich hin lächelte, ging er zum Kamin und berührte die Dochte der Kerzen auf ihrem Kaminsims. Sofort entstanden darauf flackernde Flammen. Dann berührte er das Gemälde des Mammutbaumwaldes, sodass der gurgelnde Bach zum Leben erwachte und das Licht, das durch die Bäume fiel, intensiver wurde.

Da er eine Geisthexe war, hatte er einzigartige und ungewöhnliche Fähigkeiten. So war das bei allen Geisthexen, und bei kaum einem von ihnen überschnitten sich die Talente. Cameron hatte als Junge erfahren, dass er die Fähigkeit hatte, verschiedene Elemente zu manipulieren. Seine frühreife Art hatte seine Mutter fast in den Wahnsinn getrieben, etwa, als er das Obst in Kekse verwandelt hatte. Sie schmeckten nie so gut wie echte Kekse, aber sie waren besser als die überreifen Bananen, die seine Mutter am liebsten aß.

Nachdem er ein weiteres Gemälde berührt hatte, einen Garten mit Rosen, lenkte Cameron die Rosenblüten, sodass sie in Richtung Bett schwebten. Die ganze Szene war direkt wie aus einer romantischen Komödie, und vermutlich würde Wanda ihn unnachgiebig aufziehen, aber er wusste, dass sie die Geste trotzdem zu schätzen wissen würde. Als die Stimmung im Schlafzimmer richtig war, ging Cameron über den Gang zu dem großen Bad, um sich auszuziehen. Da er nicht nackt auf dem Bett sitzen wollte wie irgend so ein Pornostar, schlang er sich eines ihrer plüschigen weißen Handtücher um die Taille und wollte schon zurück zum Bett gehen.

Aber sobald Cameron die Tür öffnete, lief er direkt in einen hochgewachsenen Teenager herein. Das Mädchen kreischte und fuhr zurück, die Hand erhoben, als würde sie gleich gegen ihn kämpfen.

„Huch!", rief Cameron überrascht. Einen kurzen Augenblick lang hatte er Panik, während er sich fragte, ob er ins falsche Haus eingebrochen war. Was machte dieser seltsame Teenager hier? Aber sofort gab er diesen Gedanken auf. Natürlich war das Wandas Haus. Er war doch nicht so verwirrt, dass er ihr Haus nicht erkennen würde.

„Wer zum Teufel bist du?", wollte der Teenager wissen. „Bist du Wandas Freund oder was?"

„Ähm, so was in der Art", sagte er, warf einen Blick über die Schulter auf Wandas Bad, wo seine Klamotten in einem gefalteten Stapel lagen. Er machte einen Schritt zurück, während er das Handtuch packte, damit es sich nicht selbstständig machte. „Ich sollte ..."

„Was ist los?", Wandas Stimme trieb über die Stufen herauf.

Cameron hörte ihre Schritte, kurz bevor sie um die Ecke bog und abrupt stehen blieb.

„Cam? Was ist los?" Sie warf einen Blick auf den Teenager und dann zurück zu Cameron.

„Ich bin rüber gekommen, um mit dir zu reden, und als mir klar wurde, dass du nicht zu Hause bist, dachte ich, ich würde dich überraschen, so wie du das vorher bei mir machen wolltest. Ich habe nicht erwartet, dass wir eine *so* ähnliche Erfahrung machen", sagte er, während er den Kopf zu der jüngeren Frau hin neigte.

Wanda blinzelte. Dann stieß sie ein lautes, bellendes Lachen aus. Nachdem sie sich die erheiterten Tränen aus den Augen gewischt hatte, winkte sie zu dem Mädchen hin, das neben ihr stand. „Cameron, dass es meine Schwester Blake. Blake, dass es mein *guter Freund* Cameron."

„Guter Freund, was?", sagte Blake, hob eine Augenbraue genauso, wie Wanda es getan hätte, wenn sie wusste, dass man ihr einen Haufen Schwachsinn erzählte. „Ich erinnere mich nicht daran, dass ein guter Freund mich mal mit nichts als einem Handtuch überrascht hätte, aber wenn du es so nennen willst, sei es so." Sie strich sich die langen Haare zurück, nickte zum Bad hin und fragte: „Wenn ihr mich entschuldigen wollt, ich muss da mal rein."

„Ach ja." Cameron ging ihr aus dem Weg und beobachtete, wie Blake im Bad verschwand, wo seine Kleidung immer noch ordentlich auf der Kommode gefaltet lag.

Wanda grinste zu Cameron auf und schüttelte den Kopf. „Also ... was bringt dich heute Abend her?"

Cameron warf einen betonten Blick hinab auf sein Handtuch und dann zurück zu Wanda. „Ich dachte, das wäre offensichtlich."

„Ja, ich schätze schon." Sie machte einen Schritt auf ihn zu und flüsterte ihm ins Ohr: „Warum ziehst du dir nicht was an und triffst dich dann unten mit mir."

„Würde ich ja, aber es ist alles da drin." Er deutete auf das Bad.

Wanda stieß ein weiteres leises Lachen aus. „Wo auch sonst." Dann schob sie ihn in ihr Schlafzimmer, aber anstatt ihm zu folgen, stellte sie sich in den Eingang und sagte: „Bleib hier, bis meine Schwester fertig ist. Dann zieh dich an und triff dich unten mit mir."

Bevor Cameron noch ein weiteres Wort herausbrachte, grinste sie ihn an und schloss die Tür, ließ ihn allein in ihrem Schlafzimmer. Cameron stieß ein leises Lachen aus und beschloss hier und jetzt, dass Wanda Danvers vielleicht einfach die perfekteste Frau war, der je begegnet war.

Er lauschte auf ihre Schritte, während sie sich nach unten

begab, dann drehte er sich um, um sich das Spektakel anzusehen, dass er in ihrem Zimmer veranstaltet hatte, und schüttelte den Kopf. Es war eine verdammte Schande, dass die ganze Romantik umsonst gewesen war. „Hoffentlich hast du nächstes Mal mehr Glück, Mann", murmelte er vor sich hin.

Nachdem er eine zweite Person die Stufen hatte hinablaufen hören, ging er hinaus in den Flur und zurück ins Bad. Ein paar Minuten später suchte er Wanda in ihrer Küche auf, wo sie sich geschäftig gab und eine frische Kanne Kaffee aufsetzte.

„Wo ist deine Schwester?", fragte er, lehnte sich an den Türrahmen.

Wanda zuckte mit den Schultern und lächelte ihn schwach an. „Überall, bloß nicht hier. Ich schätze, einen nackten Mann in einem Handtuch zu finden, ist etwas aufregender für sie, als sie es sich gewünscht hätte."

„Sie ist nicht die Einzige, die heute Abend mehr bekommen hat, als sie sich gewünscht hätte", sagte Cameron, der sich ihr in der Küche anschloss und ihr eine der Tassen abnahm.

„Nein, ist sie nicht." Wanda ging hinüber zum Frühstückstisch, der in einem Alkoven aufgestellt war, gerahmt von einem Erkerfenster. Sie nahm Platz und lächelte zu ihm auf. „Haben deine Eltern lebenslange Schäden?"

Cameron lachte leise, erinnerte sich daran, dass seine Mutter im befohlen hatte, Wanda nachzustellen, nachdem sie aus der Pension geflohen war. „Du wirst bald verstehen, dass meine Mutter sehr wenige Grenzen kennt. Sie würde sich nie davon beirren lassen, dass sie bei der Geliebten hereinplatzt, die auf ihren Sohn wartet."

„Geliebte? Ich schätze, das trifft es eher als *gute Freunde*", sagte Wanda.

Cameron entging der Sarkasmus in ihrer Stimme nicht. Er

warf ihr einen Blick zu, musterte ihre sorgsam ausdruckslose Miene. „Ist es, aber das ist nicht gerade etwas, das ich vor meiner Mutter kundtun wollte."

„Ich glaube, sie weiß es bereits, Cam", sagte Wanda leise, während ihre Wangen sich rosa färbten.

Verdammt, das war so sexy. Wanda war niemand, der leicht verlegen wurde. Sie war voller Selbstvertrauen und lebte ihr Leben, ohne etwas zu bereuen. Diese Eigenschaften waren der Grund, weshalb er sie so mochte. Aber dass sie rot wurde, weil sie praktisch nackt auf ihn gewartet hatte, ließ ihn zugegebenermaßen innerlich ganz aufgedreht werden. „Klar, aber diese Bestätigung hätte sie nicht von mir gebraucht. Manche Dinge sollten besser hinter verborgenen Türen bleiben."

Ihre Lippen zuckten leicht, während sie den Kopf schüttelte. „Dir ist schon klar, dass die ganze Stadt weiß, dass wir was am Laufen haben?"

„Echt?", fragte er unschuldig. Natürlich wusste er das. Keating Hollow war eine Kleinstadt, und die Bewohner lebten für Gerüchte. Selbst wenn Wanda es niemandem erzählt hätte, hatte jeder gesehen, dass sie zusammen den Weihnachtsball verlassen hatten, und mehr als einer hatte mitbekommen, dass Wanda am nächsten Morgen die Pension in ihrem Ballkleid verlassen hatte, nachdem sie die Nacht in seinem Zimmer verbracht hatten. Ganz zu schweigen davon, dass sie sich nicht gerade in seinem Zimmer versteckt hatten. Sie waren mehrmals in den verschiedenen Restaurants und Cafés essen gegangen.

Sie hob eine Augenbraue und schaute ihn bohrend an.

Cameron lachte leise. „Okay, du hast recht. Sie wissen es. Ich bespreche dennoch nichts davon vor meiner Mutter."

„Gut." Sie wandte ihre Aufmerksamkeit ihrer Kaffeetasse zu.

„Hör mal", sagte er zögernd. „Es tut mir leid, dass ich unsere Beziehung als nur *gute Freunde* bezeichnet habe. Man muss kein Genie sein, um zu merken, dass dir diese Einschätzung nicht recht war."

Wanda atmete durch. „Nein, mir tut es leid. Offensichtlich habe ich die Dinge falsch interpretiert. Es ist ja nicht so, als hätten wir unseren Beziehungsstatus besprochen."

Er griff vor und legte eine Hand über ihre. „Ist doch nicht geheim, dass ich dich mag, Wanda."

„Ich mag dich auch", sagte sie, ihre Augen funkelten im weichen Licht.

„Das höre ich gern. Ich wäre nicht so angetan, wenn ich herausfände, dass du mich nicht magst." Er zwinkerte ihr zu. „Nun, da wir das aus dem Weg geschafft haben, was sagst du? Soll ich dich als meine Freundin bezeichnen?"

Gerade, als sie den Mund öffnen wollte, kam der hochgewachsene Teenager herein. Das Mädchen wedelte mit den Händen und sagte: „Achtet gar nicht auf mich. Ich komme nur, um mir was trinken und einen Snack zu holen. Ihr seid mich gleich wieder los."

Cameron sagte nichts, während er beobachtete, wie sie im Kühlschrank nach einer Limo wühlte und sich dann eine Tüte Brezeln aus dem Vorratsschrank nahm.

Sobald Blake in einen anderen Teil des Hauses verschwunden war, spähte Cameron zu Wanda. „Also …"

„Also …", wiederholte sie und seufzte dann. „Hör mal, Cam. Ich weiß, dass ich mich vorhin aufgeregt habe, als du mich nur *gute Freundin* genannt hast, aber in Wahrheit sind wir doch eben das, oder?"

„Ja, aber …"

Sie hob die Hand, hielt ihn auf.

Er wollte den Abend verzweifelt neu starten lassen. Seine Eltern loswerden und ihnen kurzzeitig eine Unterkunft buchen, oder sie in Eureka unterbringen, irgendwo, nur nicht der Pension von Keating Hollow, wo sie bei Wanda hereingeplatzt waren. Denn allmählich sah es so aus, als würde Wanda fest in die Bremsen steigen. Und das war das letzte, was er wollte.

„Es tut mir leid. Heute Abend war komisch. Erst deine Eltern, und jetzt ist meine kleine Schwester plötzlich da. Meinst du, wir können wann anders darüber reden?"

Cameron musterte ihre Miene. Sie tat ihr Bestes, um ihren Stress zu verstecken, aber es ließ sich nicht leugnen, dass sie angespannt war, als sie die Schultern hob, oder wie sie immer wieder den Nacken dehnte, als hätte sie da eine Verspannung. Beides war nicht typisch für die Frau, die ihm gegenüber saß. „Natürlich. Es tut mir leid, dass ich hereingeplatzt bin", sagte er, während er aufstand. „Ich wollte nur, dass dir klar ist, wie sehr ich es zu schätzen wusste, dich dort zu finden, wo eigentlich mein Zimmer hätte sein sollen. Wären die Dinge für uns nicht so schlecht gelaufen, hätte ich jeden Augenblick unserer Nacht zusammen genossen."

„Ich auch." Wanda erhob sich und ging hinüber, um ihren Arm durch seinen zu schieben. „Aber zunächst mal muss ich mit meiner Schwester reden. Kann ich dich morgen anrufen?"

„Darauf zähle ich." Er drückte ihr einen sanften Kuss auf die Wange und öffnete die Eingangstür.

Wanda folgte ihm nach draußen, und in dem Augenblick, in dem sie auf der Veranda waren, schloss sie die Tür, dann presste sie ihn an das Geländer, ihre Lippen waren nur noch einen Zentimeter von seinen entfernt.

Cameron stockte der Atem, während sein Körper sofort auf

sie reagierte. „So verabschiede ich mich normalerweise nicht von einem guten Freund", scherzte er.

Ihre Augen glitzerten im Mondlicht. „Ich auch nicht." Dann drückte sie ihre Lippen auf seine und küsste ihn mit allem, was sie hatte.

KAPITEL 3

*W*andas Lippen prickelten noch, als sie zurück in ihr Haus ging. Es hatte sie jedes letzte bisschen Willenskraft gekostet, Cameron wegzuschicken, ihn nicht als ihren Freund für sich zu beanspruchen, als er sie gebeten hatte, festzulegen, was sie füreinander waren. Bei den Göttern, sie hatte es gewollt, und das hatte ihr, mehr als alles andere, eine Heidenangst eingejagt. Wanda war niemand, der sich in Beziehungen stürzte, besonders nicht schon nach ein paar Wochen, von denen sie den Großteil in unterschiedlichen Städten verbracht hatten. Es war zu früh, und sie hatte ihre Schwester, um die sie sich Sorgen machen musste.

„Es überrascht mich, dass du deinen Freund nicht einfach nur ins Schlafzimmer geschleppt und dich mit ihm vergnügt hast", sagte Blake, die in einem großen Polstersessel in der Ecke des Wohnzimmers zusammengerollt war.

Wanda zuckte zusammen, während ihr das Herz beinahe aus der Brust sprang. „Heilige Scheiße, Blake. Du hast mir einen richtigen Schrecken eingejagt."

Ihre Schwester lachte leise. „Tut mir leid. Ich dachte, du hättest mich gesehen, als du diesen heißen Mann da rausgeschleppt hast."

Wanda ging hinüber zum Ende des Sofas und setzte sich. „Reich mir ein paar Brezeln."

Blake gab Wanda die Tüte und sagte: „Ich habe genug davon."

„Danke." Wanda aß ein paar Brezeln und beobachtete dann ihre Schwester, kniff die Augen zusammen, als ihr klar wurde, dass das Auto in der Zufahrt Cameron gehört hatte, nicht Blake. „Wie bist du hierhergekommen?"

Blake wandte den Blick ab und musterte das Gemälde des Dorfes, das an Wandas Wand hing.

Nach einem Augenblick völligen Schweigens räusperte sich Wanda. „Blake? Antworte mir. Wie bist du nach Kalifornien gekommen?"

„Ich habe eine Busfahrkarte gekauft."

„Mit dem Bus!" Wanda setzte sich kerzengerade hin, ihr ganzer Körper war starr. „Du hast einen Bus von North Carolina bis ganz nach Eureka genommen? Wie viele Tage sind das denn?"

„Vier", flüsterte sie.

„Vier Tage!" Wandas Blutdruck ging durch die Decke, als eine Reihe schrecklicher Gedanken durch ihren Verstand gingen. Ihre wunderschöne junge Schwester hatte gerade vier Tage im Bus verbracht, war quer durch das Land gefahren. Niemand hatte gewusst, wo sie war, und es hätte alles passieren können. „Warum hast du mich nicht einfach angerufen? Ich hätte dir einen Flug besorgt."

„Ich hatte deine Nummer nicht", sagte sie, plötzlich klang sie erschöpft. „Ich habe sie von der Frau in der Pension bekommen. Dort habe ich Halt gemacht, weil ich mir dachte, dass ich mir vielleicht dort ein Zimmer nehmen würde, wenn es sein muss, aber Noel sagte, sie würde dich kennen, und gab mir deine Nummer, nachdem sie mich gezwungen hat, ein Sandwich zu essen."

Wanda wollte Noel küssen, weil sie sich um ihre Schwester gekümmert hatte. „Will ich überhaupt wissen, wie du von Eureka hergekommen bist?" Der Bus fuhr nicht zwischen den beiden Städten. Die einzigen Optionen waren Privatfahrzeuge und Taxis.

„Nein." Blakes Lippen bildeten ein *O*, als sie gähnte. Nachdem sie sich die überlaufenden Augen abgewischt hatte, fügte sie an: „Keine Sorge, ich habe schon vorher ihre Energie gescannt, bevor ich in ihr Auto gestiegen bin."

„Du bist per Anhalter gefahren?" Wanda war bereit, gleich aus der Haut zu fahren. „Bist du wahnsinnig?"

„Nein", sagte sie mit einem abwehrenden Handwedeln. „Ich habe am Busbahnhof gefragt, ob jemand unterwegs nach Keating Hollow ist, und ob ich mitfahren könnte, falls das so wäre. Eine Frau namens Hope hat gerade ihren Bruder rausgelassen und sagte, ich könne mit ihr fahren. Wäre sie eine Serienmörderin gewesen, wäre mir das vermutlich aufgefallen."

„Hope Garber? Blonde Haare, Anfang zwanzig?", fragte Wanda, die bereits spürte, wie die Anspannung in ihren Gliedern nachließ. Hope war Abby Townsends Halbschwester. Wenn Blake mit ihr gefahren war, war sie vollkommen sicher gewesen. Den Göttern sei es gedankt.

„Ja. Das ist sie. Sie war echt nett und wollte nicht mal Benzingeld von mir annehmen."

„Das klingt nach Hope." Wanda merkte sich vor, der Frau

einen Korb voller selbst gebackener Kekse zu machen, als Dankeschön dafür, dass sie sich um Blake gekümmert hatte. Sie wollte nicht einmal daran denken, was hätte passieren können, wenn ihre Schwester eine Fahrt von irgendeinem Fremden bekommen hätte. Natürlich verlieh Blakes magische Fähigkeit ihr einen ziemlichen Vorteil.

Wanda beäugte ihre Schwester nachdenklich. Da Wanda im Lauf der Jahre eine Menge Zeit mit Blake verbracht hatte, vergaß sie oft ihre Fertigkeiten als Geisthexe, die zuließen, dass sie die Energie einer Person deutete, was man häufig auch als die Aura einer Person bezeichnete. Sie konnte sich ein Gefühl ihres allgemeinen Daseinszustandes verschaffen. Ob sie traurig waren, glücklich, zurückhaltend, keine Gefühle zeigten. So etwas. Das leistete ihr gute Dienste, wenn sie Leute einschätzen wollte. Eine Geisthexe zu sein, war etwas, was Blake mit Cameron gemein hatte. Wanda war von ihren einzigartigen Fähigkeiten oft beeindruckt. Dagegen war Wanda nur eine Feuerhexe, und alles, was sie wirklich tun konnte, war, dieses eine Element zu manipulieren. Im Winter war es hilfreich, wenn sie ein niemals endendes Feuer wollte, aber alles in allem nutzte sie ihre Gabe nicht gerade regelmäßig. Wozu brauchte sie denn als Immobilienmaklerin Feuer?

Blake hielt ihre Dose Limo und ließ den Blick abgewandt, als hoffte sie, sie würde sich einfach nur in Luft auflösen, um der kommenden Unterhaltung auszuweichen.

Das würde Wanda nicht zulassen. Eine Unterhaltung fing man am besten an, indem man gleich zum Punkt kam. Sie holte tief Luft und sagte: „Ich glaube, du erzählst mir besser mal, was los ist."

„Was gibt es da zu erzählen? Die Eltern sind abgehauen, also habe ich es auch gemacht." Blakes Tonfall war locker, als würde es ihr nichts ausmachen, dass ihre Eltern weg waren. Aber Wanda ließ sich nicht täuschen. Die Augen ihrer Schwester waren beinahe schon gequält, und ihr Gesicht war vor Anspannung ganz verkniffen.

„Komm schon, Schwester. Wie lange nehmen sie schon wieder Drogen? Hat in der Nachricht irgendwas darüber gestanden, wann sie wieder zurück sind? Und was ist mit deinen Großeltern? Wissen die, was los ist?"

„Nein, nein und nein." Blake legte sich eine Hand über die Augen, und einen Augenblick später stieß sie ein leises Schluchzen aus.

Heiliger Hexenb... Wanda verfluchte sich. Sie hätte Blake nicht so sehr drängen sollen, ihre Fragen zu beantworten. Das Mädchen hatte gerade vier Tage damit verbracht, im Bus zu fahren, nachdem sie herausgefunden hatte, dass ihre Eltern einfach gegangen waren und sie sich selbst überlassen hatten. Was Blake brauchte, war ein sicherer Ort zum Ausruhen, was zu essen, und jemand, der ihr erhalten blieb, damit ihr klar wurde, dass sie in Sicherheit war. Wanda schob sich von der Couch und trat vor, um sich vor ihre Schwester zu knien. „Hey", sagte sie leise. „Du weißt, dass ich für dich da bin. Was immer du brauchst, ja?"

Blake nickte, aber sie nahm die Hand nicht weg.

„Ganz gleich, was nötig ist", fügte Wanda an, wollte die junge Frau unbedingt in die Arme nehmen und festhalten. Aber so, wie Blake sich zusammenrollte, war klar, dass sie sich völlig verschlossen hatte, und Wanda würde sich ihr nicht aufdrängen. „Mein Gästezimmer gehört dir, solange du es willst." Teufel, soweit es Wanda betraf, würde Blake niemals wieder gehen. Nicht, wenn es nach ihr ging. Ihre Eltern hatten ganz und gar nicht das Zeug dazu, das Sorgerecht für Blake zu behalten, selbst wenn sie siebzehn und fast schon erwachsen war. Ihre Schwester brauchte jemanden, der für sie einstand, und Wanda war entschlossen, derjenige zu sein. Sie konnte nicht dasitzen und zulassen, dass sie wieder verletzt wurde.

„Vielen Dank", zwang Blake hervor. Sie schnappte bebend nach Luft, nahm die Hände von den Augen und schaute Wanda mit entschlossener Miene an. „Sobald wir mit Oma reden, bin ich sicher, sie schickt mir ein Flugticket, und ich lass dich wieder in Ruhe."

„Du hast sie noch nicht angerufen?" Wanda runzelte die Stirn, fragte sich verspätet, weshalb Blake sich nicht bei den Eltern ihrer Mutter gemeldet hatte. Sie waren diejenigen, die das Sorgerecht für sie gehabt hatten, bevor ihre Eltern clean geworden waren. Ganz ohne Zweifel hätten sie getan, was nötig war, um sie nach Maine zu holen, wo sie wohnten.

Tränen traten in Blakes Augen, aber sie wischte sie rasch weg, während sie sich räusperte. „Opa ist vor sechs Monaten gestorben. Herzinfarkt."

„O nein, Blake. Das tut mir so leid, meine Liebe", sagte Wanda. „Das wusste ich nicht."

„Offensichtlich nicht." Sie warf einen Blick aus dem Fenster. „Oma ist danach näher zu meiner Tante in Vermont gezogen, und ich habe ihre Telefonnummer nicht. Omas alte ist nicht mehr registriert. Also bin ich hergekommen. Ich bin mir sicher, sobald wir Oma aufspüren, kann ich dich in Ruhe lassen."

Wanda brach beinahe das Herz um ihrer Schwester willen. Sie wusste, was es bedeutete, verlassen zu werden und schließlich allein zu sein. Ihr Vater hatte sie verlassen, als sie jung gewesen war, und nachdem dann ihre Mutter gestorben war, hatte Wanda niemanden mehr gehabt. Na ja, niemanden bis auf die Townsends. Lincoln Townsend, Abbys Vater, war immer für sie da gewesen, aber sie hatte keine eigene Familie gehabt, auf die sie sich verlassen konnte. Der einzige Unterschied zwischen Wanda und Blake war, dass Wanda bereits aus dem College gewesen war, als ihre Mutter gestorben war. Sie war kein Teenager gewesen, der noch versuchte, herauszukriegen, wie man überleben konnte.

„Blake, du störst mich doch nicht", sagte Wanda, sah ihrer Schwester in die Augen. „Du bist hier immer willkommen, egal, wie lange du hier sein möchtest. Okay?"

„Ja, klar", sagte sie leise, während sie wegschaute. Dann entwich ihr ein weiteres Gähnen, und sie legte sich eine Hand über den Mund. „Tut mir leid. Das war eine anstrengende Woche."

Wanda ging zu ihr hinüber, zog sie auf die Beine, dann nahm sie sie in eine riesige Umarmung, hielt sie fest, als würde sie buchstäblich versuchen, das Mädchen zusammenzuhalten. „Ich bin froh, dass du hier bist, und dass du in Sicherheit bist. Es tut mir so leid, was Dad und deine Mutter getan haben. Du hast Besseres verdient."

Blake klammerte sich an sie, und ihr Körper bebte leicht.

Wanda kniff die Augen zu, versuchte, nicht zu weinen. „Ich liebe dich, und ich will, dass du immer daran denkst, ganz gleich, was sie getan haben, du bist nicht entbehrlich. Verstehst du das?"

Ihre Schwester nickte, obwohl sie weiterhin den Kopf an Wandas Schulter geborgen hielt.

Die beiden standen eine lange Zeit zusammen, die Arme umeinander geschlungen, bis Blake sich schließlich zurückzog und sagte: „Danke."

„Da gibt es nichts zu danken. Wir sind Familie." Sie lächelte sie an. „Jetzt komm schon. Schlafen wir ein bisschen. Morgen sehen die Dinge besser aus."

„Ja. Okay." Blake schlurfte zu den Stufen.

Wanda folgte ihr mit schwerem Herzen wegen dem, was Blakes Eltern getan hatten. Doch als sie zusah, wie ihre Schwester durch das Haus ging, schwor sie, dass ganz gleich, was geschah, Blake niemals wieder allein sein würde. Nicht, wenn es nach Wanda ging.

KAPITEL 4

"*C*ameron Copeland!", tadelte seine Mutter ungläubig, als sie in die Lobby der Pension von Keating Hollow trat. Sie stemmte die Hände in die Hüften und beäugte ihn, während er sich eine Tasse Kaffee vom Tresen mit dem kostenlosen Frühstück nahm. „Wieso bist du denn so früh zurück? Erzähl mir doch nicht, dass du mitten in der Nacht aufgestanden bist und diese wunderbare Frau allein in ihrem Bett gelassen hast. Du solltest dort drüben sein und ihr Frühstück machen und sie wie eine Göttin behandeln." Sie gab ein missbilligendes Geräusch von sich. „Habe ich dir denn gar nichts beigebracht?"

Noel Townsend, die sich ein Baby an die Schulter gelegt hatte, kicherte auf ihrem Platz hinter dem Rezeptionstresen.

Camerons Gesicht wurde warm, und er räusperte sich. „Ich halte das nicht für ein angemessenes Gesprächsthema mit meiner Mutter."

„Ist es verflixt noch mal auch nicht. *Mein* Sohn würde doch keine Frau behandeln, als wäre sie nur eine heiße Nummer fürs Bett." Emily Copeland warf ihm einen starren Blick zu, der ihn mehr oder weniger herausforderte, etwas dagegen einzuwenden.

In dem Wissen, dass er den Streit niemals gewinnen würde, gab Cameron den Gedanken auf, dass er irgendeine Art Privatsphäre aufrechterhalten konnte, und sagte: „Wenn du es unbedingt wissen musst, bin ich losgegangen, um mich mit Wanda zu treffen, aber nur ein paar Minuten lang. Ihre Schwester ist unerwartet zu ihr gekommen, und ich war nicht eingeladen, dortzubleiben."

„Oh. Ich verstehe." Die Miene seiner Mutter wandelte sich zu erheitertem Mitgefühl. „Das tut mir leid zu hören. Es klingt, als hättet ihr beiden ein schreckliches Timing."

„Das kannst du laut sagen." Cameron zuckte mit den Schultern, wollte jeglicher Diskussion über sein nicht existentes Sex-Leben aus dem Weg gehen.

„Redest du von Blake?", fragte Noel.

„Ja, das ist Wandas Schwester. Warum? Ist irgendwas passiert?", wollte Cameron wissen, der sich fragte, ob über Nacht irgendwelche Schwierigkeiten entstanden waren. Er hatte Wanda am Vormittag anrufen wollen, sich aber zurückgehalten, damit er nicht als notgeiler Typ rüberkam, wenn sie mit Familienkram zu tun hatte.

„Nein. Nicht wirklich", sagte Noel mit gerunzelter Stirn. „Hope hat sie hier rausgelassen, nachdem sie sie vom Busbahnhof in Eureka nach Keating Hollow mitgenommen hat. Ich habe ihr was zu essen gegeben und Wandas Nummer und Adresse, nachdem sie gesagt hat, sie würde nach ihr suchen. Sie wirkte müde und etwas verängstigt, war aber auf keinen Fall daran interessiert, Einzelheiten darüber zu teilen, woher sie gekommen ist oder wie sie es hierher geschafft hat. Ich habe mir Sorgen um sie gemacht und gehofft, dass alles in Ordnung ist."

„Verdammt. Das klingt nicht gut", murmelte Cameron und spürte, wie sein Gesicht warm wurde. Wanda hatte ihm erzählt, dass ihre Schwester unerwartet eingetroffen wäre, aber ihm war nicht aufgefallen, dass vielleicht etwas nicht stimmte. Blake hatte ganz in Ordnung gewirkt, als sie ihn nur im Handtuch erwischt hatte, aber vielleicht war das einfach die Ablenkung gewesen, die sie gebraucht hatte, um ihre Gedanken von den Schwierigkeiten abzubringen. Trotzdem kam sich Cameron wie ein Esel vor, weil er in etwas hineingeplatzt war, das vielleicht ein Familiennotfall gewesen war. Es gab gar keine Frage; er musste seinen Stolz später schlucken und Wanda anrufen, um sicherzugehen, dass es ihr und ihrer Schwester gut ging.

„Was immer es ist, Wanda wird sich um sie kümmern", sagte Noel mit völliger Überzeugung.

Cameron nickte. Daran gab es keinen Zweifel. Cameron hatte noch niemals eine Frau mit einem größeren Herzen getroffen. Er wandte sich an seine Mutter. „Ich muss heute Vormittag zu einem Geschäftstreffen mit Miranda. Könnt du und Dad euch mit mir zum Mittagessen in der Townsend-Brauerei treffen?"

„Klar, mein Lieber. Dein Vater und ich werden eine Weile durch dieses hübsche Städtchen spazieren, und wir können dich dort etwa um eins treffen. Geht das?"

Er nickte und beugte sich vor, um sie auf die Wange zu küssen. „Viel Spaß."

„Ach, warte, Liebling." Seine Mutter legte ihm ihre kleine Hand um das Handgelenk, hielt ihn auf. „Nach all der Aufregung von gestern Abend habe ich vergessen, dir zu sagen, dass ich einen Anruf von einem jungen Mann erhalten habe, der sagte, er wäre Victorias Sohn. Er wollte sich mit dir in Verbindung setzen."

„Victoria?" Cameron durchwühlte seine Gedanken, versuchte einzuordnen, wer das sein könnte, aber er hatte keine Ahnung. „Ich kenne niemanden, der so heißt."

„Aber natürlich, Cam", sagte seine Mutter leicht verärgert. „Victoria. Dieses süße Mädchen, mit dem du an deinem ersten Jahr im College zusammen warst."

„Tori?" Cameron runzelte die Stirn, als ein alter, vertrauter dumpfer Schmerz wieder in seiner Brust aufkam. Tori war seine erste Liebe gewesen. Diejenige, die ihm das Herz gebrochen hatte, als sie ihm einen Brief voller Floskeln hinterlassen hatte und aus seinem Leben verschwunden war. Er war so in sie verliebt gewesen, und als nächstes war sie ohne eine Erklärung fort, nur eine hastig verfasste Entschuldigung mit der Bitte an ihn, sie nicht zu hassen. Es hatte nicht funktioniert. Nachdem er über die Verzweiflung hinweg war, hatte Zorn all die Sprünge in seinem Herz aufgefüllt. Er war lange so richtig durch den Wind gewesen. Dann hatte er die Beziehung hinter sich gelassen und geschworen, es fortan immer locker zu halten. Und das hatte er in den letzten zwanzig Jahren auch so gemacht. „Sie hat einen Sohn?"

„So scheint es", sagte sie.

„Was will er denn von mir?"

„Ich weiß es nicht, Liebling." Sie zog eine ihrer eigenen Visitenkarten aus der Handtasche und reichte sie ihm. „Hinten drauf steht eine Nummer. Warum rufst du ihn denn nicht an und findest es raus?"

Das war unwahrscheinlich. Cameron konnte sich nur einen Grund vorstellen, weshalb irgendein Junge, dem er nie begegnet war, ihn anrufen sollte – seine Verbindungen in Hollywood. Cameron war ein wohlbekannter Drehbuchautor, der an zwei hochrangigen Projekten arbeitete. Er hatte nicht nur keine Zeit, um jemandem als Mentor zu dienen, er hatte auf die harte Tour gelernt, dass die meisten Leute, die um Hilfe baten, nicht mal annähernd bereit waren, im Scheinwerferlicht zu stehen. Toris Sohn würde sich hocharbeiten müssen wie jeder andere auch. Trotzdem nahm er die Karte an, um seine Mutter zu besänftigen, und murmelte etwas davon, dass er vielleicht später anrufen würde.

Seine Mutter starrte ihn wissend nieder. „Du wirst ihn nicht zurückrufen, oder?"

Cameron zuckte mit den Schultern und wechselte das Thema. „Ich muss los. Wir sehen uns dann später zum Mittagessen."

Er hörte, wie seine Mutter ein Seufzen ausstieß, kurz bevor er hinaus auf die Hauptstraße verschwand.

„Cameron!", rief Miranda Moon, die in einem silbernen Korsettkleid und schwarzen Overknee-Stiefeln über das Kopfsteinpflaster marschierte.

„Hey, Partner", sagte Cameron, der schneller wurde, um ihr entgegenzugehen. Nach einer raschen Umarmung hielt er die schöne Brünette ein Stück weit von sich weg und musterte ihr Outfit. „Was sollen denn diese winzigen Samtschleifen? Das sieht doch selbst für dich ein wenig arg süß aus, oder nicht?"

Miranda strich mit einem Finger über den zarten schwarzen Saum und wurde rot. Sie wurde tatsächlich rot. „Es ist romantisch", sagte Miranda, ihre Lippen wölbten sich zu einem scheuen Lächeln. „Ich schätze, ich bin ein bisschen weicher geworden und habe die Persönlichkeit, die nur schwarz trägt, hinter mir gelassen."

Cameron schnaubte. „Ach was. Sieht aus, als hätte Gideon deine Kanten geglättet."

„Er macht mehr als das", sagte sie mit einem gerissenen

Lächeln. „Aber das ist eine Unterhaltung für wann anders. Bist du bereit, an die Arbeit zu gehen?"

„Aber so was von."

~

DER GERUCH nach frischem Kaffee lag in der Luft, während Camerons Finger über die Tastatur flogen. Miranda saß ihm gegenüber und las die Überarbeitungen, die sie an dem Drehbuch vorgenommen hatten, das sie vor ein paar Monaten verkauft hatten. Der Sender war mit Notizen bei ihnen aufgeschlagen und hatte um Veränderungen gebeten, bevor sie mit dem Dreh begannen.

Als die letzte Änderung abgeschlossen war, lehnte Cameron sich in seinem Stuhl zurück und stieß ein erleichtertes Seufzen aus. Er hatte befürchtet, dass sie tagelang damit verbringen würden, an dem Projekt zu arbeiten. Stattdessen arbeiteten sie so gut zusammen, dass sie es in nur ein paar Stunden erledigt hatten. „Du bist unfassbar, Miranda."

Die Schriftstellerin, die ihm gegenüber saß, neigte den Kopf zur Seite, und um ihre Lippen spielte ein leichtes Lächeln. „Cam, ist das deine Art, zu versuchen, mich von Gideon abzuwerben?"

Er lachte leise. „Eigentlich nicht, außer er ist dein neuer Schreibpartner geworden."

Sie lachte. „Wohl kaum. Er ist zu beschäftigt, sich in seinem neuen Studio zu verstecken, und an Weiß-die-Göttin-was zu arbeiten. Er fertigt irgendeine Skulptur an, aber er ist ziemlich verschlossen."

„Ich schätze, er ist nicht zu der Typ Künstler, der Input in seine Arbeit haben will, während sie noch läuft", sagte Cameron, der diesen Prozess völlig verstand. Er war ganz genauso beim Schreiben, nur nicht, wenn er mit Miranda zu tun hatte. Sie hatten einfach diese seltene magische Verbindung.

„So sieht es aus." Sie zwinkerte. „Ich schätze, wir sind einfach alle nur ein Haufen temperamentvoller Künstler."

Cameron lächelte noch, während die beiden Augenblicke später das *Incantation Café* verließen und unterwegs zur Brauerei von Keating Hollow waren. „Bist du sicher, dass du dafür bereit bist?", fragte er Miranda, nachdem sie an ihrem Platz waren.

„Bereit für was? Ein Treffen mit deinen Eltern?" Sie bestellte sich einen Birnen-Cider bei der Kellnerin und musterte die Speisekarte.

„Ja. Ich warne dich jetzt vor, meine Mom wird eine Möglichkeit finden, dass du alle meine Geheimnisse vor ihr ausschüttest, ohne dass du es überhaupt merkst", sagte Cameron, der bereits einen Fluchttrieb verspürte. Obwohl Miranda nicht mehr war als eine Freundin und Co-Autorin, wusste er, dass das seine Mutter nicht davon abhalten würde, sie auszufragen. Emily Copeland hatte den Ruf, gerissen Einzelheiten über sein Leben aus jedem herauszubekommen, der mit ihr redete. Sie würde sich von Miranda vermutlich die ganze Geschichte seiner Zeit in Keating Hollow erzählen lassen, noch bevor das Mittagessen vorüber war. Es lag ihr einfach im Blut. Er liebte seine Mutter, doch er freute sich nicht auf die Inquisition, ganz gleich, wie gütig sie wirkte.

„Ich kenne deine Geheimnisse nicht", sagte Miranda mit einem Lachen. „Was glaubst du denn, was sie von mir bekommt? Wie lange du brauchst, um eine Seite Dialog zu schreiben?"

„Jetzt lachst du noch, aber warte nur ab."

KAPITEL 5

$\mathcal{W}$anda legte das Handy sanft auf den Tresen und drückte sich die Fingerspitzen auf die Schläfen. Die Kopfschmerzen hatten etwa zwei Minuten angefangen, nachdem der Anruf bei Blakes Tante lief. Die Übelkeit hatte begonnen, sobald die Frau klargemacht hatte, weshalb Blake nicht nach Vermont ziehen würde, um bei ihrer Großmutter zu wohnen.

„War sie das?", fragte Blake aufgeregt, während sie in die Küche eilte. Sie hatte ihre dunklen Haare zu einem Pferdeschwanz zusammengebunden und trug ein pinkes Tanktop mit passender Flanell-Schlafanzughose. Ihr frisch gewaschenes Gesicht war voller Hoffnung, sodass sie noch jünger aussah als die siebzehn, die sie war.

Es hatte Wanda nicht viel Zeit gekostet, um ihre Tante Linda aufzuspüren. Sie hatte eine Grundstückssuche nach Linda David gestartet, und die Adresse war sofort aufgeploppt. Sobald sie die Adresse gehabt hatte, war es kein Problem gewesen, eine Telefonnummer zu finden. Die Schwierigkeiten hatten begonnen, als Linda ihr fast den Kopf abgebissen hatte, nachdem sie vorgeschlagen hatte, Blake mit ihrer Großmutter reden zu lassen.

„Das war deine Tante Linda", sagte Wanda, die versuchte, ihre Stimme neutral zu halten. „Sie will, dass ich dir sage, wie leid es ihr tut, dass deine Mom einen Rückfall hatte."

Blakes unschuldige Mine verhärtete sich, und in ihren Augen funkelte Zorn. „Linda tut es immer leid, aber das heißt nicht, dass sie will, dass ich zurück zu Oma ziehe. Was hat Oma denn gesagt? Hast du mit ihr geredet?"

Wanda schüttelte den Kopf, während sie einen Augenblick brauchte, um Blakes Enthüllung zu verdauen. „Seit wann hat deine Tante ein Problem damit, dass du bei deiner Großmutter wohnst?"

„Schon immer", sagte Blake mit einem Seufzen. „Sie erzählt Oma schon ewig, dass es nicht ihre Aufgabe ist, mich aufzuziehen. Ich glaube, sie hasst mich und meine Mutter."

„Ich bin sicher, sie hasst dich nicht", sagte Wanda, versuchte ihre Schwester zu beruhigen, obwohl sie wusste, dass es sinnlos war. Sobald sie den Stand der Dinge in Vermont erfuhr, würde sie zusammenbrechen.

„Doch, das tut sie." In Blakes Ton lag Überzeugung, und Wanda wurde rasch klar, dass sie aufhören musste, zu versuchen, den Frieden zu wahren. Ihre Schwester hatte offensichtlich eine holprige Vorgeschichte mit ihrer Tante. Wanda würde ihr keinen Gefallen tun, wenn sie so tat, als wäre alles gut. „Mach dir keinen Kopf wegen Tante Linda. Hast du mit Oma geredet? Schickt sie ein Flugticket?"

Wanda war bereit, dass der Boden sich öffnete und sie einfach verschlang. Das letzte, was sie wollte, war, weitere schlechte Nachrichten zu überbringen. Blake hatte bereits zu viel durchgemacht. Aber sie hatte keine Wahl. Sie holte tief Luft. „Nein, ich habe nicht mit ihr geredet. Deine Oma war mit einem Arztbesuch beschäftigt. Wir werden versuchen, sie später mal ans Telefon zu kriegen."

„Oh." Blakes Schultern sanken in sich zusammen, doch sie riss beinahe sofort den Kopf hoch. „Geht es ihr gut? Warum ist sie beim Arzt?"

Es war der Augenblick der Wahrheit. Wanda schnappte sich die Kaffeekanne und schenkte zwei Tassen ein. Mit beiden in der Hand deutete sie auf den Tisch, lud Blake ein, sich ihr anzuschließen.

„Irgendwas stimmt da überhaupt nicht, oder?", fragte Blake, ihre Stimme zitterte.

Wanda setzte sich und klopfte auf den Sitz neben sich, doch Blake erstarrte. Ihre rechte Hand packte die Oberseite des Stuhls so fest, dass ihre Handknöchel weiß wurden.

„Wanda. Erzähl es mir."

„Es ist nicht so schlecht, wie es klingt." Wanda griff vor und schnappte sich Blakes freie Hand, hielt sie fest in ihrer.

Aus Blakes Gesicht wich alle Farbe, doch ihre dunklen Augen hielten Wandas Blick mit einer Heftigkeit fest, die Wanda die Nerven raubte. Das war der Blick einer jungen Frau, die in ihrem kurzen Leben viel zu viel Schmerz erfahren hatte. „Sag es einfach."

„Ich glaube nicht, dass du bei deiner Oma wirst wohnen können, Blake", sagte Wanda sanft.

Blake stand einen Augenblick lang stockstill und sank dann in den Sessel. „Wegen Tante Linda, oder ist Oma krank?"

„Beides." Es gab keinen Grund mehr, um den heißen Brei zu reden. „Deine Oma wohnt jetzt bei Linda, und es gibt kein Gästezimmer."

„Wohnt bei ihr?", wiederholte Blake, dann biss sie sich auf die Unterlippe. Ihre Augen füllten sich mit Tränen, doch sie blinzelte sie weg. „Das würde sie niemals tun, außer sie muss. Oma ist echt unabhängig."

„Du hast recht. Es tut mir leid, meine Süße, aber deine Oma hat eine beginnende Demenz. Deine Tante hat sie überzeugt, einzuziehen, damit sie sie im Auge behalten kann."

Blake starrte Wanda lange an. Dann stand sie plötzlich auf und lief in die Küche. Sie stellte sich vor den Kühlschrank, eine Hand auf dem Griff, doch sie öffnete ihn nicht.

Wandas Herz brach entzwei. Ihre Schwester hatte niemanden. Alle, die sie hätten lieben sollen, hatten sie auf die eine oder andere Art verlassen, und nun musste sie die Nachricht verarbeiten, dass die einzige Person, die immer für sie da gewesen war, heftig abbaute.

Es dauerte nicht lang, bis Blakes Schultern anfingen zu zittern, und sie unterdrückte ein Schluchzen.

Ohne noch mal darüber nachzudenken, stand Wanda auf, eilte hinüber zu Blake und schlang von hinten die Arme um sie. Sie bewegte die Lippen nahe am Ohr ihrer Schwester und flüsterte: „Du bist in Ordnung, meine Süße. Ich bin da. Du bist in Sicherheit. Immer. Verstanden?"

Blake schüttelte den Kopf und wischte sich wild über die Augen, während sie herauszwang: „Ich muss mit Oma reden. Sie wird wissen, was zu tun ist."

„Natürlich", stimmte Wanda zu. „Wir versuchen es heute Nachmittag. Aber du musst wissen, ganz gleich, was passiert, hast du hier bei mir eine Heimat, ja?"

Blake unterdrückte ein weiteres Schluchzen, während sie sagte: „Das kann ich dir nicht antun."

„Du tust mir doch nichts an, kleine Schwester", sagte Wanda ernsthaft. Jede Faser ihres Wesens wollte Blakes Schmerz wegnehmen, damit sie nicht weiter leiden musste. Leider hatte sie diese Macht nicht. Stattdessen fügte sie an:

„Wenn du bleibst, gestatte mir, dass ich dich liebe. Und das ist eine Ehre, die ich nicht einfach so als gegeben nehme. Verstanden?"

Es dauerte ein paar Augenblicke, aber schließlich nickte Blake. Dann legte sie die Hände oben auf die von Wanda und löste sich vorsichtig aus Wandas Umarmung. Sie ging leise zur Treppe, aber kurz bevor sie in den ersten Stock verschwand, schaute sie durch aufgequollene Augen schließlich zu Wanda. „Vielen Dank."

„Es gibt nichts zu danken, aber trotzdem, gern geschehen."

Blake kniff die Augen zu, nickte, und dann ging sie weiter die Stufen hinauf.

„WO WILLST DU ESSEN?", fragte Wanda, die etwas Fröhlichkeit in ihre Stimme zwang. Sie waren in Wandas Golfmobil am Ende der Hauptstraße, besprachen Möglichkeiten. Es hatte einer riesigen Anstrengung bedurft, aber nachdem Blake den Großteil des Vormittags damit verbracht hatte, sich in ihrem Zimmer zu verstecken, hatte Wanda sie schließlich davon überzeugt, zum Mittagessen herauszukommen. Sie wollte, dass ihre Schwester sich in der Stadt wohlfühlte, und je eher sie aus dem Haus kam, umso leichter würde es sein, sich in Keating Hollow zu verlieben. Wanda wusste, dass nichts die Sicherheit ersetzen würde, die Blake beim Leben bei ihrer Großmutter empfand, aber sie war entschlossen, alles zu tun, was in ihrer Macht stand, um ihrer kleinen Schwester beim Einleben zu helfen. Denn da gab es gar keine Frage – Blake würde länger dableiben, wenn es nach Wanda ging.

„Es spielt keine Rolle", sagte Blake, die die Straße entlang starrte, aber eindeutig nichts Konkretes anschaute.

Okay, also würde es weder schnell noch einfach gehen, sich in Keating Hollow einzuleben, aber sie mussten irgendwo anfangen, oder? „Sind Burger okay?"

„Haben sie Veggie-Burger?"

Endlich, ein Funken von etwas anderem als Gleichgültigkeit. „Ja. Mit Bohnen. Funktioniert das?"

Sie nickte, und Wanda stieg aufs Gas, ließ das Golfmobil vorwärtsschießen.

„Fährst du immer dieses Ding?", fragte Blake Wanda.

Wanda grinste. „Wenn das Wetter gut ist, ja. Und manchmal sogar auch, wenn es schlecht ist." Sie warf einen Blick hinüber und zwinkerte ihrer Schwester zu. „Meine Feuermagie ist recht praktisch, wenn ich mich warmhalten muss."

Blake runzelte die Stirn. „Aber warum? Hast du kein funktionstüchtiges Auto?"

„Doch. Aber das macht hundertmal mehr Spaß." Um das zu beweisen, betätigte Wanda einen Schalter, und Miley Cyrus dröhnte „Party in the USA" aus den Surround-Lautsprechern.

„*Das* hörst du dir an?", fragte Blake, als hätte Wanda eine Todsünde begangen.

„Klar. Macht Spaß", sagte Wanda, völlig unbeirrt durch die offensichtliche Abneigung ihrer Schwester.

„Das kann ich nicht. Du musst was anderes aussuchen."

Die Überzeugung in ihrer Stimme war eine so willkommene Veränderung gegenüber der Gleichgültigkeit, dass Wanda einfach nur nickte und auf einen Knopf drückte. „Shake it Off" von Taylor Swift ging los, sodass Wanda im Sitz auf und ab hüpfen musste.

„Nein!" Blake legte sich die Hände auf die Ohren und fing an zu lachen. „Rette mich vor diesem Gute-Laune-Pop. Gib mir was anderes. Irgendwas."

„Irgendwas?" Wanda kicherte und drückte wieder auf den

Knopf. Diesmal war es Shania Twain, die sich zu Wort meldete und darüber sang, wie es war, sich wie eine Frau zu fühlen.

„Das kannst du doch nicht ernst meinen", sagte Blake, die den Kopf schüttelte. „Hast du denn nichts aus diesem Jahrzehnt da drauf?" Lachend schnappte sie sich die Fernbedienung und drückte auf Knöpfe, bis schließlich Prince ertönte. Sie sang aus vollem Halse „Purple Rain" und hörte erst auf, als Wanda vor der Keating-Hollow-Brauerei zum Stillstand kam.

„Ich dachte, du wolltest etwas aus diesem Jahrzehnt", sagte Wanda, ihr Herz ganz voll, nachdem sie das Grinsen auf dem Gesicht ihrer Schwester gesehen hatte. Ein tiefes Gefühl der Befriedigung strömte über sie hinweg. Es war nicht das erste Mal, dass eine Fahrt im Golfmobil und Prince jemandem zu besserer Laune verholfen hatten.

„Prince ist zeitlos", erklärte Blake und hüpfte aus dem Wagen. „Jetzt mach mal. Ich verhungere schon."

Wanda steckte den Schlüssel des Golfmobils ein und folgte ihrer Schwester den Bürgersteig entlang und durch die Eingangstür des Brauereipubs.

„Hey, Wanda. Zwei zum Mittagessen?", fragte Sadie, eine zierliche Blondine, die schon seit Jahren im Pub arbeitete.

„Ja. Sadie, das ist meine kleine Schwester Blake. Blake, das ist Sadie."

„Schön, dich kennenzulernen", sagte Blake und nickte ihr zu.

„Oh, kleine Schwester", sagte Sadie, ihre Augen funkelten, als hätte Wanda gerade das allerspannendste Gerücht fallen lassen, seit der Hollywood-Star Silas Ansell in der Stadt aufgetaucht war. „Weißt du, ihr beiden seht euch überhaupt nicht ähnlich. Seid ihr sicher, dass ihr verwandt seid?" Bevor Wanda antworten konnte, beäugte Sadie Blake und fügte an:

„Aber du siehst ein wenig aus wie Brinn. Trifft sie sich mit euch hier? Braucht ihr einen Tisch für drei?"

„Brinn?", sagte Blake lautlos zu Wanda, hatte eindeutig keine Ahnung, von wem Sadie redete. Und weshalb sollte sie auch? Ihr Vater hatte sich nicht gerade darum gekümmert, dass Blake irgendjemanden aus der erweiterten Familie traf.

Wanda wedelte sorglos mit der Hand. „Heute nicht. Ich bin ziemlich sicher, unsere Cousine arbeitet den ganzen Tag im Buchladen. Wir gehen vorbei und begrüßen sie danach."

„Verstanden." Sadie drehte sich um und bedeutete ihnen, ihr zu folgen.

„Ich habe eine Cousine?", flüsterte Blake.

„Ja. Sie ist auch ziemlich cool. Du wirst sie mögen", flüsterte Wanda zurück.

„Habe ich eine Tante oder einen Onkel?" Hoffnung keimte in ihren Zügen auf.

Wanda schüttelte den Kopf. „Nein. Ihr Dad ist gestorben, als sie noch ein Kind war, und ihrem Mom … Na ja, keiner weiß, wo sie ist. Sie ist an dem Tag gegangen, nachdem Brinn achtzehn wurde."

„Lass mich raten, Brinns Mutter ist Dads Schwester." Sie hatte sich wieder verschlossen, die ganze Leichtigkeit verloren, die sie während ihres Prince-Gesangs gefunden hatte.

„Leider ja." Die Danvers' würden keine Preise für Familienwerte gewinnen.

„Das passt." Ein Muskel in Blakes Nacken zuckte, und es war offensichtlich, dass sie ihr Bestes tat, den Ärger zu schlucken.

Wanda merkte sich, dass sie sie irgendwohin bringen musste, wo sie ihre Wut abarbeiten konnte. Sowas eine Bar mit Axtwerfen oder ein Boxkurs im Fitnessstudio.

Sobald sie an den Tisch für zwei Personen gekommen

waren, hörte Wanda eine weibliche Stimme rufen: „Ist das nicht Wanda? Isst sie auch mit uns zu Mittag?"

Wanda drehte sich nach links, ihr Blick landete auf einer hübschen älteren Frau mit blonden Haaren und einem breiten Lächeln. Sofort drehte sich ihr der Magen um, als sie die Frau aus Camerons Zimmer in der Pension erkannte.

„Wanda?" Camerons Stimme drang durch den Lärm der anderen Gäste heran. Ein Stuhl kratzte auf dem Boden, und als Wandas Blick ihn schließlich fand, kam er bereits auf sie zu, die Hand ausgestreckt.

„Hey, Cam", sagte sie, beugte sich zu ihm, während er einen Arm um sie legte und sie auf die Wange küsste. „Ich wusste nicht, dass du hier sein würdest."

„Ich habe den Vormittag bei der Arbeit mit Miranda verbracht, und jetzt essen wir mit meinen Eltern zu Mittag." Er winkte der Gruppe von Leuten an einem Tisch in der Nähe zu. „Du und deine Schwester sollten zu uns kommen."

„Ich will wirklich nicht …"

„Gar kein Problem", sagte Sadie, die bereits die Stühle umstellte und den kleinen Tisch zu dem größeren hinschob. Sie hatte den Tisch im Nu aufgestellt und fügte dann an: „Ich bringe euch beiden Wasser und nehme dann eure Getränkebestellungen auf."

Sadie war weg, bevor Wanda noch weiter widersprechen konnte. Sie schaute auf die drei anderen Gesichter, jedes von ihnen beobachtete sie erwartungsvoll. Auf gar keinen Fall gab es eine Möglichkeit, anmutig aus dieser Situation herauszukommen, darum nahm sie gegenüber ihrer Schwester Platz und sagte: „Hallo, ihr alle. Das ist meine Schwester Blake."

Nachdem sie sich alle vorgestellt hatten, rückte Miranda

herüber, damit Cameron sich neben Wanda setzen konnte. Und dann ging die Folter los.

„Wanda, es ist es so schön, Sie wiederzusehen", sagte Emily Copeland. „Es ist mir nur so peinlich, dass wir Ihre Pläne letzte Nacht ruiniert haben. Ich hoffe doch, Sie verzeihen uns."

„Was für Pläne?", fragte Miranda, die sich eine Süßkartoffel-Fritte in den Mund schob.

„Ja, welche Pläne?", fragte Blake. „Du hättest mir sagen sollen, wenn du dir was vorgenommen hast."

Eher schon jemanden vorgenommen, dachte Wanda. Sie öffnete den Mund, um alle Fragen abzuwehren, aber Emily kam ihr zuvor.

„Sie war in der Pension, um Cameron mit einem romantischen Abend zu überraschen, aber ich fürchte, wir haben ihren Plan gründlich durchkreuzt." Emily lachte leise. „Der arme Cameron. Ich wette, er hat sich niemals gedacht, dass ihm in seinem Alter immer noch seine Mutter einen Strich durch die Stelldichein-Rechnung macht."

„Mutter!", stotterte Cameron, der beinahe den Schluck Bier ausspuckte, den er gerade genommen hatte.

Blake kicherte. „Oh, huch. Ich habe ihm einen weiteren Strich durch diese Rechnung gemacht, als er versucht hat, Wanda in ihrem Haus zu überraschen."

Das Geräusch von Blakes Lachen war Musik in Wandas Ohren, und sie beschloss in diesem Augenblick, dass es alle Peinlichkeit der Welt wert war, solange ihre Schwester lächelte.

„Können wir jetzt aufhören, darüber zu reden?", fragte Cameron, der sich mit einer Serviette das Kinn abwischte.

„Komm schon, Cam. Es gibt doch nichts, was einem peinlich sein muss", sagte seine Mom, die ihm den Arm tätschelte. „Ich würde mir mehr Sorgen machen, wenn du kein Sexleben hättest.“

Blake stieß ein bellendes Lachen aus, schlug sich dann die Hand vor den Mund, während sie ganz rot wurde.

Wanda konnte nicht anders. Sie lachte auch.

„Kann mich jetzt einfach jemand aus meinem Elend erlösen?“, fragte Cameron. „Ein Betäubungspfeil würde das Problem beseitigen.“

„Ach bitte“, sagte Emily, die vor ihrem Sohn die Augen verdrehte. „Du bist zu alt, um unter den Tisch zu kriechen. Wir sind doch hier alle erwachsen … na ja, größtenteils.“ Sie zwinkerte Blake zu. „Es gibt nichts, wofür man sich schämen müsste.“

„Ich schäme mich nicht. Ich will darüber nur nicht meiner Mutter reden“, grollte Cameron. „Miranda, hilf mir mal. Sag ihnen, dass das kein angemessenes Thema für eine Unterhaltung beim Mittagessen ist.“

„Ich?“ Miranda legte sich eine Hand auf die Brust. „Ich bin eine Liebesromanautorin, Cam. Das hier? Das ist Gold wert als Vorlage. Auf gar keinen Fall. Ich will mehr darüber hören, was passiert ist, als Emily die Überraschung verdorben hat.“

„Nö!“, sagte Wanda, die Miranda einen finsteren Blick schickte. „Darüber reden wir auf gar keinen Fall. Sagen wir einfach, dass ich vorhatte, Cam zu überraschen. Stattdessen war ich diejenige, die überrascht wurde. Dann hat er versucht, den Gefallen zu erwidern, und endete halb nackt vor meiner Schwester. Ich glaube, es lässt sich eindeutig sagen, dass die letzte Nacht für uns nicht gut gelaufen ist.“

„Ach, meine Liebe“, sagte Miranda lachend. „Das ist so richtig ernsthaftes Pech.“

„Das kannst du laut sagen“, ließ Blake sich vernehmen.

„Man hat noch nicht gelebt, wenn man nicht ahnungslos in jemandes Sex-Date reingelatscht ist."

Emily stieß ein Kichern aus, dann hob sie die Hand, um Blake ein Highfive zu geben. „Wohl gesprochen, Schwester."

Camerons Dad senkte den Kopf und lachte leise.

Wanda wandte sich an Cameron. „Ich denke mir allmählich, dass wir uns vielleicht einfach vom Acker machen und die Sache ihnen überlassen sollen."

„Das klingt nach einer guten Idee. Aber sorgt dafür, dass es ein einsamer Acker ist", scherzte Miranda.

Der übrige Tisch heulte vor Lachen.

Wandas ganzer Körper brannte vor Verlegenheit. Aber trotzdem lachte sie mit. Sie war mehr als nur zufrieden damit, im Zentrum des Witzes zu stehen, solange das Funkeln im Auge ihrer Schwester blieb.

KAPITEL 6

*C*ameron hob Mirandas letzten Bestseller auf und tat so, als würde er die Rückseite lesen, während er beobachtete, wie Wanda und Blake mit Brinn redeten. Die Angestellte der Buchhandlung lief hinter dem Kassentresen hervor und schlang die Arme um die verblüffte Blake. Als sie sich zurückzog, hielt Brinn Blakes Arme fest und plapperte aufgeregt, während Wanda in der Nähe stand und über ihre Schwester wachte.

Nach dem Mittagessen waren Camerons Eltern zu einer Tour und einer Verkostung limitierter Weine zum Weingut der Pelshes gefahren. Und als Wanda erwähnt hatte, dass sie und Blake bei *Hollow Books* anhalten mussten, hatten Cameron und Miranda nicht gezögert, mitzukommen. Miranda sagte, sie müsse Bücher signieren, und Cameron hatte etwas davon gemurmelt, neues Lesematerial zu brauchen.

Wanda hatte ihm einen skeptischen Blick zugeworfen, seinen Schwachsinn aber nicht auffliegen lassen. Stattdessen hatte sie sich im Hintergrund gehalten, ging neben ihm, während ihre Schwester mit Miranda über das erste Buch plauderte, das sie geschrieben hatte, *Verhext für dich*. Es hatte Jahre gedauert, doch es wurde schließlich verfilmt, und Cameron war derjenige, der mit Mirandas zusätzlichen Ideen das Drehbuch verfasst hatte.

„Sie ist wunderbar, Cam", sagte Miranda, nahm ihm das Buch aus den Händen. Sie öffnete es und kritzelte ihren Namen auf die Titelseite, bevor sie es wieder auf das Regal legte.

„Ja, ist sie", sagte er, beobachtete immer noch Wanda. Ihre roten Haare hatten von der Sonne, die durch die Fenster hereinströmte, einen goldenen Glanz, und Cameron dachte, sie hätte noch nie so hübsch ausgesehen.

„Was unternimmst du deswegen?"

Er drehte sich um, um seine Schreibpartnerin anzuschauen, und runzelte die Stirn. „Was meinst du denn damit, was ich deswegen unternehme?"

Sie schob sich eine dunkle Locke aus den Augen und grinste ihn an. „Ich meine, machst du das fest, oder lässt du das auch wieder weggleiten? Deine Vorgeschichte, was langfristige Beziehungen angeht, ist ziemlich armselig, weißt du."

„Woher willst du das denn wissen?" Er kannte Miranda erst seit ein paar Monaten. Sie waren Freunde, aber es war nicht, als hätte er ihr alle seine tiefsten Geheimnisse anvertraut.

„Ich weiß, wie man googelt, Cam. Berühmte Leute können nicht unter dem Radar fliegen, selbst wenn sie nur Drehbuchautoren sind." Sie drückte ihm leicht den Arm. „Ich weiß alles über die Models und die aufstrebenden Schauspielerinnen, mit denen du im Lauf der Jahre zusammen warst. War deine längste Beziehung nicht so was wie drei Monate lang?"

„Ernsthaft? Was hast du gemacht, mich gestalkt?" Er ging einen Schritt von ihr weg, fragte sich, ob er womöglich eine

Fehleinschätzung gemacht hatte, als er sich mit ihr angefreundet hatte. „Du brichst aber nicht in mein Schlafzimmer ein und hinterlässt einen toten Hasen auf dem Bett, oder?"

Miranda warf den Kopf zurück und lachte. „Nein, mein Lieber. Sollte ich jemals in dein Quartier einbrechen, lasse ich schon eher einen Beutel Kräuter zurück, der deine männlichen Teile verflucht."

Cameron zuckte sichtlich zurück. „Sag mir, dass du mich auf den Arm nimmst."

Immer noch kichernd stieß sie mit ihrer Schulter an seine und sagte: „Aber natürlich. Ich habe dich gegoogelt, als wir angefangen haben, zusammenzuarbeiten, nur um sicherzugehen. Offensichtlich wollte ich nicht mit einem Irren arbeiten." Sie zwinkerte ihm zu. „Es gab einen Artikel, der vom Skript abgewichen ist, weg von deiner Karriere zu Einzelheiten über deine Verflossenen. Ich muss sagen, dass Wanda hundertmal besser ist als irgendeine von denen."

„Da stimme ich zu" sagte er. Mit den Frauen, mit denen er in Los Angeles zusammen gewesen war, war er zum Großteil von Freunden verkuppelt worden. Er hatte alles ausprobiert, aber nichts hatte sein Interesse länger als ein paar Monate gehalten. Was für ihn auch völlig in Ordnung war. Er war nicht an etwas Langfristigem interessiert gewesen. Das letzte Mal, als er zugelassen hatte, dass er sich auf eine Frau einließ, hatte es ihn beinahe gebrochen. Es hatte Monate gedauert, sich wieder zusammenzunehmen, und danach hatte er beschlossen, dass er diesen Weg nicht wieder einschlagen würde. Aber jetzt gab es Wanda. Und aus irgendeinem Grund stellte er sie sich immer wieder eingekuschelt in seinem Bungalow in den Hollywood Hills vor. Dauerhaft.

„Tu dir einen Gefallen und vermassle das nicht, Cam", sagte

Miranda. „Sorg dafür, dass du sie nicht davonkommen lässt. Du wirst keine andere wie sie finden."

Nein. Würde er nicht. Wanda war witzig, unabhängig und strahlte Freude aus. Sie war nicht an Berühmtheit oder Status oder seinem schicken Haus in Hollywood interessiert. Wanda liebte Keating Hollow, ihre Freunde und ihren Job. Und sie hatte ein Herz aus Gold. Die Welt war einfach besser, wenn sie da war.

„Hörst du überhaupt zu?", drängte Miranda.

„Ich habe dich gehört." Er schaute auf sie hinab, mehr als bereit, diese Unterhaltung zu beenden. „Musst du nicht los und Gideon nerven oder so was?"

„Wie es Zufall so will …" Sie schaute auf ihre zarte Armbanduhr und dann zur Tür, als gerade ihr Freund hereinmarschierte, sich umschaute und dann direkt auf sie zukam. Der Hollywood-Glanz, den er einst besessen hatte, war mehr oder weniger in den Wochen verflogen, seit der Mann nach Keating Hollow gezogen war. Statt Anzughose und edlem Hemd trug der Mann nun eine abgetragene Jeans und ein Shirt mit Knöpfen am Kragen. Seine Hände waren mit Farbe verschmiert, und seine Haare hatten einen lockeren, unordentlichen Stil, der nahelegte, dass er schon vor ein paar Wochen einen Friseurtermin gebraucht hätte.

„Cameron. Wie geht's?" Gideon schüttelte Cameron die Hand. „Schön, dich wiederzusehen. Haben du und Miranda das Drehbuch überarbeitet?"

„Ja, haben wir", antwortete Miranda für Cameron. Sie schlang den Arm durch den von Gideon und fing an, ihn zur Tür zu ziehen. „Jetzt raus mit uns hier, damit Cameron zur Tat schreiten kann."

„Welcher Tat?" Gideon beäugte Cameron erneut.

„Ach, egal." Cam schüttelte den Kopf in Richtung Miranda.

„Raus hier. Ich rufe dich morgen an, nachdem ich mit dem Regisseur geredet habe."

„Tschüss", Miranda wackelte mit den Fingern in seine Richtung und zog ihren Typen aus dem Buchladen.

Cameron machte sich nicht die Mühe, so zu tun, als würde er Bücher zum Lesen suchen. Stattdessen stand er da, beobachtete Wanda und bewunderte ihre Rückansicht in der Jeans, während er davon träumte, sie mal wieder allein zu erwischen.

Es dauerte nicht lange, bis sie zu ihm herüberschaute. Ihre Blicke trafen einander, und ihm schien es, als würden alles und jeder andere verschwinden. Es gab nur Wanda, und er wollte sie unbedingt.

Wie in einem Traum kam Wanda zu ihm herüber, ihr Blick wich niemals von seinem. Sie stellte sich gleich vor ihn hin und flüsterte: „Vielleicht solltest du aufhören, mich so anzusehen."

Er griff nach oben und strich ihr eine Haarsträhne aus den Augen. „Warum denn das?"

„Denn wenn du das nicht tust, reiße ich dir vielleicht gleich hier die Klamotten vom Leib, und wir werden womöglich das Gesprächsthema Nummer 1 der Stadt."

Cameron schluckte ein Knurren. Dann zog er sie in einen der Gänge, wo sie ein wenig ungestörter waren, und drängte sie an eins der Buchregale.

Wanda stockte der Atem, und sie senkte den Blick auf seine Lippen. „Wenn du mich jetzt nicht gleich küsst …"

Er gab ihr keine Gelegenheit, den Gedanken abzuschließen. Er legte die Hände an ihre Wangen, seine Lippen auf ihre und küsste sie hungrig. Sie schmeckte nach Birne und einem Hauch Kirsche, und reinem Verlangen.

Wanda schmiegte sich an ihn, vergrub eine Hand in sein Hemd.

Camerons ganzer Körper wurde vor ungezähmtem Verlangen lebendig. Schon vorher hatte die Chemie zwischen ihnen gestimmt, aber jetzt war er elektrifiziert. „Verdammt, Wanda. Ich bin eine halbe Sekunde davon entfernt, dich über die Schulter zu werfen und zurück in mein Zimmer in der Pension zu zerren."

Sie stöhnte und verstärkte ihren Griff um ihn. „Wir haben ein schreckliches Timing."

Er zog sich zurück, um in ihre grünbraunen Augen zu schauen, und strich mit dem Daumen über ihren Wangenknochen. „Vielleicht können wir daran arbeiten. Meinst du, du könntest morgen zum Abendessen ein paar Stunden weg?"

Wanda warf einen Blick über die Schulter zum vorderen Teil des Ladens. Als sie sich zu ihm zurückwandte, sagte sie: „Mittagessen wäre besser. Ich will meine Schwester zum Abendessen nicht allein lassen. Sie hat kürzlich eine heftige Zeit erlebt."

„Also Mittagessen." Er drückte ihr einen weiteren Kuss auf die Lippen, diesmal sanft und ausgiebig. „Um eins?"

„Im *Woodlines*?"

Er grinste sie an. „Ich dachte schon eher an ein Picknick im Schlafzimmer. Wie wäre es, wenn wir uns in diesem neuen Feinkostladen neben Mystyk Pizza treffen, Sandwiches holen und zurück zur Pension gehen?"

„Ein Schlafzimmer-Picknick klingt perfekt." Sie drückte sich auf die Zehenspitzen, gab ihm einen weiteren heißen Kuss, und dann eilte sie zurück zum vorderen Teil des Ladens, ihr Gesicht heiß, und ein Grinsen auf den Lippen.

∼

58

Cameron saß an dem kleinen Schreibtisch in seinem Zimmer in der Pension, tippte eine Antwort-E-Mail an den Regisseur von *Fire Valley*, der neuen Serie, an der er und Miranda arbeiteten. Sie hatten das überarbeitete Drehbuch an diesem Vormittag hingeschickt, und in weniger als einer Stunde hatte das Projekt abschließend das grüne Licht bekommen, das sie brauchten, um mit der Besetzung zu beginnen. Es waren tolle Neuigkeiten, aber der Produzent wollte ihn bald zurück in Vancouver, damit er sich beim Casting einbringen konnte. Das bedeutete, dass er am nächsten Vormittag schon wegmusste, drei Tage früher, als er erwartet hatte.

Das bedeutete, dass dieser Nachmittag sich lohnen musste. Nachdem er geduscht und das Zimmer aufgeräumt hatte, wollte er gerade zur Tür hinaus, als sein Handy läutete. Wandas Name blitzte auf dem Display auf.

„Hallo, du Schöne. Wartest du schon? Ich bin gerade auf dem Weg", sagte er in das Telefon, während er den Türgriff nahm.

„Ähm, nein", sagte Wanda. „Es tut mir leid, Cameron, aber ich werde es heute nicht schaffen. Hier mit Blake hat es ein Problem gegeben, um das ich mich kümmern muss."

Die ganze helle Vorfreude löste sich auf, während Sorge aufkam. „Ist alles in Ordnung?"

„Ja." Sie seufzte. „Es tut mir wirklich leid. Blakes Oma ist krank, und sie nimmt das nicht gut auf. Ich glaube, wir bleiben einfach drin, schauen Filme und backen Kekse. Ein altmodischer Mädelstag."

„Es tut mir leid, dass sie das durchmacht, aber es klingt, als würdest du damit so gut umgehen, wie du nur kannst." War es verrückt, dass Cameron etwas neidisch war, dass er nicht derjenige sein würde, der ihr half, die Kekse zu backen? Allein schon die Idee, einen Tag mit ihr zu Hause zu verbringen, sich vor einem Film zu entspannen, war fast verlockender als das Picknick im Schlafzimmer, das er geplant hatte. Fast.

„Ich versuche es." Er konnte die Anspannung in ihrer Stimme hören.

„Gibt es was, was ich tun kann?"

„Können wir es verschieben?", bat sie. „Vielleicht auf morgen? Ein Picknick mit Brunch wäre toll."

Er konnte sein frustriertes Stöhnen nicht zurückhalten. „Das würde ich gerne, aber ich muss gleich morgen früh in ein Flugzeug nach Vancouver steigen. Ich habe gerade erst vor einer Stunde den Anruf bekommen."

„Oh. Na, das ist schade." Sie räusperte sich. „Weißt du, wann du wieder in der Stadt sein könntest?"

„In ein paar Wochen."

Zwischen ihnen herrschte Schweigen.

Schließlich sagte Wanda: „Essen gehen, wenn du wieder da bist?"

„Auf jeden Fall." Enttäuschung umfing ihn, während er seinen Produzenten verfluchte. Er hatte wochenlang darauf gewartet, Wanda wiederzusehen, und er hatte nur ein Essen und ein paar gestohlene Küsse bekommen.

„Rufst du mich heute Abend an?", fragte sie. „Ich will deine Stimme noch mal hören, bevor du gehst."

„Auf jeden Fall."

Nachdem der Anruf beendet war, schob Cameron sein Handy in die Tasche, und er verließ das Zimmer. Er musste sich bewegen. In der Pension zu bleiben, war keine Option. Wenn er das tat, würde er den Rest des Tages seiner verpassten Verbindung mit Wanda nachtrauern.

Er kam nur um einen Block die Straße entlang, als sein Handy wieder summte. Sein Herz flog vor Hoffnung, dass es Wanda war, und dass sie es sich anders überlegt hatte oder Zeit gefunden hatte, um ihn zu treffen, bevor er wegmusste. Doch als er auf das Display schaute, war es eine Nummer, die er nicht kannte. Er runzelte die Stirn. Normalerweise ging er bei unbekannten Anrufern nicht ran, aber da der Film noch produziert wurde und die Fernsehserie fortschritt, hatte er diesen Luxus nicht. Bei dem Anruf ging es vermutlich um eins seiner Projekte.

„Cameron Copeland", sagte er in das Handy.

„Äh, Mr. Copeland?", fragte eine zögerliche Stimme.

Er verkniff sich ein Seufzen. Derjenige am anderen Ende der Leitung klang wie ein Praktikant, der seinen Job noch nicht richtig durchschaut hatte. „Genau. Wer ist da?"

„Cam Berry."

„Kenne ich Sie?", fragte er verwirrt. Aber bei diesem Nachnamen klingelte es tatsächlich. Der Name seiner Freundin aus dem College war Tori Berry. Hatte sie wirklich ihren Sohn nach ihm benannt? Und das nach der Art, wie sie ihn hatte sitzen lassen? Das ergab keinen Sinn.

„Nein. Wir haben uns noch nicht getroffen."

„Hören Sie mal, Cam, ich weiß nicht, weshalb Sie anrufen, aber ich habe wirklich keine …"

Cams Worte strömten aus ihm heraus, während er ihm ins Wort fiel. „Ich bin Ihr Sohn."

Camerons ganzer Körper wurde eiskalt, und er stand dort auf dem Bürgersteig im spätwinterlichen Sonnenlicht, völlig schockiert. Er hatte das wohl falsch verstanden. „Was?"

Der junge Mann am anderen Ende der Leitung schnappte nach Luft. „Meine Mom ist vor sechs Monaten gestorben, und als ich ihre Papiere aufgeräumt habe, habe ich erfahren, dass Sie mein Vater sind."

Eine Woge der Panik rollte durch Cameron hindurch. Das geschah doch nicht wirklich. Wie konnte das sein? Sicher hätte

Tori ihm erzählt, dass er Vater geworden war, oder nicht? Eine nagende Stimme weit hinten im Kopf erinnerte ihn daran, dass sie gegangen war und eine Nachricht hinterlassen hatte, auf der stand: *tut mir leid*. War dieser Jemand am anderen Ende der Leitung der Grund, weshalb sie verschwunden war? „Ich verstehe das nicht. Es muss doch irgendein Fehler vorliegen."

„Hören Sie, Mr. Copeland. Ich will nichts von Ihnen. Ich will mich nur mit Ihnen treffen."

Camerons innere Alarmglocken schrillten, doch er zwang sich dazu, sie zu ignorieren. Falls auch nur der Hauch einer Chance bestand, dass das stimmte, musste Cameron die Wahrheit erfahren. „Was haben Sie denn gefunden, das Sie zu dem Gedanken treibt, ich wäre Ihr Vater?"

Es gab eine Pause, dann sagte er: „Meine Geburtsurkunde."

KAPITEL 7

*W*anda stand hinter Blake, die sich an den Tisch vor den Computer gesetzt hatte und zusah, wie ihre Tante Linda den Computerbildschirm bewegte, damit Blake mit ihrer Oma facetimen konnte. Trotz des spaßigen Mittagessens und der Zeit, die sie am Vortag mit Brinn verbracht hatten, hatte Blake einen unruhigen Vormittag gehabt. Sie war aus einem Albtraum erwacht, hatte Wanda aber keine Details mitteilen wollen. Stattdessen beharrte sie nur weiter darauf, dass sie mit ihrer Großmutter reden musste. Es hatte einige Überzeugungsarbeit von Wanda benötigt, doch Linda hatte schließlich zugestimmt, sie facetimen zu lassen, solange Blake versprach, das Thema nicht zur Sprache zu bringen, wieder zu ihr zu ziehen.

Blake hatte zu streiten begonnen, doch Linda hatte dem rasch ein Ende bereitet. Entweder versprach sie, nicht darüber zu reden, oder sie redete gar nicht. Schließlich hatte Blake zugestimmt, und sie hatte etwa dreißig Minuten damit verbracht, sich vor Wanda darüber auszulassen.

„Hi, Oma." Blake lachte in die Kamera und winkte

begeistert. „Du siehst heute toll aus. Hast du dir gerade die Haare machen lassen?"

Die ältere Frau lächelte durch den Computer und drückte sich die Hand an die frisch gefärbten kastanienbraunen Locken. „Nein. Es ist ein paar Monate her, dass ich bei Hal war. Er ist so ein Genie. Lässt mich immer optimal aussehen."

Blake runzelte die Stirn. „Hal ist nach Vermont gezogen?"

Hinter ihrer Mutter schüttelte Linda den Kopf und sagte lautlos *Nein*. Dann beugte sie sich vor zu ihrer Mutter und ergänzte: „Eigentlich, Mom, hat Vicki dir vor ein paar Tagen die Haare gemacht. Weißt du noch? Wir sind zusammen hingegangen und haben uns dann auch die Nägel machen lassen."

„Haben wir das?" Blakes Oma schaute auf ihre Finger hinab, und Überraschung leuchtete in ihren klaren blauen Augen, als sie ihre hellroten Nägel betrachtete. „Ich schätze schon." Sie hob die Hände und zeigte ihre Maniküre Blake. „Linda hat mich so verwöhnt. Ich werde die Ballschönheit sein, wenn wir dieses Wochenende zum Krabbenessen der Kirche gehen."

Blake lachte leise. „Du bist doch immer die Ballschönheit, Oma. Es ist schön, dass es bei der neuen Kirche auch Krabbenessen gibt. Ich weiß doch, wie du das liebst."

„Neue Kirche? Nein, meine Liebe. Ich gehe immer noch zur selben, zu der ich immer gegangen bin. Ich gehe da hin, solange Pastor Kincaid die Messe durchführt. Du weißt doch, wie sehr ich ihn mag. Deinem Großvater gefällt das Singen nicht ganz so, aber er kommt schon damit zurecht."

Wandas Magen ballte sich vor Entsetzen zusammen. Es war deutlich, dass Blakes Großmutter Schwierigkeiten hatte, sich daran zu erinnern, dass sie nach Vermont gezogen war, um bei Linda zu wohnen. Es war dabei nicht klar, ob sie sich

ganz daran erinnerte, dass kürzlich ihr Mann gestorben war.
Linda hatte auf keinen Fall übertrieben, was den Stand der
Dinge mit ihrer Mutter anging. Falls überhaupt, hatte sie die
Lage geschönt.

„Das stimmt", sagte Blake, ihre Stimme wurde zittrig.
„Pastor Kincaid weiß schon, wie man die Zuhörer fesselt."
Wanda legte ihrer Schwester eine Hand auf die Schulter
und drückte sie leicht, um sie zu unterstützen. Nach einem
Augenblick legte Blake ihre Hand über die von Wanda und
erwiderte den Druck.

Die Unterhaltung ging noch weitere zehn Minuten, bis
Blakes Oma aufstand und erklärte, dass sie sich fertig für ein
Mittagessen mit ihren Freundinnen machen müsse.
Denjenigen, die sie zurückgelassen hatte, als sie umgezogen
war.

Als ihre Mutter aus dem Zimmer verschwand, füllte
Lindas verkniffenes Gesicht den Bildschirm. „Wie ihr sehen
könnt, käme sie überhaupt nicht damit zurecht, mit einem
Teenager umzugehen. Es tut mir leid, Blake, aber dass du
hierherziehst oder sie im Augenblick besuchst, steht nicht zur
Debatte. Sie hat gute Tage und schlechte Tage. Heute ist einer
der schlechten. Wenn sie herausfindet, dass es kein
Mittagessen mit Patsy und Minnie gibt, wird es sogar noch
schlimmer."

„Ich verstehe", sagte Blake, die sich die Tränen abwischte,
die sich in ihren Augen sammelten. „Wanda hat gesagt, ich
kann hierbleiben."

„Das stimmt", ließ Wanda sich vernehmen. „Aber ich werde
irgendwas brauchen, auf dem steht, dass ich jetzt ihr
rechtlicher Vormund bin, damit wir sie in der Schule
einschreiben können. Kannst du uns damit helfen, da deine
Mutter immer noch die Vormundschaft hat?"

Linda nickte ihnen knapp zu. „Ich rufe den Anwalt an und sorge dafür, dass man sich darum kümmert."

Dann beendete sie ohne Vorwarnung den Anruf, ließ sie vor einem leeren Bildschirm sitzen.

Blake warf einen Blick zu Wanda. „Na, das war unhöflich. Sie hat sich nicht mal verabschiedet."

Wanda musste zustimmen, aber anstatt weitere Animositäten voranzutreiben, entschied sie sich für einen taktvolleren Ansatz. „Ja, aber ich bin sicher, sie ist nur gestresst. Zumindest konntest du mit deiner Oma reden."

Blake sank im Sessel zusammen und legte sich die Hände übers Gesicht. „Es geht ihr sehr viel schlechter, als ich gedacht habe. Sie glaubt, sie ist noch in Maine, und weiß nicht, dass Opa gestorben ist."

Wanda nahm den Teenager in die Arme und hielt das Mädchen, bevor es sich auflöste, aber sie wusste, was Blake am meisten brauchte, war Zeit, um ihre Gefühle zu verarbeiten. „Ich weiß, meine Liebe. Es tut mir leid."

Ihre Schultern fingen an zu beben, und dann stieß sie ein Schluchzen aus.

Es gab nichts, was Wanda tun konnte, außer die Hände auf die Schultern ihrer Schwester zu legen und sie zu halten. Ihr klar zu machen, dass sie nichts davon allein durchstehen musste. Nicht, solange Wanda da war.

Als Blake sich endlich beruhigte, drehte sie sich um und schaute Wanda durch rote, verquollene Augen an. „Was mache ich denn jetzt bloß?"

„Langfristig wirst du mein zweites Schlafzimmer in deinen eigenen Teenagerhimmel verwandeln und dich hier in Keating Hollow an der Schule einschreiben. Das ist alles. Solange du an der Schule bist, musst du sonst nichts tun, außer hinter dir aufräumen. Wenn du an irgendwelchen außerunterrichtlichen

Tätigkeiten teilnehmen willst, mach nur. Wenn du einen Teilzeitjob willst, ist das auch cool. Was immer für dich funktioniert. Nur kein Alkohol, keine Partys, keine Lügen. Wenn du dich an diese Regeln hältst, werden wir uns gut verstehen."

Blake nickte und drehte sich um, immer noch nach vorne gesunken, wirkte völlig niedergeschlagen.

„Was die Frage angeht, was du heute machst, wie wäre es, wenn wir uns auf dem Sofa einigeln und einen Filmmarathon machen? Wir schauen uns ein paar klassische romantische Komödien wie *Pretty Woman* oder *Teen Lover* oder *Clueless* an."

„Igitt, warum denn die?", fragte Blake. „Ich würde lieber *High School Musical* sehen."

Wanda lachte. „Okay. Also *High School Musical*. Aber erst backen wir Kekse. Mit doppelt Schokolade. Und vielleicht Brownies mit Karamellschicht."

„Backen und Filme." Blake nickte langsam. Einen Augenblick später lächelte sie Wanda müde an. „Das klingt so … normal. Ich glaube, das letzte Mal, dass ich was gebacken habe, war bei Oma."

Das war vor über zwei Jahren gewesen. Wandas bereits schmerzendes Herz fühlte sich an, als würde es direkt entzweibrechen. Sie konnte sich nicht mal vorstellen, wie das Leben ihrer Schwester wirklich gewesen war, während sie bei ihren Eltern gewohnt hatte. Und nun spürte Wanda ein überwältigendes Bedürfnis, ihrer Schwester alles zu geben, was sie von den beiden Menschen, die sie hätten am allermeisten lieben sollen, niemals bekommen hatte.

Sobald Blake in der Küche aufgestellt war und mit den Keksen anfing, glitt Wanda weg und rief Cameron an, um ihn wissen zu lassen, dass sie das Mittagessen verpassen würde. Leider erfuhr sie auch, dass er das Städtchen wieder verließ.

Ihr Wiedersehen würde warten müssen. Sie war enttäuscht, bedauerte ihre Entscheidungen aber nicht. Ihre Schwester brauchte sie. Ende der Diskussion.

Mit einem Tablett voller Brownies und Kekse suchte Wanda *High School Musical* auf einem ihrer Streamingdienste und setzte sich mit Blake auf das Sofa. Als das durch war, gingen sie weiter zu *Clueless* und *Mean Girls*, und als sie mitten in *Teen Lover* waren, rollte sich Blake zusammen und fing an, leise in ein Kissen zu weinen.

„Hey", sagte Wanda, die sich bewegte, um neben ihr zu sitzen. „Was ist denn jetzt los?" Natürlich wusste sie, dass es dabei entweder um ihre Eltern ging, die sie fallen gelassen hatten, oder die Krankheit ihrer Oma, aber welches es war, ließ sich nur raten.

„Alle gehen immer weg", sagte sie durch ein leises Schluchzen und wühlte sich tiefer in ihre Decke.

Ach, zum Teufel. Wanda warf einen Blick auf den Fernseher, bemerkte, dass der Vater der Hauptfigur gerade festgenommen worden war, sodass seine Tochter allein zurückblieb. Wanda hätte es besser wissen sollen. Sie hätte dem Inhalt des Films mehr Aufmerksamkeit schenken sollen. „Nicht alle, Blake. Ich weiß, dass es jetzt so wirkt, aber du wirst schon sehen. Ich gehe nicht. Ich bin auf Dauer da. Verstehst du das? Ich werde immer genau hier in Keating Hollow sein. Du wirst mich haben, solange du mich willst."

Sie setzte sich rasch auf, in ihren Augen stand Feuer. „Du vergisst, dass ich Menschen lesen kann, Wanda. Versuch nicht, mich hereinzulegen."

Wanda fuhr entsetzt zurück. Es lag in ihrem Wesen, sich zu verteidigen, aber sie wollte Blake nicht wegdrängen. Sie wollte verstehen, was es war, das sie jetzt dachte und spürte, und sie beruhigen, falls das überhaupt möglich war. „Ich habe nicht vergessen, dass du Auren lesen kannst. Aber ich muss zugeben, dass ich verwirrt bin, was du gerade bei mir spürst. Denn von dem Augenblick an, als du auf meiner Türschwelle aufgetaucht bist, wollte ich nichts anderes tun, als dich in Sicherheit zu bringen. Ich will auf keinen Fall, dass du gehst."

„Ja." Blake kniff die Augen zu und schüttelte den Kopf, als müsse sie ihre Gedanken klären. „Das ist mir schon klar. Das kommt laut und deutlich durch. Da ist jede Menge Beschützerenergie einer großen Schwester." Sie stieß ein wenig erheitertes Lachen aus. „Weißt du, wer auch noch diese Energie ausstrahlt, wenn er nicht gerade eine halbe Flasche Whiskey gesoffen hat?"

„Unser Vater?", riet Wanda. Er war der Beschützertyp, aber nur, wenn es ihm passte oder wenn er jemanden beeindrucken wollte. In dem Augenblick, in dem jemand nervig wurde, schob er denjenigen zur Seite und tat, was zum Teufel er wollte.

Sie nickte und schob sich ihre dunklen Haare zurück. Mit zusammengekniffenen Augen schaute sie Wanda an und fragte: „Wie kann ich denn darauf vertrauen, dass du es nicht genauso machst? Dass du mich nicht zur Seite schiebst, für Cameron?"

„Cameron?" Wow. Das war das letzte, was sie von ihrer Schwester erwartet hätte. Sie und Cameron waren doch nur locker zusammen. Sie waren nicht mal in derselben Stadt. Aber da Wanda Blakes einzige lebende Verwandte war, der sie wichtig zu sein schien, schätzte sie, dass Cameron eine Bedrohung darstellte. Besonders, wenn man die Geschichte ihrer Eltern bedachte.

„Was passiert mit mir, wenn du beschließt, wegzulaufen und ihn zu heiraten? Du wirst nach Los Angeles ziehen, und wo bin ich dann? Allein. Wieder. Was dann?" In ihrem Tonfall lag Trotz, doch Wanda sah hindurch. Ihre Schwester hatte Angst. Sie war entsetzt. Und weshalb sollte sie das auch nicht sein? Wanda war ihre letzte lebende Verwandte, auf die sie zählen konnte.

„Blake." Wanda setzte sich aufrechter hin und drehte sich um, um ihrer Schwester ihre volle Aufmerksamkeit zuzuwenden. „Ich werde Keating Hollow niemals verlassen. Das ist meine Heimat. Es ist der Ort, an dem ich mich sicher fühle. Meine Wahlfamilie ist hier. Mein Geschäft ist hier. Meine Heimat ist hier. Und jetzt bist *du* hier. Cameron … Er ist ein echt cooler Typ, aber mit uns ist es überhaupt nicht ernst. Er ist nicht mal mein Freund."

„Er will es sein", sagte sie.

„Er bricht morgen nach Vancouver auf. Ich bin mir nicht mal sicher, wann ich ihn wiedersehe. Das ist kein gutes Rezept für eine erfolgreiche langfristige Beziehung. Nicht, dass ich überhaupt danach suche. Aber das ist nicht, was hier am wichtigsten ist. Du musst wissen, dass ich nicht unser Vater bin. Ich werde dich nicht im Stich lassen. Niemals. Du bist meine Schwester. Ich weiß, dass wir nicht zusammen aufgewachsen sind, aber du bist mir wichtig. Und wenn du mich lässt, würde ich mir wirklich gern dein Vertrauen verdienen und dir das beweisen."

Blake sagte gar nichts. Sie zupfte nur an der Decke herum und nickte schließlich.

Wanda drückte ihrer Schwester die Hand, und dann ließ sie los, während sie sich erhob. „Wie wäre es mit was anderem als Zucker? Lieferessen? Ich könnte Mystyk Pizza anrufen und was kommen lassen."

„Okay."

„Gut. Ich könnte sterben für Käse. Gemüse? Extra Fleisch? Huhn mit Sahnesoße?"

„Gemüse." Sie grinste. „Wir müssen was essen, das mit diesen Brownies fertig wird."

Wanda lachte leise und machte sich auf die Suche nach ihrem Handy, um was zu essen zu bestellen.

WANDA STÜRZTE sich auf die Kissen in ihrem Schlafzimmer und lauschte dem flüsternden Bach in dem Gemälde mit den Mammutbäumen. Es war der letzte Rest von Camerons Magie, von dem Abend, an dem er versucht hatte, sie zu überraschen. Sie wollte unbedingt hinüber zur Pension laufen, um ihn nur noch einmal zu sehen, bevor er ging. Ihr war ohne Zweifel klar, hätte sie nicht Blake gehabt, um die sie sich Sorgen machen musste, wäre sie bereits unterwegs gewesen. Es war nicht nur die körperliche Beziehung, die sie teilten, die sie zu ihm zog. Wanda mochte ihn wirklich.

Aber die Tatsache, dass er in einer anderen Stadt wohnte, und er ihr eindeutig mitgeteilt hatte, dass er nicht toll in Beziehungen war, und dass er einen unvorhersehbaren Terminplan hatte, bedeutete, dass es nicht viel Sinn machte, etwas mit ihm weiterzuverfolgen. Sie nahm zur Kenntnis, dass er das, was immer sie beide hatten, als Beziehung hatte bezeichnen wollen, aber das konnte sie jetzt nicht machen. Nicht, da Blake im Spiel war.

Cameron war aus bestimmt, aus ihrem Leben zu verschwinden. Damit konnte Wanda umgehen. Sie war ein großes Mädchen, das wusste, was es im Leben wollte. Ein Mann war niemals Teil dieser Gleichung gewesen. Sie war damit zufrieden. Wanda hatte ihre Freundinnen und ihre Karriere und ein tolles Städtchen, das sie noch niemals im Stich gelassen hatte. Ihr Vater hatte sie verlassen, und seit diesem Zeitpunkt war sie entschlossen gewesen, dass sie in ihrem Leben keinen Mann brauchte. Sie würde Platz für einen machen, aber zu ihren Bedingungen. Sowohl sie als auch Cameron waren bestens damit klargekommen, wie die Dinge gelaufen waren.

Nun hatte sie Blake, um die sie sich sorgen musste. Nicht nur machte sie sich Sorgen, dass Blake ihm nahekommen und dann miterleben würde, wie er verschwand, wie es ihm auch bestimmt war, sie musste sich außerdem darauf konzentrieren, dass ihre Schwester sich sicher fühlen würde. Nun war nicht der Zeitpunkt, um eine Fernbeziehung mit jemandem auszubauen, und noch viel weniger mit einem Mann, der genauso viele Bindungsängste zu haben schien wie sie selbst.

Wanda glitt nach unten und vergrub den Kopf unter der Decke, damit sie den blubbernden Bach in dem Gemälde nicht mehr sehen konnte. Sie tat sich keinen Gefallen, wenn sie ihn anstarrte. Gerade, als sie am Einschlafen war, summte ihr Handy. Wanda stöhnte, während sie danach griff, und wusste bereits, wer die Nachricht geschickt hatte.

KAPITEL 8

*C*ameron war nach wie vor betäubt, als er das Zimmer in der Pension betrat. Obwohl er den Tag damit verbracht hatte, ziellos durch die Stadt zu gehen, hatte er immer noch nicht den Anruf von Cam Berry verarbeitet. Zu sagen, er hätte ihn eiskalt erwischt, wäre eine extreme Untertreibung gewesen. Wie konnte es möglich sein, dass er einen Sohn hatte? Wie war es möglich, dass Tori schwanger gewesen war und es ihm niemals erzählt hatte? Hatte sie es herausgefunden, bevor oder nachdem sie gegangen war?

In seinem Kopf drehte sich immer noch alles.

Er hatte einen Sohn. Einen neunzehnjährigen Sohn.

Cameron war hin und hergerissen dazwischen, in ein Flugzeug nach San Diego zu steigen und sich mit ihm zu treffen, oder, so schnell er konnte, nach Vancouver zu flüchten. Er hatte den ganzen Nachmittag damit verbracht, zu versuchen, seinen Kopf an diese neue Wirklichkeit anzupassen. Toris Entscheidungen zu verstehen versucht, während er immer wieder in Gedanken ihre Trennung durchspielte, in

dem Versuch, herauszufinden, weshalb sie ihm das
vorenthalten hatte.

Cameron hatte sie geliebt. Er hatte sie heiraten wollen. Als
sie gegangen war, hatte sie ihm das Herz gebrochen. Aber
weshalb hatte sie ihm sein Kind vorenthalten?

Wut strömte durch ihn hindurch, und er wollte schreien.
Aber wen sollte er denn anbrüllen? Tori war weg. Nichts von
alldem war Cams Schuld. Und ohne ein anderes Ventil zu
haben, zog sich Cameron in kurze Hose, T-Shirt und
Laufschuhe um. Im nächsten Augenblick lief er aus der
Pension und fing an zu joggen.

Eine Stunde später, schweißtriefend und körperlich
erschöpft, kam Cameron zurück in sein Zimmer. Er hatte
seinen Zorn abgearbeitet, aber die Taubheit war wieder da.
Wie in einem Nebel ging er unter die Dusche und hoffte, wenn
er herauskam, würde er etwas Klarheit haben.

Es funktionierte nicht.

Er musste mit jemandem reden. Das wusste er. Seine Eltern
standen nicht zur Debatte. Noch nicht. Sie würden ihm alle
möglichen Fragen stellen, die er nicht beantworten konnte.
Dann würden sie Cam treffen wollen. In seinen Gedanken
bestand kein Zweifel, dass sie begeistert sein würden,
herauszufinden, dass sie Großeltern waren. Ja, sie würden sich
aufregen, dass sie die ersten neunzehn Jahre seines Lebens
verpasst hatten, aber sie würden keine weitere Zeit
verschwenden, um ihn zu einem Teil ihrer Familie zu machen.

Stimmte mit ihm etwas nicht, dass sein erster Instinkt nicht
war, direkt nach Südkalifornien zu fahren?

Es gab nur eine, mit der er reden wollte.

Cameron nahm sein Handy und tippte einen Text an
Wanda. *Hey, du Schöne. Hast du mal kurz?*

Als sie nicht gleich antwortete, legte er den Kopf auf das

Bett und schloss die Augen. Aber Schlaf war eindeutig keine Option. Seine Gedanken wollten sich nicht beruhigen. Stattdessen starrte an die Decke und versuchte, sich daran zu erinnern, was so wichtig war, dass er Vancouver nicht abblasen konnte.

Er wusste nicht, wie viel Zeit vergangen war, als er schließlich sein Handy pingen hörte. In diesem Augenblick hatte er aus irgendeinem Grund Angst davor, sich die Nachricht anzusehen. Trotzdem griff er nach dem Handy und tippte auf die Benachrichtigung.

Wanda: *Es tut mir leid, Cameron. Ich glaube, es ist keine gute Idee, dass wir damit weitermachen. Meine Schwester braucht mich jetzt, und es ist besser für uns beide, wenn wir das einfach abblasen. Wir wissen doch, dass es sowieso nur vorübergehend war. Du bist ein toller Typ und ein guter Freund. Viel Glück mit deinem Film und der Serie. Ich bin sicher, sie werden beide ganz toll.*

Cameron las die Nachricht dreimal, ehe er das Handy ausschaltete, das Gesicht im Kissen vergrub und einen gequälten Schrei ausstieß.

CAMERON BRAUCHTE DREI TAGE, um seinen Sohn zurückzurufen. Drei Tage, um seinen Kopf auf eine neue Wirklichkeit einzustellen, in der er einen Sohn hatte und Wanda nicht mehr traf. Er war immer noch über Ersteres verwirrt, aber er hatte es allmählich akzeptiert. Letzteres? Das brachte ihn noch immer ins Taumeln. Was hatte er denn getan, das sie dazu brachte, sich so abrupt zurückzuziehen? Er verstand schon, dass ihre Schwester eine Menge durchmachte, aber hieß das wirklich, dass sie einander nicht mehr treffen konnten? Offensichtlich lautete die Antwort Ja, denn Wanda hatte ihre Worte nicht beschönigt oder einen Schlupfwinkel gelassen, durch den er sie vom Gegenteil überzeugen konnte.

Einmal wieder war Cameron in seinem Hotelzimmer, ging auf und ab. Es war der erste Abend, den er frei hatte, seit er früher in der Woche in Vancouver gelandet war. Er war nicht nur einer der Hauptdrehbuchautoren von *Fire Valley*, sondern Cameron hatte sich auch als Produzent eintragen lassen, und darum war er in das Casting und Vorsprechen involviert. Aber nun, da er einen Moment frei hatte, konnte er das Unvermeidliche nicht länger aufschieben.

„Cameron?", sagte sein Sohn, nachdem er den Anruf angenommen hatte.

„Ja. Tut mir leid, dass ich so lange gebraucht habe, um zurückzurufen. Ich ..." Was konnte er sagen? Bin ein Idiot? Es kam der Wahrheit vermutlich am nächsten.

„Keine Sorge deswegen", sagte Cam. „Ich weiß, dass meine Nachricht ein Schock war."

„Das kannst du laut sagen." Cameron hatte niemals gedacht, dass er sich in dieser Lage finden würde. Er war ein vorsichtiger Mann. Ein verantwortungsvoller Mann. Obwohl er seit Tori keine langfristigen Beziehungen mehr gehabt hatte, war er immer ehrlich mit seinen Absichten gewesen, zu jeder, mit der er sich eingelassen hatte. Was auch der Grund war, weshalb es für ihn so erstaunlich war, dass er immer noch so verletzt war, weil Wanda die Dinge mit ihm beendet hatte. Insbesondere, wo sie doch recht hatte. Sie hatten beide gewusst, dass es nicht andauern würde.

„Äh, gibt es einen Grund, weshalb du anrufst?", fragte ihn Cam.

Cameron lachte beinahe. Es klang genauso wie etwas, das er zu dem Idioten am anderen Ende einer Leitung sagen würde, der eindeutig keine Ahnung hatte, was er gerade tat.

„Tut mir leid. Ja. Ich schätze, ich habe Fragen."

„Du schätzt?"

Man brauchte es nur seinem Sohn überlassen, ihm seinen Schwachsinn vorzuhalten. „Ja. Ich wollte dich wegen deiner Mutter fragen."

Es gab ein Zögern, ehe er sagte: „In Ordnung."

„Du sagst, sie sei kürzlich gestorben. Macht es dir was, wenn ich frage, was passiert ist?"

„Krebs", erwiderte er, in seinem Ton lag kein Gefühl. „Eierstockkrebs im Endstadium. Es ging ganz schnell."

„Tut mir leid", sagte Cameron, während er die Augen schloss und sich die schlanke Blonde mit dem süßesten Lächeln vorstellte, das er jemals gesehen hatte. Mit ihren großen, offenen Augen und der schmalen Gestalt war sie bezaubernd gewesen. Er hatte sie immer an sich geschmiegt halten wollen, nur um in ihrer Nähe zu sein. Um sie lachen zu hören, sie lächeln zu sehen. Er hatte keinen Augenblick davon verpassen wollen.

„Ja. Mir auch."

Cameron schob die Erinnerungen an seine Tori zur Seite und fuhr fort. „Du sagtest, du hättest gerade erst rausgefunden, dass ich dein Vater bin. Wer, dachtest du denn, wäre dein Vater?"

„Irgendein Footballspieler, der in einem Autounfall umkam, in der Nacht, bevor er einen Vertrag hätte unterschreiben sollen. Sie hat mir ein Bild von ihm gegeben, aber das ist alles, was ich weiß."

„Gavin Preston", sagte Cameron sofort. „Er war der beste Freund ihrer Mitbewohnerin."

„Das hat sie mir nicht mal erzählt", erwiderte Cam, der verärgert klang. „Ich schätze, ich weiß, weshalb. Wenn er nicht wirklich mein Vater war, weshalb sollte sie von ihm reden wollen?"

Camerons Gedanken wirbelten. Tori war kurz mit Gavin zusammen gewesen, bevor sie ihre Beziehung begonnen hatten. War vor seinem tragischen Unfall etwas zwischen ihnen passiert? War das der Grund, weshalb sie gegangen war? Hatte sie sich insgeheim gewünscht, Gavin wäre Cams Vater? Wenn ja, weshalb setzte sie dann Camerons Namen auf die Geburtsurkunde und nannte ihn Cam? Nichts davon ergab Sinn, und er schätzte, das würde auch so bleiben. Er musste das hinter sich lassen, nicht versuchen, es zu verstehen. Das Einzige, worauf es jetzt ankam, war, dass er einen Sohn hatte. Und zu warten, bis er ihn traf, war keine Option. „Ich bin mir nicht sicher, Cam. Ich habe auch eine Menge Fragen an deine Mutter, aber da wir sie niemals beantwortet bekommen werden, sollten wir vielleicht einfach weiterziehen."

„Klar, weiter", sagte er. „Wie machen wir das?"

„Ich würde dich gern so schnell wie möglich treffen, wenn dir das Recht ist. Ich weiß nicht, wie's dir geht, aber neunzehn Jahre ist zu lange, dass ein Vater und ein Sohn warten sollten, um sich zum ersten Mal zu begrüßen."

„Du willst dich treffen?" Er klang schockiert, aber angenehm überrascht.

„Ja, schon. Ich bin hier oben in Vancouver in den nächsten Tagen beschäftigt, aber danach sollte ich nach San Diego fliegen können. Wie klingt das?"

„Äh, toll, aber ich bin nicht mehr in San Diego."

„Nicht? Wo bist du denn dann?"

Er stieß ein leises Lachen aus. „Na ja, derzeit bin ich in meinem VW-Bus, campe hier in den Bergen von Santa Cruz."

„Oh. Ich verstehe. Wann bist du denn wieder in der Stadt?"

„Nie?" Die Antwort klang nach einer Frage. „Tatsächlich

wurde der Nachlass meiner Mutter schließlich geregelt. Es gab nicht viel, nur einen kleinen Notgroschen. Aber tatsächlich ist es so, dass mich nichts wirklich hier hält. Also habe ich beschlossen, ein wenig zu reisen und rauszufinden, wo ich mich niederlassen soll. Nachdem deine Mom mir von Keating Hollow erzählt hat, habe ich beschlossen, dorthin zu fahren. Ich arbeite mich nach Norden vor."

„Du hast mit meiner Mom geredet?", stieß Cameron keuchend aus. Hatte er ihr gesagt, dass sie seine Großmutter war? Falls diese Nachricht von irgendjemand anderem als Cameron kann, würde Emily Copeland völlig durchdrehen.

„Ja, aber nur, um zu versuchen, an dich ranzukommen. Sie weiß nichts … von mir." Erleichterung ging über Cameron hinweg, und er hatte wohl ein hörbares gelöstes Seufzen ausgestoßen, da Cam zurückschoss: „Aber sie *ist* meine Großmutter, und ich würde sie gern irgendwann treffen. Sie wirkt echt nett."

„Tut mir leid." Cameron verzog das Gesicht. „Natürlich wirst du sie treffen. Und auch meinen Dad. Ich wollte nur derjenige sein, der es ihnen sagt. Sie werden begeistert sein, aber es braucht vielleicht einen Augenblick, damit sie sich an die Tatsache gewöhnen, dass sie neunzehn Jahre lang nichts von dir wussten. Das ist alles."

„Oh. Ja. Dieser Teil nervt."

„Sehe ich auch so." Cameron lehnte sich in seinem Zimmer an den Schreibtischstuhl, fühlte sich leichter als in den letzten drei Tagen. Nur anhand des Gesprächs mit seinem Sohn übers Telefon mochte er ihn bereits. Er wettete, seiner Mutter war es auch so gegangen. „Also, hat Emily dir das Ohr abgekaut, als du mit ihr geredet hast?"

Er lachte leise. „Das schon, aber es macht mir nichts aus. Wie ich sagte, sie ist echt nett."

„Ist sie. Du wirst sie lieben."

Cam räusperte sich. „Also … wann treffe ich sie und deinen Dad?"

„Du fährst nach Keating Hollow, oder?" Der Gedanke klang für Cameron einfach perfekt. Seine Eltern waren noch da, genauso wie eine gewisse Rothaarige, die ihm nicht aus dem Sinn ging.

„Das ist mein Plan."

„Dann werde ich dich da treffen. Ich habe noch zwei Tage hier, dann bin ich im nächsten Flugzeug. Ich rufe dich an, wenn ich dorthin komme. Geht das?"

„Auf jeden Fall."

Cameron konnte das Lächeln in der Stimme seines Sohnes hören, und das Geräusch ließ sein Herz groß werden und gleichzeitig wehtun. Es gab ihm das Gefühl … vollständig zu sein. „Wir reden bald, Sohn."

„Auf jeden Fall, Dad."

Als Cameron den Anruf beendete, hatte er ein Lächeln im Gesicht und fühlte sich leichter als in den letzten Tagen. Er schaute sich im Zimmer um und beschloss, dass er sich zu gut fühlte, um eingesperrt zu sein. Nachdem er sich seinen Hotelschlüssel geschnappt hatte, ging er hinab an die Bar und bestellte ein Bier aus einer Kleinbrauerei.

Er hatte gerade erst den ersten Schluck genommen, als eine umwerfende Brünette sich neben ihn setzte und den Barkeeper herüberrief.

„Was kann ich Ihnen bringen?", fragte sie der sauber rasierte junge Mann.

„Dieser freundliche Mann hier wird mir einen Martini kaufen", sagte sie und zwinkerte Cameron zu.

„Verstanden." Der Barkeeper machte sich an die Arbeit, während Cameron die kokette Frau betrachtete.

„Das war ziemlich dreist", sagte er amüsiert. Es war ihm nicht fremd, dass man ihn anmachte, aber diese Frau hatte es wirklich drauf. Er konnte nicht verhindern, dass er sie bewunderte.

„Meine Mama hat mir immer beigebracht, mir das zu holen, was ich will. Hat ja keinen Sinn, darauf zu warten. Oder?"

Da konnte er ihr nicht widersprechen. Tatsächlich trafen ihn ihre Worte sehr. Er musste sich das holen, was er wollte. Wenn er Wanda niemals erzählte, was er fühlte, wie konnte er dann erwarten, dass sie ihm eine Chance gab?

Der Barkeeper kam mit dem Martini der Frau zurück. Cameron zögerte nicht, seine Kreditkarte rüber zu reichen.

„Vielen Dank." Sie hob das Glas an seines, stieß sie aneinander.

„Gern geschehen." Er trank von seinem Bier, fragte sich, was sie als nächstes tun würde.

Sie hob das Glas an die Lippen und beobachtete ihn über den Rand, während sie an dem Drink nippte. Dann stellte sie das zarte Glas ab und wandte sich zu ihm. „Also, erzählen Sie mir mal, mein Hübscher, was bringt Sie nach Vancouver?"

„Die Arbeit. Sie?"

„Ebenso." Sie beäugte ihn neugierig. „Sie sehen nicht aus, als wären sie für die Pharmazeuten-Konferenz da."

„Genauso wenig Sie", gab er zurück.

„Da liegen Sie richtig. Ich bin im Verkauf. Damenunterwäsche."

Er lachte einfach. „Scheint, als hätten sie einen interessanten Job."

Sie hob eine Augenbraue. „Durchaus. Wissen Sie, was noch interessanter ist?"

Er trank den Rest seines Biers aus und fragte dann: „Was denn?"

Sie legte sich die Hand an die Brust und strich mit den Fingern über den obersten Knopf ihrer Bluse. „Nehmen Sie mich mit auf ihr Zimmer, und Sie finden es raus."

Cameron legte Trinkgeld auf den Tresen, während er sich erhob. Als seine Begleiterin sich bewegte, um es ihm gleichzutun, sagte er: „Danke für das Angebot, aber ich bin bereits vergeben."

Dann ging Cameron, rief bereits den Produzenten an, um ihn wissen zu lassen, dass er seinen Terminplan umlegen würde.

KAPITEL 9

„*I*ch kann nicht glauben, wie großartig du gerade jetzt aussiehst", sagte Wanda zu ihrer besten Freundin Abby, die auf ihren Tisch im *Incantation Café* zukam. „Weißt du, dieses Leuchten der Schwangerschaft, von dem alle reden?"

„Ich habe davon gehört", erwiderte Abby mit einem breiten Grinsen. Sie stellte zwei Papp-Kaffeebecher und eine Tüte mit Süßkram auf den Tisch und setzte sich dann gegenüber von Wanda hin.

„Na, du leuchtest nicht. Du strahlst Sonnenschein aus, bei dem mir die Augen übergehen. Es ist ein bisschen viel. Meinst du, du kannst das ein wenig zurückfahren?", scherzte sie.

„Halt. Du übertreibst maßlos. Man sieht doch noch fast nichts. Warte mal, bis ich zwanzig Kilo zugelegt habe und wirklich ein paar Streicheleinheiten fürs Ego brauche, damit ich mich besser mit mir fühle."

„Vorgemerkt", sagte Wanda mit einem Lachen. „Aber mir fällt es schwer, zu glauben, dass du irgendwann nicht mehr strahlen wirst."

„Und darum liebe ich dich." Abby nahm einen Schluck von ihrem Kräutertee und verzog das Gesicht. „Weißt du, ich mochte Tee mal wirklich, aber dieses Baby kann ihn nicht ausstehen. Ich glaube, sie ist bereits abhängig von Kaffee."

„Wie ist das möglich? Du trinkst doch erst Tee, seit du erfahren hast, dass du schwanger bist. Und *sie*? Hast du schon gehört, was es wird, oder ist das wieder deine Intuition?", fragte Wanda.

„Ich habe vier Wochen lang Kaffee getrunken, bevor mir klar war, dass ich ein Baby ausbrüte. Ist nicht meine Schuld, dass sie das Zeug liebt. Ich meine, kannst du ihr das übel nehmen? Es ist tausend Mal besser als Tee. Und nein. Wir haben das Geschlecht nicht von einer Heilerin erfahren. Aber Miranda ist überzeugt, dass ich ein Mädchen bekomme, also gehe ich da mit."

„Miranda ist eine Erdhexe", sagte Wanda. „Sie kann nicht erkennen, was du bekommst." Sie warf einen Blick durch das Café zu ihrer Schwester, die mit Hanna über einen möglichen Teilzeitjob verhandelte. „Du solltest Blake fragen. Sie ist eine Geisthexe. Sie kann vielleicht was anhand deiner Energie erkennen."

Abby neigte den Kopf und musterte Blake. „Vielleicht, aber es ist mir auch egal. Ich habe nur *sie* benutzt, weil Miranda unaufgefordert etwas gesagt hat. Das fühlt sich an wie ein Zeichen oder so."

„Was immer du sagst, Abs." Wanda nahm noch einen großen Schluck von ihrem Kaffee, genoss die dunkle Röstung. Es war derjenige, den Cameron vorgeschlagen hatte, und sie hatte sich in die Mischung verliebt.

„Okay, Wanda. Spuck es aus", sagte Abby, die die Hände auf den Tisch schlug und ihr in die Augen schaute. „Irgendwas ist los, und du sagst es mir nicht."

84

Wanda schaute wieder zu ihrer Schwester. „Ich mache mir nur Sorgen um sie, das ist alles."

„Verständlich", erwiderte Abby langsam. „Sie hat ziemlich Heftiges durchgemacht, aber sie wird sich davon erholen. Besonders, da sie die tollste Schwester der Welt hat."

„Na ja, das stimmt schon", pflichtete Wanda mit einem Nicken bei.

„Du musst ihr nur Zeit geben, sich einzugewöhnen. Es funktioniert schon. Das wirst du sehen." Wanda wollte einwenden, dass es vielleicht ein wenig mehr als nur Zeit brauchen würde, doch Abby lehnte sich vor und sagte: „Aber das ist doch nicht alles, das dir über die Leber läuft, oder etwa nicht? Es ist noch was. Ist es Cameron? Muss ich ihn in den Hintern treten? Ich bin bereit dazu, Babybauch hin oder her."

„Nein", sagte Wanda, die den Kopf schüttelte. „Musst du nicht. Er hat nichts falsch gemacht."

„Warum siehst du dann also aus, als würdest du gern in dein Quarkteilchen weinen?", fragte Abby.

Wanda holte tief Luft. „Weil ich die Dinge mit ihm über eine Textnachricht abgebrochen habe."

Abby beugte sich vor und zischte: „Du hast was getan?"

„Du hast mich gehört. Es ist besser, es jetzt zu beenden, bevor jemand verletzt wird." Wandas Blick landete wieder auf ihrer Schwester. „Ich kann niemanden in ihr Leben lassen, der einfach wieder geht. Sie hat das schon zu oft erlebt."

Abby lehnte sich zurück und musterte ihre Freundin, die Arme über ihrem winzigen Bauch verschränkt.

„Was, Abs? Ich versuche, zu tun, was richtig ist. Cameron und ich … Wir haben nur rumgespielt. Es hat Spaß gemacht, und ja, ich habe ihn gemocht. Aber es lief nirgendwohin. Das war in Ordnung, solange es nur um mich ging. Aber jetzt sind die Dinge anders."

„Bist du sicher, dass es nirgendwohin lief?"

„Ja. Daran bestand kein Zweifel." Wanda überdachte ihre Entscheidungen nicht oft ein zweites Mal. Sie pflügte immer mit voller Kraft voraus, machte das Beste aus jeder Lage, so war sie eben. Und das hier war nichts anderes.

„Aha. Wir werden sehen." Abby warf einen Blick auf die magische Schaufensterdekoration und schien sich in den animierten Keksen zu verlieren, die wie Margeriten geformt waren und aus Vorfreude auf einen frühen Frühling tanzten.

„Ich weiß, was du da machst", sagte Wanda, die in ihren Stuhl zurücksank. „Du kannst auch gleich sagen, was dir durch den Kopf geht. Wir wissen beide, wenn du das nicht tust, wirst du dir darüber Gedanken machen, und dann anrufen und mich mitten in der Nacht aufwecken, damit du es dir von der Seele reden kannst."

Abby wandte sich zurück an ihre Freundin und lachte leise. „Das würde ich so machen, oder nicht? Du kennst mich zu gut."

Wanda nickte und wartete.

„Okay, du willst wissen, was ich denke? Na, da hast du es." Sie lehnte sich vor und sagte: „Ich glaube, du machst einen riesigen Fehler, indem du ihn ziehen lässt."

„Abs …"

„Nö. Du wolltest hören, was ich zu sagen habe. Also komm damit klar. Ich habe dich niemals glücklicher gesehen, als wenn du mit Cameron zusammen warst. Du weißt doch, dieses Leuchten, von dem du mir erzählst, dass ich es ausstrahle? Wenn du mit Cameron zusammen bist und vergisst, dass jemand hinschaut, hast du es auch. Er macht dich glücklich."

„Ich bin immer glücklich", beharrte Wanda, versuchte den dumpfen Schmerz in ihrer Brust zu ignorieren. Es tat weh, von ihrer Freundin bestätigt zu bekommen, was sie versucht hatte, zu ignorieren.

„Natürlich bist du das. Das liegt dir im Wesen. Aber was du mit Cameron hast, ist etwas anderes. Wenn du ihn einfach gehen lässt, ohne es zu versuchen, glaube ich wirklich, du wirst es bereuen."

Wanda holte tief Luft und schüttelte leicht den Kopf. „Du verstehst nicht, Abby. Ich habe ihn gehen lassen, wegen Blake. Sie braucht Stabilität. Und ich muss sicherstellen, dass sie weiß, dass sie der wichtigste Mensch in meinem Leben ist. Das verstehst du doch, oder? Nach allem, was sie durchgemacht hat?"

„Klar", sagte Abby, die die Stirn runzelte. „Ich schätze, ich verstehe nur nicht, weshalb das bedeutet, dass du Cameron nie mehr treffen kannst. Es ist ja nicht so, als wärst du so eine Frau, die sich in einem Mann verliert. Du warst immer schon äußerst unabhängig. Weshalb sollte sich das jetzt ändern?"

„Das würde es nicht, aber es geht dabei nicht um mich. Oder auch um Cameron. Es geht um meine Schwester, die jeden einzelnen Menschen in ihrem Leben einfach davongehen sah. Und ihre Mom hat unseren Dad immer ihr vorgezogen. Das bringt einen Menschen echt aus dem Tritt. Darum schätze ich, das Mindeste, was ich tun kann, ist, für sie eine Zuflucht zu sein, bei der sie sich darum überhaupt keine Sorgen machen muss."

Abby stieß ein Seufzen aus und schüttelte den Kopf. „Ich bin mir nicht sicher, wie gesund das ist, aber ich verstehe schon, worauf du hinaus willst." Sie griff über den Tisch und drückte ihrer Freundin die Hand. „Ich bewundere dich dafür, dass du dich so tiefgreifend um deine Schwester sorgst. Das weißt du, oder?"

Wanda lächelte ihre Freundin schwach an. „Es ist nichts,

was du nicht für Olive getan hättest, selbst noch bevor sie deine Stieftochter war. Oder für Hope, als du rausgefunden hast, dass sie deine Schwester ist. Es ist einfach, wer wir sind, Abby. Wir schützen die Unseren."

DIE WINTERSONNE STRÖMTE durch die Fenster von Wandas kleinem Büro. Nach ihrem Kaffeetreffen mit Abby hatte sie Blake in der Obhut ihrer Freundinnen gelassen und war an die Arbeit gegangen, um einige E-Mails und Anrufe zu beantworten und dann mit dem Papierkram wieder auf den neuesten Stand zu kommen. Keating Hollow war ein relativ kleines Städtchen, und sie war die einzige Immobilienmaklerin innerhalb der nächsten dreißig Kilometer. Das bedeutete, dass sich bei ihr immer die Arbeit stapelte. Da ihre Schwester in der Stadt war, hatte sie sich mehr treiben lassen als sonst.

Sie hatte sich durch drei Sprachnachrichten gearbeitet und tippte eine E-Mail, um eine kurzzeitige Vermietung zu bestätigen, als das Telefon klingelte.

„Wanda Danvers. Wie kann ich heute Ihren Immobilienbedürfnissen auf die Sprünge helfen?"

„Ach, gut. Sie sind da", sagte eine vertraute Frauenstimme, aber Wanda fiel es schwer, sie einzuordnen.

„Ich bin da", erwiderte sie freundlich. „Was kann ich für Sie tun?"

Die Frau lachte leise. „Hier ist Emily Copeland. Camerons Mutter?"

„Natürlich." Wanda lehnte sich in ihrem Stuhl zurück und versuchte, die plötzliche Anspannung ihrer Schultern zu ignorieren. Rief sie wegen ihres Sohns an? Das wäre ja mal peinlich. Wanda beschloss, völlig auf professionell zu machen, als hätte sie nicht in den letzten Wochen mit dem Sohn dieser Frau geschlafen. „Schön, wieder von Ihnen zu hören, Emily. Wie läuft denn Ihr Aufenthalt in Keating Hollow? Haben Sie es schon mal in unser Spa geschafft, *A Touch Magic*? Die Townsend-Mädchen wissen wirklich, wie man jemanden verwöhnt."

„Wie es der Zufall so will, war ich gerade heute Vormittag dort. Mein Rücken hat sich noch nie besser angefühlt, und als Bonus sind meine Zehen pink und glitzern. Es war fabelhaft. Danke für die Empfehlung. Ich gehe nächste Woche hin, um mir die Wimpern und Augenbrauen färben zu lassen."

„Nächste Woche?", fragte Wanda überrascht. „Haben Sie beschlossen, Ihren Besuch hier zu verlängern? Ich kann mich irgendwie erinnern, dass Sie nur vorhatten, noch ein paar weitere Tage zu bleiben."

„Ja, haben wir. Deswegen rufe ich eigentlich an." Es gab ein Rascheln, als hätte Emily das Mikro des Handys abgedeckt, gefolgt von gedämpften Stimmen, die klangen, als würde sie sagen, dass sie es Cam später erzählen würde. „Tut mir leid", sagte sie, als sie wieder sprach. „Dayton hat mich was gefragt. Wo war ich denn nur?"

„Sie kamen gerade zu dem Teil, weshalb Sie mich anrufen."

„Genau." Sie lachte leise. „Witzig, wie leicht die Gedanken auf Wanderschaft gehen, wenn man wegen etwas aufgeregt ist, oder nicht?"

„Klar", stimmte Wanda zu, die sich fragte, ob die Frau jemals zum Punkt kommen würde.

„Dayton und ich haben beschlossen, durch den Herbst hindurch in Keating Hollow zu bleiben. Ich habe mich gefragt, ob Sie uns helfen könnten, eine Wohnung oder ein Häuschen zur Miete zu finden, damit wir nicht in der Pension bleiben müssen. Hier ist es wunderbar, aber wir könnten eine eigene Küche gebrauchen, und ein wenig Platz, um draußen zu sitzen."

„Sie haben beschlossen, hierzubleiben?", fragte sie verblüfft. Das kam unerwartet. Und verstörend. Hieß das, dass Cameron mehr Zeit in ihrer Stadt verbringen würde? Plötzlich hatte er weitere Bande hier in Keating Hollow, nicht nur Miranda.

„Ja. Dieses Städtchen ist einfach so bezaubernd. Wir denken tatsächlich darüber nach, herzuziehen, aber wir wollen erst mal etwas mehr Zeit hier verbringen, um sicherzustellen, dass es für uns das Richtige ist."

„Das ist … fantastisch", sagte Wanda, die bereits auf ihren Ordner mit den Kurzzeit-Mietobjekten klickte. „Ich würde Ihnen nur zu gerne helfen. Es stehen nicht viele Kurzzeit-Mietobjekte zur Verfügung, aber wenn Sie mich wissen lassen, welche Vorstellungen Sie haben, kann ich eine Liste zusammenstellen und anfangen, Ihnen die Möglichkeiten heute Nachmittag oder morgen zu zeigen. Was immer für Sie funktioniert."

„Perfekt. Es muss mindestens zwei Zimmer haben. Drei wären besser, aber solange es ein Gästezimmer für Cameron gibt, wird es funktionieren. Platz draußen, eine Veranda, oder einen Balkon, irgendwo, wo wir Wein trinken und die Sommerabende genießen können. Und wenn es einen Ausblick auf den Fluss oder das Tal hat, sogar noch besser."

Wanda schrieb ihre Liste fertig auf einen Block und versuchte, die Erwähnung von Cameron zu verdrängen. Es war offiziell. Er würde zurück sein, eher früher als später.

„Ich glaube, das ist alles", sagte Emily. „Glauben Sie, wir können vielleicht was finden?"

Wanda musterte rasch ihre Liste und verzog das Gesicht. Die meisten Mietobjekte waren bereits gebucht, und diejenigen, die übrig waren, waren klein oder mussten etwas verschönert werden. „Ich werde mein Bestes tun", sagt sie trotzdem, weil sie hoffte, dass sie irgendwelche Möglichkeiten auftun konnte. „Geben Sie mir bis morgen, um ein wenig nachzuforschen. Funktioniert zehn Uhr?"

„Auf jeden Fall. Sollen wir uns in Ihrem Büro treffen?"

„Wie wäre es mit dem *Incantation Café?*" Es wäre Samstag und Blakes erster Tag bei der Arbeit, und Wanda wollte dort auftauchen, um ihre Unterstützung zu zeigen.

„Perfekt. Wir sehen uns dann."

Die Leitung war tot. Ohne Zeit zu verschwenden, holte Wanda ihre Kontaktliste heraus und fing an, Anrufe zu tätigen.

Zwei Stunden später schloss Wanda ihren Laptop, fühlte sich ziemlich zufrieden, und fing an, für heute zuzusperren. Gerade als sie die Lichter abschalten wollte, öffnete sich die Tür, und ein junger Mann, der in den frühen Zwanzigern zu sein schien, marschierte herein.

„Hi", sagte er, strich sich mit der Hand durch die dichten, dunklen Haare. „Sind Sie Wanda Danvers?"

„Die bin ich", erwiderte sie und lächelte ihn an. Er hatte durchdringend blaue Augen, goldene Haut und ein Gesicht, das Zeitschriftencover hätte zieren sollen. Er war so gut aussehend, dass er nicht mal echt wirkte, bis auf die Tatsache, dass er in ein ausgeblichenes *Guns N' Roses*-T-Shirt gekleidet war, zerrissene Jeans und Sneaker, die schon mal besser ausgesehen hatten. „Und Sie sind?"

„Cam Berry." Er hielt ihr eine Hand in. „Ich höre, Sie sind diejenige, die man fragen muss, wenn man was zur Miete sucht."

Wanda nickte, während sie ihm die Hand schüttelte. „Kurzfristig oder langfristig?"

„Langfristig, aber es wäre ideal, wenn es sich immer monatlich verlängert."

„Okay." Wanda schlüpfte wieder hinter ihren Schreibtisch und bedeutete ihm, sich zu setzen. „Ich werde mein Bestes tun, aber nur, um Sie zu warnen, in Keating Hollow gibt es ziemlich wenige Objekte zum Mieten. Wonach suchen Sie denn?"

„Alles, solange es eine heiße Dusche hat, Platz für ein Bett, und eine kleine Küche", sagte er. Dann fügte er an: „Ich bin nicht wählerisch, solange die Miete nicht hoch ist."

Wanda schürzte die Lippen und nickte. Sie war an seiner Stelle gewesen, gleich nachdem ihre Mutter gestorben war. Sie war zum ersten Mal überhaupt allein gewesen, und wenn es nicht eine nette ältere Nachbarin gegeben hätte, die sie die Wohnung über ihrer Garage mieten ließ, wusste Wanda nicht, wo sie gelandet wäre. „Verstanden. Ich bin mir sicher, wir finden etwas. Sie werden mindestens eine Monatsmiete brauchen, und eine Kaution. Die erste und die letzte Miete wären noch besser."

Er biss sich auf die Unterlippe. „Es hängt davon, ab, wie viel es ist, aber ich habe ein wenig Geld gespart."

„Klingt gut." Sie holte ein Informationsblatt heraus und reichte es ihm. „Füllen Sie das aus, und wir sehen mal, was wir finden."

Da Cam, wie sie annahm, neu im Ort war, hatte er keinen Job. Sein erster Gedanke war wohl, einen Platz zum Schlafen zu finden.

„Nach was für einer Arbeit suchen Sie denn?", fragte Wanda, während sie ein paar Möglichkeiten ausdruckte.

„Bau. Ich habe in den letzten vier Sommern beim Vater eines Freundes gearbeitet. Ich wäre dortgeblieben, aber er ist in den Ruhestand gegangen und hat das Geschäft geschlossen.

Das hat mir die Gelegenheit gegeben, ein wenig zu reisen, und hier bin ich."

„Sie hätten sich keinen besseren Ort aussuchen können, wenn ich das mal so sagen darf." Sie zwinkerte ihm zu. „Und wie es der Zufall so will, haben Sie Glück. Keating Hollow erlebt gerade einen Zuwachs, und es gibt etliche neue Bauvorhaben, die gerade laufen."

„Echt? Können Sie mir irgendwelche Firmen empfehlen? Ich würde gerne nachschauen, ob sie jemanden einstellen."

„Ich kann es sogar noch besser." Sie griff nach ihrem Handy, schickte eine Nachricht, und einen Augenblick später fragte sie ihn: „Haben Sie jetzt Zeit?"

„Klar."

Wanda drängte ihn durch die Tür und lotste ihn zu ihrem Golfmobil.

„Das ist ja süß. Ich liebe den Surround-Sound", sagte Cam.

„Das ist jedermanns Liebling. Anschnallen. Ich habe grade einen Turbo Booster in dieses Ding eingebaut." Wanda drückte das Pedal bis zum Boden durch, und die beiden rasten über die Hauptstraße.

Bis die Sonne allmählich unterging, hatte Cam einen Job, um bei Hunter McCormicks Baumannschaft zu arbeiten, und einen Platz zum Wohnen in der Garagenwohnung auf Gideon Alexanders Grundstück, das er renovierte. Sie hatten einen Deal abgeschlossen, sodass Cam in der Wohnung leben konnte, im Austausch für Arbeit bei der Renovierung.

„Wow", sagte Cam, als Wanda ihn vor ihrem Büro rausließ. „Ist das gerade wirklich passiert?"

Sie grinste ihn an. „Man nennt Keating Hollow nicht umsonst ein magisches Dorf. Stellen Sie nur sicher, dass Sie rechtzeitig auftauchen und gute Arbeit leisten. Verstanden?"

„Keine Sorge deswegen." Er sprang aus dem Golfmobil und

kam herum zu Wandas Seite, die Arme ausgestreckt. „Kann ich Sie umarmen, weil Sie so toll waren?"

„Natürlich." Wanda schlang die Arme um den jungen Mann. Sein von Herzen kommender Dank war genau der kleine, fröhliche Kick, den sie brauchte. Manchmal war das Leben hart, aber das war eine Erinnerung daran, dass es auch schön war. Sie fühlte sich nie besser, als wenn sie ihren Teil dazu beitragen konnte, jemandem zu helfen, der es nötig hatte.

„Danke noch mal, Wanda", sagte er, während er zu seinem alten weißen VW-Campingbus ging. „Das werde ich nicht vergessen."

„Das ist auch gut so", rief sie ihm nach. „Ich erwarte einen Monat lang jeden Freitagvormittag Cupcakes."

„Ich bin dran."

KAPITEL 10

„Ihr habt was getan?", keuchte Cameron, während er seine Eltern anstarrte und sich fragte, ob sie bewusstseinserweiternde Pilze oder einen Zauberkeks aus dem Kräuterladen gegessen hatten. „Ich dachte, ihr wolltet diesen Sommer nach Europa reisen. Was ist denn aus Gondelfahrten in Venedig und der Tour durch den Louvre geworden?"

Cameron war am Montag spätnachmittags angekommen und hatte seine Eltern sofort zum Abendessen im *Cozy Cave* eingeladen. Er musste ihnen so bald wie möglich von Cam erzählen. Aber gleich nachdem sie sich gesetzt hatten, und bevor er ihnen die Neuigkeiten hatte mitteilen können, hatte seine Mutter ihm aufgeregt von dem Haus erzählt, das sie für das restliche Jahr gemietet hatten.

„Wir wollten nur über den Herbst bleiben, doch dann hat Wanda uns vom letzten Weihnachtsball erzählt, und wir wollen einfach wirklich nichts verpassen", erklärte Emily. „Es ist besser, wenn wir die komplette Erfahrung machen, bevor wir uns darauf einlassen."

„Worauf einlassen? Und was ist mit Europa?", fragte er wieder, versuchte herauszufinden, was genau in der Woche geschehen war, in der er weg gewesen war.

„Auf den Umzug hierher natürlich", sagte Emily, als wäre das schon die ganze Zeit ihr Plan gewesen.

„Moment. Ihr zieht nach Keating Hollow? Dauerhaft?", fragte Cameron, sein Blick ging zwischen seinen Eltern hin und her.

„Wir denken darüber nach", sagte Dayton. „Deine Mutter und ich suchen schon seit einer Weile was, wo wir hinziehen können, irgendwas Besonderes. Wir haben die Wüste satt. Palm Springs ist eine wunderbare Gemeinschaft, aber wir wären lieber irgendwo näher an der Natur."

„Und Keating Hollow ist der richtige Ort?" Er war sich nicht sicher, weshalb er so zurückhaltend auf ihre Wahl reagierte, das magische Dörfchen auszuprobieren. Wenn überhaupt hatte Palm Springs niemals richtig zu ihnen gepasst. Es gab dort eine Hexengemeinschaft, aber nicht so einen engen Zusammenhalt wie in Keating Hollow. Die Menschen in diesem Städtchen passten aufeinander auf; unten im Süden blieben sie meist für sich. Selbst ihre besten Freunde waren zurück nach Osten gezogen, nachdem sie beide in den Ruhestand gegangen waren.

„Wir glauben, das könnte es sein. Du nicht? Du weißt doch, du warst derjenige, der uns erzählt hat, wie besonders es ist", sagte Emily, die ihn argwöhnisch beäugte. „Oder gibt es einen Grund, weshalb du uns nicht hier haben willst?"

„Das ist es nicht", erwiderte Cameron, der sein Wasserglas nahm und es halb austrank. „Ich bin überrascht. Das ist alles. Dann platzt eure Reise nach Europa?"

„Ja", sagte Emily. „Dein Vater war nicht sonderlich begeistert davon, eine weitere transatlantische Reise zu unternehmen, so bald nach unserem Ausflug nach England und Irland im letzten Herbst. Ich habe der Planänderung zugestimmt, solange wir hier draußen unter den Mammutbäumen bleiben können."

Es stimmte, dass Camerons Vater eigentlich nur reiste, um seine Mutter glücklich zu machen, und das ein Aufenthalt in Keating Hollow und die Nähe zum Meer ihm sehr viel mehr lagen. „Also dann, ich glaube, das ist toll."

„Wir haben was mit einem Gästezimmer für dich gemietet, Cameron", sagte Emily. „Du darfst gerne bei uns wohnen, wann immer du im Ort bist und Wanda besuchst. Ich weiß, dass es nicht cool ist, bei den Eltern zu wohnen, aber das Gästezimmer ist unten und hat einen eigenen Eingang. Wir sollten deinen Stil nicht zu sehr versauen."

„Äh, Wanda und ich treffen uns eigentlich gar nicht mehr", murmelte er, und dann bedauerte er sofort. Er hätte es einfach auf sich beruhen lassen sollen. Seine Mutter hätte es früher oder später schon herausgefunden.

„Warum? Was ist passiert?", fragte sie, Sorge lag in ihrem Tonfall. Aber als er nicht antwortete, wurde ihre Miene stürmisch. „Cameron, was hast du getan? Bitte sag mir, dass du nicht irgendwas angestellt hast, um diesem wunderbaren Mädchen wehzutun."

„Nein, Mutter. Natürlich nicht", sagte er. „So ist das nicht. Sie ist mit ihrer Schwester beschäftigt, und ich bin ... im besten Fall temporär. Sie glaubt, es ist besser, wenn wir einfach nur Freunde sind."

„Na, das ist das Dümmste, was ich jemals gehört habe", sagte Emily.

„Ach, meine Liebe." Ihr Mann legte ihr die Hand über die Finger. „Ich bin sicher, Wanda hat ihre Gründe."

Ja. Cameron war nicht stabil genug für sie. Der schlimmste

Teil war, dass er nicht mal etwas dagegen einwenden konnte. Seine Vorgeschichte sprach Bände.

„Sie wird es bedauern", sagte Emily, die den Kopf schüttelte. „Ich hab gesehen, wie sie dich ansieht, Cam. Das ist nicht der Gesichtsausdruck von jemandem, der nur an Freundschaft interessiert ist."

Ein dumpfes Ziehen bildete sich gleich über Camerons rechtem Auge. Er musste aus dieser Unterhaltung sofort raus. „Mom, ich bin nicht hergekommen, um über Wanda zu reden. Es gibt was anderes, das ihr erfahren müsst."

Seine Mutter blinzelte ihn an. „Alles in Ordnung?"

„Ja. Mir geht's gut. Tatsächlich sind es gute Neuigkeiten. Ich glaube, ihr werdet sehr glücklich sein."

„O." Ein Lächeln trat auf ihre Lippen, und sie beugte sich vor. „Du weißt doch, dass ich gute Nachrichten liebe. Lass hören."

„Weißt du noch, dieser Anruf, den ich von Toris Sohn bekommen habe?", fragte er, wischte sich die verschwitzten Handflächen an der Jeans ab.

„Ja. Hast du ihn endlich zurückgerufen?"

Er schüttelte den Kopf, und zum ersten Mal fragte er sich, wie Cam seine Nummer bekommen hatte. Wenn seine Mutter sie ihm gegeben hatte, hätte sie es ihm doch gesagt ... oder? Wenn man genau darüber nachdachte ... Er sah ihr in die Augen und sagte: „Er hat mich angerufen."

„Ach, wirklich? Das ist ja interessant." Sie warf ihm ein selbstzufriedenes Lächeln zu, das seinen Verdacht bestätigte. Normalerweise wäre er echt genervt gewesen, dass sie seine Privatnummer rausgerückt hatte, aber in diesem Fall war er einfach nur dankbar. Er konnte es nicht bedauern, herausgefunden zu haben, dass er einen Sohn hatte.

„Mom." Cameron schüttelte den Kopf.

„Ach, Liebling. Er hat einfach so nett gewirkt, und er hat kein einziges Wort über Hollywood gesagt. Ich habe den Eindruck bekommen, es wäre wegen was Persönlichem mit seiner Mutter. Bitte sag mir, dass ich recht hatte."

„Du hattest recht. Tatsächlich …" Cameron holte tief Luft und sagte: „Es ist wohl so, dass Tori schwanger war, als sie ging, sich aber nicht die Mühe gemacht hat, mir das zu sagen."

„Schwanger?", fragte sein Vater. „Du hast dieses Mädchen geschwängert? Cameron. Wie oft haben wir denn über geschützten Sex geredet. Ich dachte, du wüsstest es besser."

„Dayton", tadelte Emily. „Cameron ist fast vierzig. Er braucht jetzt keinen Vortrag über Safer Sex. Insbesondere, da es inzwischen zu spät ist."

„Sagt die Frau, die ihrem Sohn aufträgt, sich was überzuziehen, kurz bevor er letzte Woche zu einem Stelldichein geht", murmelte Dayton.

„Entschuldigt mal", sagte Cameron, der ihre Anmerkungen völlig ignorierte. „Glaubt ihr, wir können jetzt zurück zum Thema?"

„Wir *sind* beim Thema, mein Lieber. Wir besprechen deinen Mangel an Safer Sex." Sie lächelte zu dem Kellner auf, der gerade mit einer Runde Getränke und ihren Vorspeisen gekommen war.

Er war ein junger Mann, der nicht älter sein konnte als Cam, und als er zu Cameron schaute, kicherte er. „Ich schätze, dieses Gespräch wird niemals leichter, was?"

„Das können Sie laut sagen."

Er lachte und stellte eine Schale Chowder vor jeden von ihnen.

Sobald der Kellner weg war, tauchte Emily den Löffel in ihre Schale und sagte: „Erzähl die Geschichte zu Ende, Cameron. Was ist passiert? Hat Tori dieses Kind bekommen?"

Cameron nickte. „Das hat sie. Er wusste nicht, dass ich sein Vater bin, bis er seine Geburtsurkunde fand. Cam Berry ist mein Sohn, und er ist bereits hier in Keating Hollow."

Emily ließ den Löffel fallen und starrte Cameron mit offenem Mund an. „Victoria hat ein Kind von dir und es dir niemals gesagt?"

Er nickte, versuchte, den dumpfen Schmerz in seinen Eingeweiden zu ignorieren. Es schien, dass er jedes Mal auftauchte, wenn er an all die Jahre dachte, die er mit Cam verpasst hatte. „War das nicht dein erster Gedanke, als ich sagte, dass sie schwanger war, als sie mich verlassen hat?"

Seine Mutter schüttelte den Kopf. „Ehrlich gesagt, nein. Ich dachte, sie hätte es vielleicht verloren oder … na ja, ist auch egal." Ihr Gesicht wurde rot, während ihre Lippen sich vor Wut verzogen. „Ich kann mir gar keine Frau vorstellen, die ein Kind bekommt und nicht den Anstand besitzt, es dem Vater mitzuteilen. Was zum Teufel hat sie sich denn gedacht? Wie konnte sie dir das antun?" Sie drehte sich, um zu ihrem Mann zu schauen. „Uns?"

Dayton bewegte seinen Stuhl, um sich näher an seine Frau zu setzen, und legte einen Arm um sie. „Hol mal tief Luft. Ich weiß, dass du dich aufregst. Das tue ich auch. Aber Victoria ist jetzt weg. Und wir werden die Antworten auf diese Fragen bekommen." Dayton hob den Kopf und schaute seinem Sohn in die Augen. „Oder, Cameron? Du weißt, weshalb sie es dir nicht gesagt hat?"

Tränen brannten in Camerons Augen, doch er blinzelte, zwang sie weg. Er würde nicht vor seinen Eltern zusammenbrechen. Er hatte Tori schon vor langer Zeit losgelassen. Er war darüber hinweg. Oder nicht? Warum schmerzte es dann so sehr, von ihr zu sprechen? Er holte Luft und antwortete seinem Vater: „Ich habe ehrlich keine Ahnung.

Tori wusste, dass ich sie heiraten wollte. Bis zu dem Zeitpunkt, als sie gegangen ist, dachte ich, dass sie das auch wollte. Wenn sie mir von der Schwangerschaft erzählt hätte, hätte ich ihr sofort einen Antrag gemacht, und ich wäre so was von sicher für sie und Cam da gewesen."

„Das habe ich mir doch gedacht", sagte Dayton mit einem zufriedenen Nicken. „Du sagtest, Cam ist hier in Keating Hollow?"

„Ja. Ich werde mich morgen mit ihm treffen, nachdem er von der Arbeit kommt."

„O." Emily drückte sich eine Hand aufs Herz. „Ich wünschte mir so sehr, ich könnte dabei sein."

„Das halte ich für keine gute Idee, Mom. Es wird für uns beide so schon überwältigend genug sein. Glaubst du, du könntest mir paar Tage mehr geben, bis ich euch vorstelle?"

„Natürlich", sagte sie rasch, wedelte mit der Hand. „Du hast recht. Ich bin nur … Wie alt ist er?"

„Neunzehn."

„Ich habe neunzehn Jahre im Leben meines einzigen Enkels verpasst. Ich will nicht noch mehr verpassen."

Cameron rückte hinüber, und genau wie sein Vater es getan hatte, legte er einen Arm um sie. „Dann hast du Glück, denn er ist gerade nach Keating Hollow gezogen. Während ihr beiden also herausfindet, ob es eure Heimat auf Dauer wird, solltet ihr genügend Zeit haben, ihn kennenzulernen."

Sie schniefte. „Ich hoffe, er wird gern umarmt und mag Aufmerksamkeit von seiner Oma, denn davon wird er eine Menge bekommen."

Cameron lachte. „Das hoffe ich auch."

KAPITEL 11

*D*er Tag war ein kompletter Reinfall gewesen. Cameron hatte etwas Zeit damit verbracht, zu versuchen, ein paar Drehbücher für *Fire Valley* zu überarbeiten, die später in der Staffel anstanden, aber als er gemerkt hatte, dass er sich nicht konzentrieren konnte, hatte er sich darauf verlegt, geschäftliche E-Mails zu schreiben. Nachdem er der falschen Person geantwortet, unabsichtlich eine wichtige Unterhaltung gelöscht und dann *fertig* falsch geschrieben hatte, sodass es in einer Zeile hieß *bis dahin fetisch machen*, gab er es auf.

Stattdessen stieg er in seine Laufklamotten und machte sich unter die Mammutbäume auf, entschlossen, die wachsende Nervosität abzulaufen.

Bis er kurz nach fünf Uhr nachmittags ins *Incantation Café* trat, fühlte er sich, als wäre sein Tag bereits zweiundfünfzig Stunden lang. Er nahm sich einen Augenblick, um sich zu sammeln, und dann schaute er sich im Vorraum um.

Cam hatte gesagt, er würde ein Metallica-T-Shirt und Jeans tragen. Es dauerte nicht lang, bis er ihn sah. Er saß an einem

Tisch, lachte mit Blake. Das war ja interessant. Seine Nerven gingen mit ihm durch, und er marschierte hinüber zum Tisch.

„Ich hoffe, ich störe nicht", sagte Cameron, als er vor ihnen stehen blieb.

„Cameron. Hey. Ich wusste nicht, dass Sie wieder in der Stadt sind", sagte Blake, die aufgeregt mit den Armen wedelte und zu ihm auflächelte. „Weiß Wanda, dass Sie wieder da sind?"

Er schüttelte den Kopf. „Noch nicht. Ich bin etwas beschäftigt gewesen." Sein Blick huschte zu dem jungen Mann, der ihr gegenüber saß. Ein Kloß formte sich in seiner Kehle, während er zum allerersten Mal den Blick auf seinen Sohn richtete. Er war ein gut aussehender junger Mann, und sogar auf den ersten Blick ließ sich nicht übersehen, dass er ein Copeland war. Der Junge war ein direktes Abbild von Dayton Copeland, als er in diesem Alter gewesen war.

Cameron streckte eine Hand aus. „Hallo, Cam. Es ist schön, dich kennenzulernen."

Sein Sohn schaute zu ihm auf, die Augen groß und starr, wie ein Reh im Scheinwerferlicht.

„Cam?", drängte Blake. „Alles klar?"

„Ja." Er stand auf, und anstatt Cameron die Hand zu schütteln, zog der Mann ihn in eine Umarmung.

Camerons Arme legten sich um seinen Sohn, und in diesem Moment ging sein Herz weit auf. Sie standen einen langen Augenblick da, hielten einander nur fest. Cameron wollte ihn nicht loslassen, und schließlich lachte er vor sich hin.

Cam war derjenige, der sich schließlich zurückzog und fragte: „Was ist so witzig?"

„Deine Großmutter wird begeistert sein, dass du auf Umarmungen stehst."

Sein Sohn lachte leise. „Ist das so? Sollte ich mich fürchten?"

„Ein wenig." Cameron grinste ihn an, und dann wandte er seine Aufmerksamkeit Blake zu. „Ich wusste nicht, dass du meinen Sohn kennst. Wie lange seid ihr beiden befreundet?"

„Sohn?", wiederholte Blake und schaute sich Cam an. „Cameron ist dein Vater? Bist du darum hergezogen?"

Cam nickte. „Einer der Gründe. Ich habe auch nach einem neuen Ort gesucht, um mich ein paar Monate niederzulassen. Keating Hollow wirkte einfach ... richtig." Er schaute sie an, dann fügte er hinzu: „Es scheint, als wäre es eine gute Wahl gewesen, sonst hätte ich dich nicht getroffen."

Sie wurde rot, dann stand sie auf und sagte: „Ich werde euch beiden mal eurem Wiedersehen überlassen." Sie wandte sich an Cameron. „Schön, Sie wiederzusehen, Mr. Copeland."

„Bitte nenne mich Cameron. Es war schön, dich wiederzutreffen, Blake."

Sie beobachteten beide, wie sie hinter den Tresen schlüpfte, wo Hanna wartete, die Besitzerin des Cafés, um Blakes Ausbildung weiterzuführen.

Cameron nahm Blakes Platz ein. „Das ging schnell."

„Was dann?", fragte ihn Cam, der verwirrt wirkte.

„Blake. Wie lange warst du in der Stadt, bis du sie um ein Date gebeten hast?", fragte Cameron.

„Ich habe sie nicht um ein Date gebeten. Wir sind nur ... befreundet." Er warf einen Blick hinüber und ließ den Blick auf ihr ruhen, ehe er schließlich zurück zu Cameron schaute.

Befreundet. Klar. Cameron war sich sehr bewusst, was dieser Blick bedeutete. Es war der gleiche, den er auf hatte, wenn er Wanda anschaute. „Hör mal, Cam. Blake ist neu in der Stadt ..."

„Ich weiß. Das hat sie mir erzählt. Es ist zum Teil der

Grund, weshalb wir uns angefreundet haben. Zwei Außenseiter. Du weißt ja, wie es ist."

„Klar." Es ergab schon Sinn, dass sie zueinander hingezogen wurden. Niemand war gern der Außenseiter. Aber auch die Tatsache, dass sie beide große Verluste in ihrem jungen Leben mitgemacht hatten. „Tu mir nur einen Gefallen und sei vorsichtig, okay? Sie hat eine Menge durchgemacht und könnte wirklich jemanden brauchen, der auf sie aufpasst."

Cam runzelte die Stirn. „Blake sieht aus, als könne sie auf sich selbst aufpassen."

„Das sehe ich auch so, aber jeder kann jemanden brauchen, der einem hin und wieder den Rücken stärkt."

„Keine Sorge deswegen", sagte Cam. „Das habe ich schon im Griff."

„Das höre ich gerne." Cameron lehnte sich in seinem Stuhl zurück und musterte seinen Sohn. Die Ähnlichkeit war wirklich auffällig. „Ich kann nicht erwarten, dass du deinen Großvater triffst. Du siehst genauso aus wie er."

„Ach ja? Hat er auch unbändige gelockte Haare?"

Cameron lachte leise. „Die hatte er mal. Inzwischen ist er fast kahl."

„Toll. Etwas, auf das man sich freuen kann." In Cams Augen funkelte Erheiterung, und Cameron tat alles, was er konnte, um sich diesen Augenblick einzuprägen.

Die beiden verbrachten die nächste Stunde damit, etwas über das Leben des anderen zu erfahren. Cameron war ein wenig enttäuscht, als er herausfand, dass sein Sohn nicht mal die Gelegenheit gehabt hatte, aufs College zu gehen, und stattdessen vom Vater eines Freundes gelernt hatte, auf dem Bau zu arbeiten.

„Du weißt, wenn du jemals wieder zur Schule willst, kann ich helfen", sagte Cameron.

Das Lächeln seines Sohns verflog, seine Augen waren zusammengekniffen. „Warum?"

Cameron richtete sich bei der offensichtlichen Feindseligkeit auf. „Warum nicht?"

„Weil ich bereits einen Beruf habe. Ist was falsch daran, auf dem Bau zu arbeiten?"

Hui. Cameron war definitiv in ein Fettnäpfchen getreten. „Nein. Überhaupt nicht. Wenn das deine Leidenschaft ist, dann toll. Es ist ein Glück, dass du bereits herausgefunden hast, was du willst. Ich habe es dir nur angeboten, weil du gesagt hast, dass du die Option nicht hattest. Ich habe zufällig die Ressourcen, um es dir als Option anzubieten, falls du das willst. Wenn nicht, kein Problem. Ich will nur, dass du die Wahl hast."

„Das ist … edel von dir", sagte Cam, seine Stimme ausdruckslos.

„Es ist nicht edel. Es ist nur das Richtige. Du bist mein Sohn. Es ist meine Aufgabe, dir zu helfen, Erfolg in dem zu haben, worin du Erfolg haben willst." Wo kam das denn her? Cameron hatte doch nur gesagt, dass er fürs College zahlen würde, falls Cam gehen wollte. Was war daran so schrecklich?

„Ich bin nicht hergekommen, weil ich dein Geld will, Cameron", sagte sein Sohn. „Ich bin gekommen, um den Mann zu treffen, der auf meiner Geburtsurkunde steht. Ich brauche von dir nicht, dass du dein Gewissen beruhigst, weil du nicht da warst, indem du Geld auf mich wirfst. Darum geht es mir gar nicht." Er lehnte sich zurück und verschränkte die Arme vor der Brust, wirkte trotzig.

„Das ist doch nicht …"

Cameron nahm sich einen Augenblick, um darüber nachzudenken, was er sagen wollte. Wo war diese Unterhaltung falsch abgebogen, so schnell? „Ich will doch hier nicht mein Gewissen erleichtern. Die Wahrheit ist, ich hatte keine Ahnung, dass es dich gibt. Deine Mutter hat es mir nie gesagt. Wir haben nicht mal darüber geredet, Kinder zu bekommen. Ich habe sie geliebt, aber wir waren selbst noch junge Leute, die auf dem College waren. Dann hat sie die Sache abgebrochen, und ich habe sie niemals wieder gesehen. Nicht mal am College. Jemand sagte mir, sie wäre woanders hingegangen, und das war das Ende unserer Beziehung. Schuldgefühle also? Nein. Das ist ein Gefühl, das ich nicht habe. Aber so ziemlich das einzige. Ein Sturm anderer Gefühle zieht allerdings durch mich hindurch. Freude, Verwunderung, Angst, Zorn und Enttäuschung sind nur ein paar."

„Zorn? Bist du wütend? Warum?", fragte Cam. „Habe ich dich bereits angepisst?"

„Ich bin nicht wütend auf dich, Cam. Ich bin wütend auf deine Mutter, weil sie dich mir vorenthalten hat. Ich gehe immer wieder unsere Beziehung in Gedanken durch und versuche, einen Grund zu sehen, weshalb sie es mir nicht sagen sollte, und ich komme auf nichts. Aber eines ist sicher, wenn sie es mir gesagt hätte, hätte ich sie niemals so von mir weggehen lassen. Ich wäre in deinem Leben gewesen, ganz gleich, was zwischen mir und deiner Mutter vorgefallen wäre."

„Das hättest du getan?" Cams verhärtete Miene verschwand und wurde von reiner Überraschung ersetzt.

„Ohne Frage", sagte Cameron.

„Hast du sonst noch Kinder?", fragte sein Sohn.

Cameron hob eine Augenbraue. „Keine, von denen ich weiß."

Darüber lachte Cam. „Dann hoffen wir mal, dass nicht noch so einer wie ich bei dir auftaucht."

„Das wäre nicht das Schlimmste der Welt."

„Nicht?"

„Nö", sagte Cameron. „Wie ich feststelle, mag ich dich und den Gedanken, Vater zu sein. Ich wünschte, die Umstände wären anders gewesen. Ich wäre gern bei all deinen Baseballspielen dabei gewesen ..."

„Fußball", unterbrach ihn Cam.

„Ach so. Ich wäre gern bei all deinen Fußballspielen dabei gewesen, hätte gern tausend kitschige Bilder von deinem Abschlussball gemacht, dich wegen deiner ersten Freundin gequält ..."

„Was, wenn es ein Freund gewesen wäre?", fragte Cam, der ihn eindeutig auf die Probe stellte.

„Oder Freund. Was auch immer. Ist mir egal, mit wem du zusammen bist, solange es kein Strolch ist."

„Bitte sag mir, dass du nicht gerade *Strolch* gesagt hast", warf Cam lachend ein. „So alt bist du nicht, oder?"

„Alt genug", sagte Cameron, der zufrieden war, dass die Anspannung zwischen ihnen nachgelassen hatte.

„Warum siehst du mich so an?", fragte Cam.

„Wie denn?"

„Als würdest du meine Zukunft planen oder so was. Das wird mir etwas unbehaglich, um ehrlich zu sein."

„Das habe ich nicht getan", sagte Cameron. „Tatsächlich habe ich gerade darüber nachgedacht, dass es mich nicht interessiert, Erwartungen an dich zu stellen. Ich will dich nur kennenlernen und all die Dinge tun, die man als guter Vater tun sollte. Etwa, für deine schulischen Belange aufzukommen, wenn das dein Weg ist, oder dir zu helfen, ein Geschäft aufzuziehen, oder einfach nur als moralische Unterstützung. Teufel, ich weiß es nicht. Ich habe das noch nie gemacht. Ich will nur derjenige sein, der für dich da ist, so wie meine Eltern für mich da waren. Ich weiß ohne Zweifel, wenn ich sie gebraucht hätte, wären sie immer da gewesen, ganz gleich, was passiert wäre. Und das ist, was ich für meinen Sohn sein will."

„Das ist ... eine Menge, auf dem man rumkauen muss", sagte Cam.

„Genauso, wie wenn man herausfindet, dass man Vater geworden ist. Aber ich komme klar." Seine Lippen wölbten sich zu einem schwachen Lächeln.

„Ja, da möchte ich wetten. Nun, ich schätze, wenn du dich daran gewöhnen kannst, kann ich das auch. Aber du wirst mir vermutlich ein wenig Zeit lassen müssen, da wir uns gerade erst kennengelernt haben. Erwarte nicht, dass ich gleich all meine Geheimnisse ausspucke."

Cameron stieß ein bellendes Lachen aus. „Bitte. Ich nehme eine Menge meiner eigenen Geheimnisse mit ins Grab. Es gibt einfach Dinge, die man den eigenen Eltern nie erzählt, ganz gleich, was passiert."

„Dann verstehen wir einander."

Cameron bot ihm wieder eine Hand, und diesmal schüttelte Cam sie. Sie hatten jetzt ein gewisses Verständnis, und das war mehr, als Cameron sich hatte erhoffen können.

Sie redeten weiter, bis Hanna herüber kam und sagte: „Tut mir leid, Jungs. Ihr müsst nicht nach Hause, aber hierbleiben könnt ihr nicht. Wir schließen."

Cameron schaute auf das Handy und war überrascht zu sehen, dass sie über drei Stunden im Café gesessen hatten. „Verdammt, tut mir leid, Hanna. Ich habe nicht mal was bestellt." Er griff nach seiner Geldbörse, hatte vor, zumindest ein Trinkgeld zu geben, da er ihren Laden genutzt hatte, aber sie hielt ihn auf und schüttelte den Kopf.

„Du machst es nächstes Mal wieder gut", sagte sie, während sie die beiden Männer und ihre neue Mitarbeiterin zur Tür führte.

„Verstanden. Vielen Dank, Hanna. Wir sehen uns morgen." Er glitt aus der Tür und wurde von einem Strom eiskalter Luft erwischt. Das Wetter war vorhin noch gut gewesen, aber die Temperatur war beträchtlich gesunken. Er wandte sich an Cam. „Brauchst du eine Fahrt irgendwohin?"

„Nö. Ich habe meinen fahrbaren Untersatz." Er deutete auf den weißen VW-Bus, der direkt vor dem Café stand.

„Also gut. Dann einen schönen Abend. Ich melde mich. Emily will sich bestimmt lieber früher als später treffen."

„Ich kann es kaum erwarten", sagte Cam und hielt Blake eine Hand hin. „Bist du bereit für den Aufbruch?"

„Auf jeden Fall. Ich bin fertig." Sie winkte Cameron zu und stieg in den alten Bus. Ein paar Sekunden später startete Cam den Motor und fuhr über die Hauptstraße.

Während er zusah, wie die Lichter in der Ferne verschwanden, zog er sein Handy heraus und rief Wanda an. Es ging direkt auf die Sprachbox. Enttäuschung machte sich in ihm breit. Er hatte nicht vorgehabt, sie anzurufen, aber nachdem er den Nachmittag mit seinem Sohn verbracht hatte, war sie die Einzige, mit der er darüber reden wollte.

„Hi, Wanda. Ich bin's, dein liebster Drehbuchautor aus Hollywood. Wie es sich erweist, bin ich früher wieder in Keating Hollow als erwartet, und es gibt eine Menge, was ich dir sagen wollte. Wenn du heute Abend Zeit hast, kannst du mich anrufen? Ich würde wirklich gern mit dir darüber reden."

Er beendete den Anruf, schob sich die Hände in die Taschen und ging das kurze Stück zum Brauereipub. Nach dem Tag, den er erlebt hatte, klang ein Bier einfach perfekt

KAPITEL 12

Wanda saß auf ihrem Sofa und starrte ihr Handy an. Sie war in der Dusche gewesen, als Cameron angerufen hatte, und seit sie sich seine Nachricht angehört hatte, hatte sie versucht, zu entscheiden, ob es eine gute Idee war, ihn zurückzurufen. Er hatte gut geklungen. Echt gut. Und sie wollte unbedingt wissen, weshalb er so bald schon wieder in Keating Hollow war. Sie hatte es ernst gemeint, als sie gesagt hatte, sie sollten ihre Affäre beenden. Wenn sie ihn zurückrief, würde ihre Entschlossenheit in sich zusammenfallen. Daran gab es keinen Zweifel.

Als sie Blakes Schlüssel in der Tür hörte, schaltete sie die Rock-Dokumentation ab, die sie gar nicht beachtet hatte, und wartete darauf, ihre Schwester begrüßen zu können.

Blake kam herein, die Hände voller Take-away-Essen.

„Hey. Wie war die Arbeit?", fragte Wanda.

Ihre Schwester stieß ein leises Keuchen aus und fuhr zusammen, eindeutig durch Wandas Anwesenheit erschrocken. „Mann, Wanda. Was sitzt du denn so im Dunkeln? Willst du, dass ich einen Herzinfarkt kriege?"

„Ich sitze nicht im Dunkeln", beharrte Wanda, während sie sich umschaute. Aber als ihr klar wurde, dass Blake recht hatte, kicherte sie. „Ups. Ich hatte den Fernseher laufen, darum habe ich wohl nicht gemerkt, dass das Licht nicht mehr reicht."

„Du bist ganz durch den Wind." Blake ging in die Küche. „Hast du Hunger? Ich habe Calzone von Mystyk Pizza dabei."

„Ja." Wanda sprang auf und folgte Blake. Nachdem sie sich was zu trinken geschnappt hatten, setzten sie sich an den Tisch und hauten rein. „Das ist lecker. Hast du Cam ein Abendessen ausgegeben, als Dankeschön, weil er dich rumgefahren hat?"

„Ich hab's versucht, aber er wollte mich nicht zahlen lassen." Sie nahm einen kleinen Bissen von ihrer Calzone und fügte dann an: „Ich schätze, ich sollte nicht überrascht sein, wenn man bedenkt, dass Cam die Kurzform von Cameron ist, aber mir war nicht klar, dass Cameron sein Dad ist. Jetzt komme ich mir ein wenig komisch vor, weil ich seinen Vater schon halb nackt gesehen habe."

Geschockt verschluckte Wanda sich an einem Stück Calzone und fing an zu husten. Tränen brannten in ihren Augen, während sie versuchte, ihre Atmung unter Kontrolle zu bekommen, und sie zwang hervor: „Was?"

„Das wusstest du nicht?", fragte Blake mit gerunzelter Stirn.

Wanda schüttelte den Kopf und hustete weiter.

„Mensch. Geht's dir gut? Brauchst du Hilfe?"

„Nö", keuchte Wanda, die endlich wieder Luft bekam. „Tut mir leid. Ein Unfall mit der Calzone."

„Dachte ich mir schon."

„Bist du sicher, dass Cameron Cams Vater ist?", fragte Wanda völlig verwirrt. Wenn das stimmte, hatte Cameron sie angelogen. Aber warum? Hatte er eine ganze Familie, von der er nicht wollte, dass sie von ihr erfuhr? Nein. Das konnte nicht stimmen. Sie hatte Camerons Eltern getroffen. Bestimmt hätten sie, falls er verheiratet war oder mit jemand anderem zusammen, ein Problem damit gehabt, eine fast nackte Frau in seinem Bett vorzufinden. Oder nicht?

„Ja. Ich habe in meiner Pause im Café bei Cam gesessen, als Cameron reinkam und Cam als seinen Sohn bezeichnet hat. Dann haben sie den Rest meiner Schicht damit verbracht, sich zu unterhalten, als hätten sie sich sehr lange nicht gesehen."

Wanda konzentrierte sich auf ihr Essen, versuchte die quälende Wut unter Kontrolle zu bringen, die durch ihre Adern raste. Warum hatte er gelogen? Das ergab für sie keinen Sinn. Sie hatten über ihre Vorgeschichte gesprochen. Wanda hatte sogar gefragt, ob er jemals verheiratet gewesen war oder Kinder hatte. Seine Antwort hatte Nein gelautet. Und als sie gefragt hatte, ob er jemals kurz davor gestanden hatte, jemandem einen Antrag zu machen, hatte er Ja gesagt und ihr etwas über seine Beziehung am College erzählt. Sie hatte ihm erzählt, das wäre dichter dran, als sie es je gewesen war.

„Wanda?", fragte Blake.

Sie schaute zu ihrer Schwester auf. „Ja?"

„Bist du in Ordnung? Du siehst etwas blass aus."

„Mir geht's gut. Ich glaube, dieses Stück Calzone, dass sich da quergestellt hat, hat mich echt gefordert." Sie stand auf, packte ihre Calzone ein und legte sie in den Kühlschrank. „Danke fürs Abendessen. Ich glaube, ich hebe es mir für morgen Mittag auf."

„Klar." Blake beobachtete sie argwöhnisch, als hätte sie Angst, dass Wanda noch einmal einen Hustenanfall bekommen würde. Oder vielleicht war sie Wanda auf der Spur und wusste, dass sie sich wegen Cameron aufregte. Sie war immerhin eine Geisthexe. Sie hatte Wandas Stimmungswandel bestimmt gespürt.

Weil sie unbedingt von den Gedanken an Cameron

wegkommen wollte, sagte Wanda: „Ich habe heute was besorgt."

„Echt? Was?"

Wanda hob einen Finger, bedeutete Blake, dass sie kurz warten sollte, und dann verschwand sie ins Wohnzimmer. Als sie zurückkehrte, hatte sie ein Smartphone in der Hand und reichte es Blake. „Ich habe heute das geholt."

Blake starrte es an. Als sie schließlich aufschaute, reichte sie es Wanda zurück. „Danke, aber das kann ich nicht annehmen."

„Doch, kannst du", beharrte Wanda. „Du hast doch jetzt nur dieses Wegwerfhandy. Mir wäre es lieber, wenn du eins mit GPS hast, auf das du auch Apps runterladen kannst, damit du auch im 21. Jahrhundert ankommst. Es war nicht teuer, falls das dein Problem ist. Ich hatte ein Upgrade gut, das ich nicht brauche, und es ist ein Vertrag für die ganze Familie, darum sind die Kosten überschaubar." Sie schob das Telefon Blake wieder hin. „Stell es dir als ein Opfer vor, dass du bringst, um deine Schwester glücklich zu machen, in Ordnung?"

Blake schüttelte den Kopf, ihre Miene war gequält.

„Was ist denn, Blake?", fragte Wanda, die sich neben sie setzte. „Es ist nur ein Telefon."

„Es ist eine neue Nummer", erwiderte sie leise und schaute dann weg.

„Oh." Genau. Ihre Eltern würden nicht wissen, wie sie sich mit ihr in Verbindung setzen sollten, wenn sie ihre Nummer änderte. Normalerweise würde sie einfach nur die neue Nummer an ihre Kontakte schicken, aber Blake hatte Wanda bereits erzählt, dass das Telefon ihrer Mom nicht mehr registriert war. Obwohl sie sie verlassen hatten, verstand Wanda völlig, dass sie zumindest einen möglichen Weg für eine Verbindungsaufnahme offenlassen wollte. „Na ja, es

116

schadet doch nicht, eine Zeit lang beide zu behalten, oder? Nur für den Fall."

„Für zwei Handys bezahlen?", fragte sie und schaute Wanda an, als hätte sie den Verstand verloren.

„Ich bezahle dir dein neues Handy. Das hatte ich sowieso vor. Du bezahlst für dein altes, so lange du glaubst, du musst diese Nummer behalten."

„Das scheint ziemlich unvernünftig, nicht wahr?" In Blakes dunklen Augen glitzerten Tränen. „Es ist dumm, zu denken, dass …" Sie schüttelte wieder den Kopf. „Ach, egal."

Wanda schlang den Arm um ihre Schwester und zog sie zu einer seitlichen Umarmung heran. „Es ist nicht dumm. Selbst wenn du niemals wieder mit ihnen reden möchtest, weiß ich, dass es sich anfühlt, als würdest du sie auf ewig von dir abschneiden, da sie keine Ahnung haben, wie sie mit dir in Verbindung treten sollen, außer sie kommen mich suchen. Und wir wissen beide, dass das unwahrscheinlich ist. Also behalte das Handy. Du wirst wissen, wann oder ob du überhaupt bereit bist, es aufzugeben. Da besteht kein Druck. Und ich verurteile dich nicht. Mach, was du machen musst."

Blake drückte den Kopf an Wandas Schulter und flüsterte: „Danke für das Handy … und alles."

„Gern geschehen, Schwester." Wanda küsste sie oben auf den Kopf. „Wie wär's jetzt mit Cupcakes?"

Blake zog sich zurück. „Du hast gebacken?"

„Ich wünschte, das hätte ich. Ich würde gern Beeren-Cupcakes machen, aber wer hat denn dafür Zeit? Ich habe ein paar aus *Ein Löffelchen Magie* geholt. Shannon sagt, die hauen uns aus den Latschen."

Wanda stand vom Tisch auf und holte eine Schachtel von der Bäckerei. Während sie die Cupcakes herausholte, summte ihr Handy.

Blake nahm es und tippte etwas darauf.

„Was machst du denn?", fragte Wanda.

„Nichts", erwiderte sie lachend. „Ich lösche nur den Spam von deinem Handy."

„Spam?" Wanda reichte ihr einen Cupcake und nahm ihr das Handy weg. Es war nicht die Spur einer Nachricht zu sehen. Sie hatte sie wohl gelöscht. „Was stand denn da?"

„Jemand wollte, dass du Geld nach Sibirien überweist. Ich habe gesagt, sie sollen deine Nummer löschen. Dann habe ich sie geblockt und gelöscht."

„Nach Sibirien?" Wanda hob skeptisch eine Augenbraue. „Ist das nicht normalerweise ein Prinz aus Nigeria oder so was?"

„Prinz? Ach, verflixt, wenn ich das gewusst hätte, hätte ich nach der Bankverbindung gefragt", scherzte sie.

Wanda lachte, und ihr Inneres wurde wärmer. Sie hatte es geschafft, Blake aufzumuntern, und das war alles, worauf es ankam.

Zehn Minuten später, während sie auf dem Sofa lagen und sich auf der Suche nach einem Film durch die Kanäle zappten, klopfte es an der Tür.

„Das ist mein Stichwort. Gute Nacht, Wanda." Blake winkte ihrer Schwester zu und lief dann nach oben.

„Stichwort wofür?", murmelte Wanda, während sie die Tür öffnete.

„Hey." Cameron lächelte auf sie hinab. Sein grau meliertes Haar war durcheinander, als wäre er ein halbes Dutzend Mal zu oft durchgefahren, aber seine dunklen Augen leuchteten und funkelten vor Freude.

„Cameron, was ist denn los?" Sie trat zurück, ließ ihn ins Wohnzimmer. Sie war so überrascht durch seinen Besuch, dass sie vergaß, wie wütend sie auf ihn war, aber sobald ihr wieder einfiel, was Blake über seinen Sohn gesagt hatte, flammte das Feuer in ihren Eingeweiden auf, und noch bevor er etwas herausbrachte, forderte sie: „Sag mir nur eines.“

„Klar. Was immer du willst.“ Er griff nach ihrer Hand, aber sie zog sie nur weg. Die Freude schwand aus seinem Blick, und sie wich Sorge. „Was ist los?“

„*Was los ist?* Du hast einen Sohn. Cam, der Kerl, dem ich geholfen habe, eine Wohnung und einen Job zu finden, ist *dein* Sohn. Du hast mich angelogen. Aber was ich nicht verstehe, ist, warum? Hast du eine Freundin oder eine Frau unten in Los Angeles oder so was? Denn ansonsten ergibt es überhaupt keinen Sinn, mich anzulügen.“

„Hui. Beruhige dich doch mal kurz. Ich kann ...“

„Mich beruhigen? Hast du mir gerade gesagt, ich soll mich beruhigen? Sag mir nicht, wie ich darauf reagieren soll. Lügen ist unverzeihlich. Wenn du glaubst ...“

„Wanda!“, rief er. „Halt. Ich habe dich nicht angelogen. Das schwöre ich.“

„Aber ...“

„Ich wusste es nicht“, sagte er leise. „Ich habe es gerade erst herausgefunden.“

Wanda war so verblüfft, dass sie kein Wort hervorbrachte. Sie starrte ihn an, ihr stand der Mund offen, und sie fühlte sich wie eine völlige Idiotin. Es kam nicht oft vor, dass sie die Fassung verlor. Offensichtlich war Cameron an sie rangekommen, ansonsten hätte sie sich nicht wie eine Irre vor jemandem aufgeführt, den sie bereits losgelassen hatte. Sie schloss die Augen und holte tief Luft. *Du liebe Zeit.* Mit dem Typen hatte sie sich so richtig Ärger eingehandelt. *Gute Freunde.* Schon klar.

„Das war so ziemlich genau meine Reaktion“, sagte er mit einem leisen Lachen. „Cam hat mich angerufen, direkt bevor ich nach Vancouver aufgebrochen bin. Er wusste nicht, dass ich sein Vater bin, bis er seine Geburtsurkunde gefunden hat, als er die Dinge seiner Mutter durchging. Sie ist vor sechs Monaten gestorben, hat keine Antworten hinterlassen, weshalb sie das so gemacht hat. Wir müssen alle damit klarkommen."

„Du hast das grade erst rausgefunden?", fragte sie, versuchte immer noch, zu verarbeiten, was er gesagt hatte.

„Ja. Ich habe ihn heute zum ersten Mal im Café getroffen."

„Heilige Scheiße, und ich fahre dich deswegen an." Ihre ganze Wut war weg, ersetzt von Ehrfurcht und Mitgefühl. Wenn man bedachte, dass er gerade erst herausgefunden hatte, dass er einen erwachsenen Sohn hatte, schien Cameron damit besser umzugehen, als sie sich jemals vorstellen konnte.

„Nur ein wenig." Er zwinkerte ihr zu, und dann zog er ihre Hand an seine Lippen. Er küsste ihre Finger, und sie stieß ein unterdrücktes Seufzen aus. „Ich habe diese Hände vermisst."

„Ich habe diese Lippen vermisst", sagte Wanda und bedauerte es sofort. Was machte sie denn da? Nur weil er sie nicht angelogen hatte, bedeutete das nicht, dass sie es sich anders überlegt hatte, was den Status ihrer Beziehung anging. Sie musste immer noch an Blake denken, und er lebte immer noch in einem anderen Teil des Staates.

Aber sein Sohn wohnt jetzt hier, rief ihr ihr nicht gerade hilfreiches Gehirn in Erinnerung.

Cameron beugte sich vor und streifte mit den Lippen ihre, ließ einen Schauer der Vorfreude durch sie hindurch gehen.

Wanda hatte nicht nur geflirtet. Sie hatte seine Küsse wirklich vermisst. Sie hatte *ihn* vermisst. Alle ihre vorigen Beziehungen hatten ein Ende gefunden, weil sie in großen Teilen Arbeit machten und die Mühe nicht wert waren. Aber mit Cameron war ihre gemeinsame Zeit einfach mühelos. Sie verlangten nicht viel voneinander, und sie respektierten die Karriere des jeweils anderen. Die meisten Männer, mit denen sie ausgegangen war, hatten erwartet, dass sie sich ihren Bedürfnissen und Wünschen fügte. Cameron hatte ihr niemals dieses Gefühl gegeben. Weshalb schob sie ihn wieder weg?

Genau. *Blake.* Wanda wollte nicht, dass sie sich an jemanden gewöhnte, der wie alle anderen in ihrem Leben wieder weggehen würde. Es ließ sich einfach nicht um die Tatsache herumkommen, dass Cameron sechshundert Meilen entfernt lebte und arbeitete.

Wanda ging rückwärts, versuchte etwas Raum zwischen sie zu bringen, damit sie zurechnungsfähig blieb, und dann zog sie sich auf das Sofa zurück. Cameron folgte ihr und setzte sich neben sie. „Also, wie war es? Dass du Cam heute getroffen hast? Ich habe ihm geholfen, eine Wohnung zu finden. Wirkt wie ein toller Kerl."

„Schon, oder?" Cameron lächelte, klang wie ein stolzer Vater.

Wanda zögerte einen Augenblick, aber sie musste die Fragen stellen, die ihr durch den Kopf gingen. Das war, was sie jede Freundin in seiner Lage gefragt hätte, darum platzte sie damit heraus: „Ich muss aber schon fragen, woher weißt du ganz sicher, dass du sein Dad bist? Wenn seine Mom es ihm niemals gesagt hat, woher weißt du, dass sie auf der Geburtsurkunde nicht gelogen hat? Es muss doch irgendeinen Grund geben, dass sie nie was gesagt hat."

„Da besteht keine Frage, Wanda", sagte er und schüttelte den Kopf. „Um ehrlich zu sein, habe ich anfangs genau dasselbe gedacht. Aber die Ähnlichkeit zu meinen Vater lässt sich nicht leugnen. Cam sieht genauso aus wie ein Foto, dass ich von meinem Dad habe, als er zwanzig Jahre alt war."

„Oh, wow. Du bist bestimmt wütend, dass sie dich im

Dunkeln ließ." Wanda wollte die Frau aufspüren und ihr einen Arschtritt verpassen. Aber hatte er nicht gerade gesagt, dass sie kürzlich gestorben war? Verdammt. So viel zu ihren Arschtrittplänen. Ein Kind einem liebenden Elternteil vorzuenthalten war auf so vielen Ebenen falsch.

„Ich muss zugeben, ich bin wütend auf Tori", sagte Cameron. „Was sie getan hat, ist unverzeihlich. Aber sie war bestimmt eine tolle Mutter, denn Cam ist genau das, was ich mir von einem Sohn nur wünschen könnte. Soweit ich das gesehen habe, ist er freundlich, füttert sich selber durch, ist bescheiden und entschlossen. Er ist darauf bedacht, zu betonen, dass er von mir nichts will, außer mich kennenzulernen. Natürlich will ich alles tun, um ihm das Leben zu erleichtern. Ich habe ihm Geld fürs College angeboten, falls er das will, aber das hat er abgelehnt. Er sagt, er ist nicht wegen meines Geldes hier. Was mich angeht, ist es mir egal, ob er ans College geht. Wenn er glücklicher auf dem Bau ist, dann soll er das machen. Ich will nur, dass er Gelegenheiten hat und sich nicht zufriedengibt, nur weil ihm die Mittel fehlen." Cameron lachte. „Ich klinge, als wäre ich schon drei Schritte voraus, oder nicht? Ich kenne ihn erst einen Tag, und schon verwandle ich mich in einen Helikopter-Dad."

Wanda schnaubte. „Du bist weit entfernt vom Helikopter-Dad. Ich glaube, es ist toll, dass du ihn unterstützen möchtest. Viel zu viele Menschen haben Eltern, denen es einfach egal ist."

„Weißt du, was verrückt ist?", fragte er sie.

„Ich bin mir sicher, an dieser Situation ist eine Menge verrückt", sagte sie, rückte näher und legte ihm den Kopf an die Schulter. Ganz gleich, wie sehr sie sich einredete, dass sie sich auf Abstand halten musste, es war ihr unmöglich. Wenn er in der Nähe war, wollte sie ihn berühren.

„Da hast du recht." Er schlang ihr einen Arm um die Schultern und zog sie ein wenig näher an sich. „Es ist verblüffend, wie wichtig mir das ist. Es ist nur eine knappe Woche her, dass er angerufen und mir die Nachricht übermittelt hat, und doch kann ich mir jetzt nicht mal mehr eine Wirklichkeit vorstellen, in der Cam nicht in meinem Leben auftaucht."

„Es ist, als hätte dich eine Fee mit magischem Staub bestreut." Sie schaute zu ihm auf. „Es ist nicht ganz dasselbe, aber seit Blake hier ist, ist sie meine erste Priorität. Mein Leben muss erst mal weit hinter ihren Bedürfnissen zurückstehen, und ich möchte es auch gar nicht anders. Dass man sich für andere einsetzt, lohnt sich schon an sich. Aber es ist mehr als das. Ich fühle mich, als hätte man mir einen Teil ihres Herzens anvertraut, und es liegt an mir, dafür zu sorgen, dass es nicht in die Brüche geht."

„Genauso ist es", sagte Cameron. „Wie hast du das gemacht?"

„Was gemacht?"

„Meine Gefühle in Worte gekleidet."

Sie lächelte ihn nur an.

Camerons Blick glitt über sie und landete dann wieder auf ihren Lippen. „Wanda, du bist unglaublich."

Ihr Inneres wurde angenehm warm, und sie vergaß all ihre Argumente dafür, ihn auf einer Armeslänge Abstand zu halten.

„Lass dich von mir auf ein Date ausführen. Wir tun nicht mehr so, als wären wir nur Freunde, oder Freunde mit gewissen Vorzügen, oder was auch immer. Ich will mit dir zusammen sein."

Und einfach so zerplatzte ihre glückliche Blase. Zusammen sein? War das nicht eine schreckliche Idee? Selbst wenn sie Blake aus der Gleichung rausließ, hatte er gerade erst herausgefunden, dass er Vater war. „Glaubst du, das ist eine gute Idee? Willst du nicht die Zeit, die du hier in Keating Hollow hast, damit verbringen, deinen Sohn besser kennenzulernen? Ich würde mich nicht gut damit fühlen, mich da einzumischen."

„Ich kann nicht jeden wachen Augenblick mit ihm verbringen. Er hat einen Job. Wie wäre es mit einem Date zum Mittagessen? An einem Tag, an dem er arbeitet und Blake in der Schule ist. Du musst doch auch was essen, oder? Selbst wenn du an den Tagen im Büro bist. Was immer du willst. *Woodlines* und Meeresfrüchte? Oder Burger in der Brauerei? Oder, wenn das Wetter schön ist, wie wäre es mit einem Picknick unten am Fluss? Du könntest uns ein Feuer machen, und ich könnte die Decke mitbringen."

Na, war das nicht mal charmant? „Du bist zu gut, um wahr zu sein."

„Ist das ein Ja?", fragte er hoffnungsvoll.

„Ja. Aber nicht morgen. Ich habe zu viele Termine. Machen wir es übermorgen, und wir sind im Geschäft."

„Alles klar." Cameron neigte den Kopf und gab ihr einen weiteren langen, anhaltenden Kuss. Dann stand er auf, tippte sich an seinen imaginären Hut und wünschte ihr eine gute Nacht.

Wanda marschierte in einem glücklichen Nebel nach oben. Sie wollte gerade in ihr Zimmer verschwinden, um zu schlafen, als sie aus Blakes Schlafzimmer ein unterdrücktes Schluchzen hörte. Sie erstarrte. Als sie es erneut hörte, machte sie kehrt und klopfte leise. „Blake, Liebling. Geht es dir gut?"

„Es … geht mir gut", sagte sie durch ein weiteres Schluchzen hindurch.

„Du klingst auf jeden Fall nicht gut. Ich komme rein, okay?" Als ihre Schwester nicht antwortete, klopfte Wanda einmal und betrat das Zimmer. Blake lag zusammengerollt auf dem Bett, ihr Gesicht aufgequollen, die Augen rot vom Weinen, und sie hielt das neue Smartphone, das Wanda ihr gegeben hatte.

„Mir geht's gut", sagte sie schniefend.

„Ach, meine Liebe. Das stimmt doch nicht." Wanda kroch direkt neben sie auf das Bett und legte die Arme von hinten um ihre Schwester. „Es ist in Ordnung, nicht okay zu sein. Das weißt du, oder?"

„Ich sollte inzwischen daran gewöhnt sein", erwiderte sie.

„An was gewöhnt?" Wanda strich ihr über die Haare.

Sie holte tief Luft. „Ich brauche das Wegwerfhandy nicht mehr."

Vor Furcht bekam Wanda ein unbehagliches Gefühl. „Warum?"

Blake antwortete nicht.

Wanda wollte sie nicht drängen, darum hielt sie sie nur fest, wartete ab. Wenn sie bereit war, würde sie reden.

Die beiden lagen zusammen so lange auf dem Bett, ohne etwas zu sagen, dass Wanda ziemlich sicher war, dass Blake eingeschlafen war, aber sobald sie sich von ihrer Schwester lösen wollte, sagte Blake: „Ich habe meine neue Nummer an alle meine Kontakte geschickt."

„Und?", flüsterte Wanda.

„Mom hat mir eine Nachricht zurückgeschrieben und wollte wissen, wo ich das Geld für ein neues Handy her habe. Offensichtlich hat sie eine Möglichkeit gefunden, ihr Telefon wieder einzuschalten." Blakes Tonfall war so niedergeschlagen und enttäuscht, dass Wanda zum zweiten Mal in dieser Nacht eine andere Frau erwürgen wollte.

„Hast du ihr gesagt, dass ich es gekauft habe?", fragte Wanda.

„Nein. Es geht sie nichts an. Ich war ihr nicht wichtig

genug, um sich von mir zu verabschieden, als sie gegangen ist, oder mir auch nur einmal eine Nachricht zu schicken. Und jetzt interessiert sie plötzlich, was ich mache? Sie hat Glück, dass ich sie nicht geblockt habe."

„Ich weiß, dass du vermutlich nicht dafür bereit bist, aber es ist auch okay, das zu machen, weißt du. Du musst dir diesen Missbrauch nicht antun. Du bist hier sicher. Immer. Verstanden?"

Blake nickte, und ein winziges Stück von Wandas Anspannung ließ nach. Sie wollte nur, dass ihre Schwester sich sicher und geliebt fühlte. Das war genug.

KAPITEL 13

*C*ameron betrat die *Enchanted K*-Galerie auf der Hauptstraße. Er traf sich mit seinen Eltern zum Abendessen in ihrem neuen Mietshaus, und er wollte nicht mit leeren Händen auftauchen. Eine Flasche Wein wäre einfacher gewesen, aber er kannte seine Mutter. Sie wusste handgemachte Kunst enorm zu schätzen. Sie würde nichts mehr lieben, als etwas in ihrem neuen Haus auszustellen, das ein Künstler vom Ort angefertigt hatte.

Die Glocke läutete, was den Geruch des Ozeans mit sich brachte, gefolgt von einem Hauch Mammutbaum. Das war auf jeden Fall ein Ort, wie für seine Mutter gemacht. Er stellte sich vor, dass sie im Nu einiges in der Galerie ausgegeben hätte.

„Cameron, hey Mann. Wie geht's?"

Cameron drehte sich um und sah Gideon Alexander, Mirandas Partner. Er war damit beschäftigt, eine Auslage aus Mammutbaumholz-Skulpturen aufzustellen. Jede davon war geschnitzt und zeigte eine andere Szene aus Keating Hollow als Brandzeichnung. „Gut. Dir?"

„Kann mich nicht beschweren. Miranda ist aber

beschäftigt, an ihrem neuen Buch zu arbeiten, darum war ich im Studio zugange. Und da ich jetzt Hilfe beim Umgestalten des Hauses habe, das ich gekauft habe, geht alles gut voran. Dein Sohn ist echt toll."

Dein Sohn. Das hörte sich merkwürdig an, obwohl sein Herz sich anfühlte, als würde es ihm gleich aus der Brust quellen, weil er so stolz war. Er würde einige Zeit brauchen, sich an diese neue Normalität zu gewöhnen. „Ich kann dir gar nicht sagen, wie schön es ist zu hören, dass die Dinge funktionieren."

„Ich bin total zufrieden." Gideon zog ein blaues Baseballcap aus der Tasche seiner ausgeblichenen Jeans und setzte sie sich auf, sodass sein unbändiges welliges Haar verborgen wurde, das aussah, als wäre es schon über einen Monat fällig für einen Friseurtermin. Cameron lachte beinahe über die Verwandlung des Mannes, der vor nicht allzu langer Zeit mit der Eleganz eines Hollywood-Filmproduzenten gekleidet und gepflegt gewesen war. Seine Zeit in Keating Hollow hatte ihn in einen entspannten Künstler verwandelt, wie es ihm auch bestimmt gewesen war.

„Was bringt dich heute her?", fragte Gideon.

„Ich suche noch ein Geschenk zum Einzug für meine Mom. Sie und mein Dad haben ein Haus hier gemietet, um zu sehen, ob sie dann interessiert sind, auf Dauer herzuziehen. Ich kann doch nicht mit leeren Händen zum Abendessen auftauchen." Cameron schaute sich in der Galerie um, bemerkte, dass kein Verkäufer da war, nur Gideon. „Arbeitest du jetzt hier? Wie heißt die Besitzerin noch mal? Ashe?"

„Ja, Ashe ist die Besitzerin, aber sie ist wieder am College", sagte er. „Ich helfe ein paar Tage die Woche aus, während sie Unterricht hat. Also, wonach suchst du denn? Einem Gemälde? Einer Skulptur? Glaskunst?"

Cameron trat näher an die Holzskulpturen, die Gideon aufgestellt hatte. „Hast du die gemacht?"

„Ja. Die sind brandneu. Du bist der erste, der sie sieht, bis auf Ashe und Miranda. Aber den besten Teil hast du noch gar nicht gesehen." Gideon nahm eine der Skulpturen auf und strich mit der Hand über das Stück, was auf magische Weise die Lampenpfosten und Fenster des *Incantation Cafés* beleuchtete.

„Hui. Das ist beeindruckend", sagte Cameron, der das ewige Feuer bewunderte, das Gideon benutzt hatte, um der Sache den letzten Schliff zu geben. „Gekauft."

Gideon grinste. „Ich bin ziemlich zufrieden damit, wie die geworden sind. Soll ich es als Geschenk einpacken?"

„Du machst Geschenkverpackungen?", fragte Cameron mit einer heftigen Dosis Skepsis.

Er lachte leise. „Na ja, eine Geschenktasche. Aber das löst die Sache."

„Dann pack es ein."

Sobald die Skulptur verpackt und bezahlt war, reichte Gideon sie ihm und sagte: „Miranda sagt, du bist wieder mit Wanda unterwegs."

Allein der Klang ihres Namens ließ Cameron innerlich entflammen. Er hatte es nicht geschafft, sie aus seinen Gedanken zu verbannen, seit sie sich am Vorabend bei ihr zu Hause getroffen hatten. Wenn es nach ihm gegangen wäre, wäre er erst am Morgen wieder aufgebrochen, aber er verstand ihre Haltung und begnügte sich damit, geduldig zu sein. „Ja, ich schätze schon."

„Gut. Wir sollten uns irgendwann mal zu viert treffen."

Die Tür öffnete sich, und eine zierliche Blondine kam herein, die ein T-Shirt der Feuerwehr von Keating Hollow trug, das mindestens zwei Nummern zu groß für sie war, und eine Jeans.

„Hey, Amelia. Wie geht's denn?", fragte Gideon.

„Nicht schlecht. Dir?"

„Toll. Was kann ich für dich tun?"

„Nichts. Ich bin nur hier, um mir die Feuerlöscher anzuschauen." Sie ging hinüber zu Cameron und hielt ihm die Hand hin. „Ich glaube, wir sind uns noch nicht begegnet. Ich bin Amelia Holiday. Die neueste Mitarbeiterin der Feuerwehr von Keating Hollow."

„Cameron Copeland. Schriftsteller. Schön, dich kennenzulernen."

Sie nickte nur, war anscheinend nicht von seiner Laufbahn beeindruckt. Cameron lachte beinahe. Das war genau das, was er an Keating Hollow liebte. Keiner der Ortsansässigen war von ihm beeindruckt. Es gab keine Spur der Hollywood-Protzerei, wo alle nur für die Verbindungen lebten und starben, die sie gemacht hatten.

Amelia warf einen weiteren Blick auf Gideon. „Ich schau mich nur mal um und stelle sicher, ob alles auf dem neuesten Stand ist. Ist das in Ordnung?"

„Klar."

Amelia ging hinter den Tresen und holte einen Feuerlöscher heraus, um sich das Datum darauf anzuschauen.

Cameron wollte gerade los, als Amelia ein Keuchen ausstieß, sich hinter den Tresen duckte und sagte: „Ich bin nicht da. Was immer er sagt, ich bin nicht da."

Die Türglocke läutete wieder, und ein hochgewachsener Mann in einer schwarzen Hose und einem schwarz-weißen Nadelstreifenhemd kam herein. Cameron warf einen Blick auf den Tresen, wo Amelia versteckt blieb, und dann wieder auf den Mann.

„Hi. Ich suche nach Amelia Holiday. Man sagte mir, sie ist vielleicht hier drin. Haben Sie sie gesehen?", fragte der Typ, seine Stimme hatte einen heftigen Akzent, der nach Boston klang.

„Amelia Holiday?", fragte Gideon, der die Stirn in Falten legte, als wolle er sich entscheiden, ob er überhaupt eine Amelia kannte. „Nö. Ich habe seit ein paar Stunden hier niemanden gesehen, nur Cameron. Tut mir leid."

Der Mann runzelte die Stirn. „Im Feuerwehrhaus hieß es, das wäre heute ein Halt auf ihrer Runde. Macht es Ihnen was, wenn ich hier ein wenig abhänge?"

„Ich wünschte, ich könnte Ja sagen", erwiderte Gideon ohne zu zögern, „aber mein Kumpel Cameron und ich machen uns gerade fertig, um zum Mittagessen zu gehen. In den nächsten ein oder zwei Stunden wird der Laden geschlossen sein."

Cameron musste beinahe lachen, weil Gideon so bedauernd klang. Für einen Mann, der früher Filme produziert hatte, war er auf jeden Fall auch ein ziemlich guter Schauspieler. Er hätte vor der Kamera genauso erfolgreich sein können wie hinter den Kulissen.

„Wenn ich ihr begegne, kann ich ihr ausrichten, dass Sie nach ihr suchen, wenn Sie das möchten", fügte Gideon an.

Der Mann stieß ein frustriertes Seufzen aus und sagte: „Danke. Sagen Sie einfach, dass Grayson nach ihr sucht. Ich wohne in der Pension von Keating Hollow."

„Auf jeden Fall, Mann", sagte Gideon mit einem Nicken.

Grayson ging aus der Galerie, schob sich die Hände in die Taschen, und mit gesenktem Kopf marschierte er die Straße in Richtung Pension entlang.

„Er ist weg", sagte Cameron.

„Seid ihr sicher?", fragte Amelia.

„Dir ist schon klar, wenn er noch hier wäre, hätte er dich jetzt gehört, oder?", scherzte Gideon.

Sie kam wieder nach oben, starrte mit großen Augen auf die Eingangstür. „Was wollte er denn?", fragte sie, als hätte sie nicht jedes Wort gehört, das er gesagt hatte.

„Ich schätze, er wollte mit dir reden", sagte Gideon. Seine ganze Erheiterung war weg, und Sorge blitzte in seinen Augen. „Gibt es etwas, worüber wir uns Sorgen machen sollten? Stalkt dich der Kerl oder so was? Sollen wir Drew anrufen?"

„Den Hilfssheriff?", quietschte sie. „O nein. Nichts dergleichen. Grayson ist ..." Sie kniff die Augen zusammen. „Wir haben eine Vorgeschichte, und ich bin einfach nicht bereit, mit ihm zu reden."

„Ah, ich verstehe." Gideon nickte ihr zu. „Na ja, es sieht aus, als wäre er ein Weilchen hier, also begegnet ihr euch wohl früher oder später."

„Ja. Davor habe ich Angst." Sie machte sich eine Notiz auf ihrem Klemmbrett und sagte dann: „Ich komme später zurück, um meine Überprüfung abzuschließen. Ich glaube, ich brauche etwas Zeit, um rauszukriegen, was ich tun soll."

Cameron beobachtete sie, während sie aus dem Laden eilte. Er drehte sich zu Gideon um, nicht ganz überzeugt, dass Amelia ihnen die Wahrheit über Grayson erzählt hatte. „Was meinst du? Ist er gefährlich?"

„Das lässt sich schwer sagen, aber sei dir versichert, ich werde Drew wissen lassen, dass er ihn im Auge behalten soll."

Mit dieser Antwort zufrieden, bat Cameron um eine Wegbeschreibung zu dem Haus, das Gideon renovierte, und dann fuhr er los, um bei seinem Sohn vorbeizuschauen.

DAS BAUERNHAUS in der Third Street stand am Fluss und hatte eine eigene Garage. Das Grundstück sah aus, als wäre schon seit Jahren kein Gärtner mehr da gewesen, aber das weiße Haus war frisch gestrichen und hatte eine wunderbare Terrasse. Cameron spürte ein leichtes Bedauern, dass er dieses Haus nicht zuerst gefunden hatte.

Cams VW-Bus war neben der Garage geparkt, was bestätigte, dass sein Sohn da war. Cameron lief die Stufen hinauf und klopfte an der Tür. Nach ein paar Augenblicken versuchte er es noch einmal. Als keiner antwortete, machte sich Cameron auf zur Garage, weil er annahm, dass Cam in seiner Wohnung war. Aber bevor er zu den Stufen kam, hörte er Stimmen vom hinteren Teil des Hauses murmeln.

Er machte kehrt, weil er annahm, dass Cam an diesem Tag Hilfe hatte und hinten im Haus arbeitete. Aber sobald er um die Ecke bog, sah er Cam, der Blake umarmte, während sie den Kopf an seiner Schulter vergrub.

Mit einem unbehaglichen Gefühl und dem Wissen, dass er gerade in einen privaten Moment eingedrungen war, zog er sich rund um das Haus zurück und rief dann: „Cam? Bist du da hinten?"

Bis er wieder um die Ecke gebogen war, hatten Blake und Cam sich voneinander gelöst, aber Cameron entging nicht, wie Cam Blakes Hand festhielt. Waren sie zusammen? Hatten sie sich nicht gerade erst kennengelernt? Falls sie zusammen waren, ging es schnell. Aber was sollte Cameron sagen? Es war nicht so, als hätten er und Wanda lange gebraucht, um zusammen ins Bett zu steigen. Dieser Gedanke brachte eine ganze Stange neuer Sorgen mit, wenn es um zwei Teenager ging. *Hoffentlich schlafen sie noch nicht miteinander.* Das war eine Sorge, die weder er noch Wanda brauchen konnten.

„Hey, Cameron", sagte Cam. „Suchst du nach mir?"

„Ja." Er setzte ein Lächeln auf und stieg auf die hintere Veranda. Es ließ sich nicht verbergen, dass Blake geweint hatte. Er runzelte die Stirn, während er ihre roten, aufgequollenen Augen musterte. „Geht's dir gut, meine Liebe?"

„Mir geht es gut." Sie schniefte und löste die Hand aus der von Cam, um sich die Augen abzuwischen. Erst da fiel Cameron auf, dass sie einen Stapel Geldscheine in der anderen Hand hielt. Als sie sah, wie er das Bargeld beäugte, stopfte sie es sich rasch in die Jeanstasche. „Nur Allergien."

Cameron war taktvoll genug, um nicht anzusprechen, dass es noch nicht direkt Heuschnupfensaison war. Offensichtlich war sie über irgendwas beunruhigt, und Cam hatte sie getröstet. Aber es war auch klar, dass sie ihm nicht verraten würde, was sie so aufregte. „Ja. Allergien sind wirklich schlimm."

Er kam auf den Grund für seinen Besuch. „Cam, ich bin eigentlich vorbeigekommen, um dich zum Abendessen mit meinen Eltern einzuladen. Mom kocht. Und vertrau mir, wenn ich sage, dass du dir das nicht entgehen lassen willst."

Cam blinzelte ein paar Mal, verarbeitete die Einladung eindeutig. Dann sagte er: „Ich würde nur zu gerne meine Großeltern kennenlernen, aber …" Er schaute wieder zu Blake, und dann fügte er an: „Können wir das ein andermal machen? Wir hatten Pläne, den Abend miteinander zu verbringen."

„Nein! Du solltest hin", beharrte Blake. „Mach dir keine Sorgen um mich. Ich komme klar."

„Ist keine große Sache", sagte Cam und drückte ihr die Hand. „Ich kann mich später in der Woche mit ihnen treffen, oder am Wochenende."

Blake schüttelte den Kopf. „Ich bestehe darauf. Triff dich mit ihnen, und dann ruf mich an und erzähl mir, wie wunderbar sie sind."

Er lachte leise. „Was, wenn sie Monster sind, die wollen, dass ich mich ihrem Kult anschließe, der Blumen an Flughäfen verkauft?"

Nun war es an Cameron, zu lachen. „Unwahrscheinlich. Deine Oma würde dich auf jeden Fall dafür hänseln, dass du vielleicht in einer Kommune lebst, aber Kult ist in ihrer Welt ein schmutziges Wort. Bei ihr geht es nur darum, dem eigenen Weg zu folgen, solange du die Reise genießt. Ich bin ziemlich überzeugt, dass sie damals so richtig aktiv in der Hippiebewegung war."

„Na, das ist schon cool." Er grinste Cameron an. „Ich werde da sein. Schreib mir einfach die Zeit und die Adresse."

Cameron entfernte sich von ihnen, sowohl erheitert als auch besorgt. Sollte Blake nicht in der Schule sein? Es war doch erst zwei Uhr nachmittags. Bei ihm damals war die Highschool niemals so früh aus gewesen. Er musste Wanda anrufen. Nur dass er sich nicht sicher war, was er ihr sagen würde. Würde er ihr erzählen, dass Blake zumindest einen Teil der Schule geschwänzt hatte oder dass sie sich aufgeregt hatte und eine unvernünftige Menge Bargeld in der Tasche mit sich herumtrug?

Letzteres. Auf jeden Fall. Es gab keinen Grund, für einen Riss zwischen ihnen zu sorgen, nur weil Blake ein paar Stunden Schule geschwänzt hatte. Allerdings konnte er nicht ignorieren, was er gesehen hatte. Wanda musste erfahren, dass mit ihrer Schwester irgendwas los war.

Cameron hoffte nur, dass sie nicht die Art Frau war, die sich auf den Überbringer der Nachricht stürzte. Es wäre wirklich schwierig, sie auf ein Date mitzunehmen, wenn er als Wurmfutter endete.

KAPITEL 14

*C*ameron bog mit seinem SUV in die Auffahrt des wunderschönen Hauses ein, das in die Bergflanke hineingebaut war. Wanda hatte einen Wahnsinnsjob erledigt, als sie ein Mietshaus für seine Eltern gefunden hatte. Sie hatte dazu ungefähr ein Dutzend Besitzer angerufen, die Ferienhäuser in Keating Hollow hatten, und gebettelt, aber sie hatte es geschafft. Und seine Eltern waren begeistert. Nicht nur hatten sie einen Blick auf das Tal, es gab auch eine wunderbare Aussicht auf den verzauberten Fluss.

Als er gerade heraussprang, hörte er das Tuckern des VW-Busses, der den Hügel heraufkam. Es dauerte nicht lang, bis das Fahrzeug auftauchte. Er wartete, bis Cam sich ihm vor dem Haus anschloss und grinste, als er das hölzerne Vogelhäuschen in Cams Händen betrachtete. „Hast du das gemacht?"

„Ja." Cam hielt es hoch und musterte es. „Glaubst du, deiner Mom wird es gefallen?"

„Sie wird es lieben." Cameron lachte leise. „Verdammt, du

wirst ihr Liebling. Ich habe mein Einweihungsgeschenk nur gekauft."

Er lachte. „Nach all den Jahren brauche ich doch ein bisschen Vorsprung."

Cameron wurde nüchtern. „Nein, brauchst du nicht. Du musst nur da sein."

Sein Sohn öffnete den Mund, um etwas zu erwidern, aber bevor er noch etwas herausbrachte, ging die Eingangstür auf, und Emily rannte in einer grauen Stoffhose, einem weißen Seidenoberteil und einer leuchtend rosaroten Schürze heraus. Ohne ein Wort zu Cameron lief sie die Stufen herab und warf die Arme um Cam. „Ich kann es nicht glauben. Ein Enkelsohn. Und du bist da."

Cam schlang die Arme um seine Großmutter, während Cameron sie beobachtete. Wärme breitete sich in seinem Körper aus, und er konnte sich nicht an einen Zeitpunkt erinnern, an dem er sich so ... vollständig gefühlt hatte.

„Hey, Sohn", sagte Dayton Copeland, der heraus auf die vordere Veranda trat. Wie üblich trug er eine Jeans und ein kurzärmliges Hemd. Er hatte sich mit einem Filzhut für den Abend aufgebrezelt, was Cameron zum Lachen brachte. Es ließ sich einfach nicht verstecken, dass er kahl wurde. „Sieht aus, als hättest du meinen Doppelgänger gefunden."

Cameron nickte und ging hinauf auf die Veranda. „Da kommen die Gene ganz schön stark durch."

„Emily, wirst du diesen netten jungen Mann mal loslassen?" Dayton legte einen Arm um Camerons Schultern, während er erheitert seine Frau beobachtete.

„Nein", rief sie, klammerte sich immer noch an Cam. „Ich habe neunzehn Jahre Umarmungen verpasst. Irgendwann gegen Dienstag lasse ich ihn dann gehen."

Cam hatte sein Vogelhäuschen auf den Boden gestellt und

hing genauso fest an Emily wie sie an ihm. Die Augen des Jungen waren geschlossen, doch Cameron war sicher, dass er sah, wie eine einzelne Träne seine Wange herablief. Die Szene war so emotional aufgeladen, dass Cameron sich bemühen musste, nicht selbst einen Kloß im Hals zu bekommen.

„In Ordnung", sagte Dayton. „Ihr beiden könnt ja draußen bleiben, wenn ihr mögt, aber Cameron und ich gehen rein und sehen uns die Lasagne an. Wir wollen doch nicht, dass der Käse noch mal verbrennt."

„Die Lasagne!" Emily sprang zurück, ließ Cam los. „Ich bin dran. Ich muss auch nach dem Brot sehen." Sie lief zurück ins Haus, sodass die Männer lachend zurückblieben.

Dayton marschierte von der Veranda und hielt Cam eine Hand hin. „Ich bin Dayton. Dein Opa."

„Hi." Cam nahm die Hand, und dann wurde er zu einer weiteren Umarmung seines Großvaters hochgezogen, nur dass dieser Cam nicht ganz so lange festhielt.

Als Dayton sich zurückzog, starrte er seinen Doppelgänger an und stieß einen leisen Pfiff aus. „Cameron hat keine Scherze gemacht, als er gesagt hat, dass die Ähnlichkeit unheimlich ist. Es ist, als würde ich in den Spiegel schauen, als ich in deinem Alter war."

„Wirklich?" Cams Lippen krümmten sich zu einem Lächeln. „Also so sehe ich dann wohl in dreißig Jahren aus?"

Dayton lachte. „Eher schon vierzig, Kleiner, aber du punktest, wenn du einem alten Mann ein gutes Gefühl geben willst."

Cameron verdrehte die Augen. „Du bist doch nicht alt. Du bist noch keine Sechzig."

„Schon dicht dran." Er lachte leise und wies mit dem Kopf auf das Haus. „Komm rein, Kleiner. Ich hoffe, du bist kein

Veganer, denn die Lasagne deiner Oma ist ein Paradies für Fleischfresser."

„Bin ich nicht, und Lasagne klingt toll." Er hob sein Vogelhäuschen auf und folgte ihnen in das geschmackvoll eingerichtete Häuschen.

Das Ganze war nicht übertrieben, aber wer immer es gebaut hatte, hatte keine Kosten und Mühen gescheut. Von den Einbauschränken im Wohnzimmer bis zu den Marmorarbeitsflächen in der Küche und den bis zum Boden gehenden Fenstern wollte Cameron nichts einfallen, das er verändert hätte, wenn ihm das Haus gehört hätte. Für seine Eltern war es perfekt.

„Hier wohnst du, während du in der Stadt bist?", fragte Cam seinen Vater.

„Ja." Cameron nickte und legte die Geschenktasche auf die Kücheninsel. „Unten gibt es ein Gästezimmer, wo ich meine wilden Partys feiern kann", scherzte er.

„Sorg einfach dafür, dass es nicht zu lärmig wird, mein Lieber", rief seine Mutter, während sie das Knoblauchbrot aus dem Ofen holte.

„Keine Sorge. Wir spielen dann auf jeden Fall Fleetwood Mac. Dann ist es dir egal, wie laut es ist", sagte Cameron und ging in die Küche, um ein paar Limos aus dem Kühlschrank zu holen.

„Ich liebe Stevie Nicks einfach." Emily machte sich in der Küche zu schaffen und summte dabei „Rhiannon" vor sich hin.

Cameron reichte Cam eine Dose Limo und beschäftigte sich dann in der Küche, indem er seiner Mutter half, das Essen zum Tisch zu bringen. Als die Lasagne dastand, der Salat ausgeteilt war und das Brot in einem Korb lag, verschränkte Emily die Hände und sagte: „Ich glaube, wir sind fertig."

„Moment", erwiderte Cameron. „Erst die Geschenke."

„Aber die Lasagne", sagte Emily, die das Gericht beäugte.

„Die läuft nicht weg." Er schnappte sich die Geschenktasche, die Gideon ihm gegeben hatte, und reichte sie ihr hinüber. „Ein Einweihungsgeschenk."

Sie strahlte ihn an. „Cameron, das hättest du nicht tun müssen. Es ist ja nicht, als wäre das unser Heim für immer."

„Erst mal ist es das. Außerdem weiß ich, dass ihr das mitnehmen wollt, wenn ihr umzieht."

Dayton lehnte sich an den Tresen, beobachtete alles mit einem erheiterten Lächeln. Er wandte sich an Cameron. „Nur weil du was dabei hast, heißt das aber nicht, dass du das größte Stück Tiramisu bekommst. Das weißt du schon, oder?"

Cameron verschränkte die Arme vor der Brust. „Wir werden sehen." Seine Mutter gab immer seinem Vater das größte Stück vom Nachtisch, denn sie sagte, so ließ sie ihn wissen, dass sie ihn noch immer süß fand. Es war ein Insiderwitz der Familie, dass Cameron eines Tages herausfinden würde, wie er sich einen größeren Anteil erarbeitete. Bisher hatte er keinen Erfolg gehabt. Obwohl Emily behauptet hatte, er wäre ganz nahe dran gewesen, als er sie einmal mit Tickets für *Hamilton* überrascht hatte.

„Werdet ihr beiden das irgendwann mal …" Emily hielt mitten im Satz inne und keuchte laut, als sie die Holzskulptur sah. „Oh, wow, Cameron. Das ist … das ist unfassbar. Wo hast du das denn her?"

„Aus der *Enchanted K*-Galerie. Gideon hat sie gerade aufgestellt, als ich heute dort vorbeigekommen bin."

„Das ist exzellent. Die Details des Städtchens, das Licht. Ich komme gar nicht drüber weg." Als sie schließlich ihrem Sohn einen Blick zuwarf, glänzten in ihren Augen Glückstränen.

Er streckte die Arme aus, denn er wusste bereits, dass sie eine weitere Umarmung einfordern würde.

Sobald sie in seinen Armen war, flüsterte sie: „Ich lege ein extra Stück Tiramisu in deine kleine Tasche. Das erfordert auf jeden Fall einen größeren Anteil am Nachtisch."

„Danke, Mom", flüsterte er zurück und küsste sie oben auf den Kopf.

Sie zog sich zurück und wischte sich vorsichtig über die Augen, damit sie ihr Make-up nicht ruinierte. „Also ... Essen?"

„Cam hat auch was für euch", sagte Cameron.

„Echt?", fragte sie, wandte sich an ihren Enkel. „Du hättest doch nichts mitbringen müssen. Dass du hier bist, reicht völlig aus."

„War kein großes Ding." Cameron griff nach dem Vogelhäuschen. Er hatte es auf einem der Stühle abgestellt, nur um dafür zu sorgen, dass es nicht im Weg war. „Das habe ich in meiner Freizeit gemacht. Gideon hat mir mit den Buchstaben geholfen. Ich hoffe, dir gefällt es."

Emilys Augen wurden vor Überraschung groß, als sie das Vogelhäuschen sah. Eindeutig war es ihr nicht aufgefallen, als sie vorhin aus dem Haus gestürmt war und sich auf ihn gestürzt hatte.

„Es ist nicht viel, aber ich dachte, wenn du Vögel magst, dann ..."

„Es ist wunderschön, Cam", sagte sie angetan. „Einfach wunderschön." Das Haus war einfach und quadratisch, aber es hatte Ausschnitte in der Form von Vögeln, die nur jemand hatte anfertigen können, der etwas von der Sache verstand. *Willkommen bei den Copelands* war hinten in einer winzigen, dünnen roten Linie eingebrannt, die wie Glut in all den Vertiefungen der Buchstaben leuchtete. „Gideon hat mir mit diesen Buchstaben geholfen. Ich bin eine Geisthexe, darum habe ich nicht die Fähigkeit, Feuer so einzusetzen."

„Gideon hat sich als ziemlich begabter Künstler entpuppt,

oder nicht?", überlegte Emily, die ihre beiden Geschenke musterte. „Aber er kommt nicht an meine zwei Jungs ran. So wohlüberlegt. Was habe ich getan, um euch beide zu verdienen?"

„Du bist ein Engel aus dem Himmel", sagte Dayton und küsste seine Frau auf die Wange. „Jetzt lasst uns essen, bevor dieses wunderbare Mahl kalt wird."

Die vier setzten sich zum Essen hin. Während der ganzen Mahlzeit hatte Emily Schwierigkeiten, ihre Gefühle zu kontrollieren. Als Cam eine Geschichte erzählte, wie er als Kind einen Hund ausgesucht hatte, weinte sie. Als er ihnen von seinem besten Freund erzählte, der kürzlich nach Hawaii gezogen war, um zu versuchen, eine Karriere als Surfer zu machen, weinte sie. Und als er ihnen von dem Mädchen erzählte, dass er in der ersten Klasse gebeten hatte, mit ihm auszugehen, weinte sie.

„Tut mir leid", sagte sie, schniefte und tupfte sich die Augen mit dem Taschentuch, das ihr Dayton geholt hatte. „Es gibt so viel, was wir verpasst haben. Ich wäre so gerne Teil deines Lebens gewesen."

„Jetzt ist er ja bei uns, mein Liebling", sagte Dayton, der ihre Hand tätschelte.

Sie lächelte durch ihre Tränen. „Ich weiß. Und ich bin so dankbar, nur gefühlsduselig."

Cameron war da ganz bei ihr. Während sein Sohn seine Geschichten erzählte, konnte er nicht verhindern, dass er an Tori dachte und wieder ganz wütend wurde. Was genau hatte er denn getan, das so schrecklich gewesen war, dass sie ihm Cam vorenthalten hatte? So schlimm konnte es nicht gewesen sein, denn sie hatte ihn Cam genannt. Das ergab nur einfach keinen Sinn, und es brannte in ihm, dass er niemals die Gelegenheit bekommen würde, Antworten einzufordern.

Emily griff über den Tisch und legte ihre Hand über die von Cam. „Ich will nur, dass dir klar ist, dass wir so dankbar sind, dass du jetzt hier bist, und ich versuche mein Bestes, mir in Erinnerung zu rufen, dass deine Mutter wohl ihre Gründe hatte. Eine Mutter hat das doch immer."

Aus den Tiefen von Camerons Seele stieg Zorn auf. Er war froh, dass seine Mutter eine Möglichkeit zum Verzeihen fand, aber er bezweifelte ernsthaft, dass er das jemals tun würde. Sie hatte ihm Erinnerungen geraubt, die er niemals zurückbekommen würde.

„Was für ein Grund sollte denn gut genug sein, um mich von meinem Vater und meinen Großeltern fernzuhalten?", fragte Cam, der sein halb gegessenes Essen anstarrte.

„Na ja, ich …" Emily legte eine Hand an ihre Kehle und schaute Cameron an, als könnte er eine Antwort haben.

Cameron zuckte mit den Schultern. „Fragt nicht mich. Ich habe inzwischen seit einer guten Woche über dieselbe Frage nachgedacht. Die einzige Antwort, die mir einfallen will, ist, dass sie vielleicht gedacht hat, ich würde einen schrecklichen Vater abgeben."

„Du? Schrecklich?" Seine Mutter schnaufte. „Wohl kaum. Ich habe niemals einen Mann getroffen, der für die Elternschaft besser geeignet ist."

„Du hast Vorurteile", sagte Cameron lachend. „Aber danke für den Vertrauensvorschuss."

„Ich glaube nicht, dass es das war", sagte Dayton. „Weshalb hätte sie dann Cam nach dir benennen oder überhaupt nur deinen Namen auf die Geburtsurkunde setzen sollen, wenn sie so wenig von dir hielt?"

Cam stieß einen frustrierten Atemzug aus. „Ich will ehrlich sein. Nachdem ich euch kennengelernt habe, muss ich mich wirklich sehr bemühen, meiner Mutter zu verzeihen. Bis wir uns begegnet sind, schätze ich, dachte ich, sie hätte vielleicht einen guten Grund gehabt, nichts zu sagen, aber was sollte das bloß sein? Cameron wollte sie heiraten. Ihr beiden … Na ja, ihr wirkt wie Traumgroßeltern. Stattdessen hatte ich eine Single-Mutter, deren längste Beziehung ungefähr drei Jahre dauerte, bis sie sie rauswarf."

„Sie?" Cameron hob eine Augenbraue.

Cam verzog das Gesicht, dann hob er den Blick und schaute Cameron direkt in die Augen. „Ja. Sie hieß Jessie, und sie hat bei uns gewohnt. Sie war auch toll. Mom hat die Sache mit ihr abgeblasen, als ich sieben war, oder vielleicht acht? Danach haben Mutters Beziehungen niemals länger als sechs Monate gehalten. Aber positiv war, dass auch keiner ihrer Freunde jemals eingezogen ist. Ich habe mich immer gefragt, was mit Jessie passiert ist. Ich kam eines Tages von der Schule heim, und sie war einfach weg. Später habe ich eine Geburtstagskarte gekriegt, auf der stand, dass sie mich vermisst, aber das war alles."

Cameron war überrascht zu hören, dass Tori einmal eine Freundin gehabt hatte. Er hatte nicht gewusst, dass sie nicht ausschließlich heterosexuell gewesen war, aber er schätzte, es war nicht völlig untypisch für sie. Tori war neugierig gewesen, und ein abenteuerlicher Mensch. „Es tut mir leid, Cam. Du bist zu jung, um bereits so viele Leute verloren zu haben, die dir wichtig waren."

„Ach, mein Lieber", sagte Emily zu Cam. „Wenn du es schaffst, denke ich, du solltest versuchen, mit Jessie in Kontakt zu treten."

„Warum?", fragte er und wirkte trotzig. Das war bei ihm eine seltsame Miene. Cameron konnte nicht anders, als beeindruckt davon zu sein, wie rasch Cam sich vom Jungen von nebenan in einen jungen Mann mit Komplexen verwandeln konnte.

Emily runzelte die Stirn. „Wenn man bedenkt, dass deine Mutter dich von Cameron ferngehalten hat, glaube ich, es ist auch möglich, dass sie vielleicht Jessie daran gehindert hat, dich zu sehen. Außerdem hat deine Mom vielleicht mit ihr darüber geredet, weshalb sie dir niemals von deinem Dad erzählt hat."

Cams Augen wurden vor Überraschung groß. „Weißt du was, das ist mir beides noch nie in den Sinn gekommen. Mom hat niemals auch nur von Jessie geredet, nachdem sie weg war. Sie sagte, sie wäre einfach weg, und würde nicht zurückkommen. Ich glaube, ich habe ihr nicht mal erzählt, dass ich die Karte im Briefkasten gefunden habe, denn sie wollte niemals über sie reden."

„Glaubst du, es gibt eine Möglichkeit, sie zu finden?", fragte Emily.

„Ich weiß nicht. Ich werde es mit einer Internetsuche probieren und mal sehen, ob sie irgendwo in den sozialen Medien ist."

Cameron beschloss, dass es das Beste für ihn wäre, den Mund wegen Tori geschlossen zu halten. So wütend er über die Situation war, er wollte nicht derjenige sein, der die Flammen schürte und für noch mehr Feindseligkeit ihr gegenüber sorgte. Cam hatte das Recht, sich aufzuregen, aber hoffentlich konnte er, wenn er Antworten fand, vielleicht seinen Frieden mit der Situation schließen. Vielleicht konnten sie das beide.

Er hatte Tori schon vor langer Zeit hinter sich gelassen. Tatsächlich, wenn er an sie dachte, hatte er sie immer mit seinem Scheitern gleichgesetzt. Er hatte sie heiraten wollen, und trotz all der Liebe, die er zu ihr aufgebracht hatte, war sie einfach gegangen. Die Beziehung war ein krachendes Scheitern gewesen, und er hatte sich geschworen, sich niemals wieder so in eine Frau zu verlieben. Niemals wieder jemanden so zu enttäuschen. Denn wenn er gut genug gewesen wäre, wäre sie doch sicher geblieben, oder?

Doch als er alles mitbekam, was Cam über seine Mutter erzählte, wurde klar, dass Tori diejenige gewesen war, die alles weggeworfen hatte. Cameron war überhaupt nicht gescheitert. Tori war diejenige, die keine Beziehung aufrechterhalten konnte, aus welchem Grund auch immer, und sie wurde damit fertig, indem sie sich komplett löste. Sie war diejenige, die immer wegging. Die einen sauberen Bruch machte und dann so tat, als hätte es den anderen Menschen niemals gegeben.

So ein Mensch war Cameron nie gewesen. Er ließ Leute nicht einfach fallen. Er war derjenige, der blieb. Ein wahrer Freund war kostbar und selten, und das wusste Cameron. Das war der Grund, warum er immer wieder nach Keating Hollow kam. Miranda, Wanda, Gideon, das waren alles Leute, die er in seinem Leben halten wollte. Besonders Wanda.

Nur dass Wanda nicht nur eine Freundin war. Nein. Er wollte mehr mit Wanda. Er wollte alles mit ihr. Endlich, nach zwanzig Jahren, war er bereit, alles auf eine Karte zu setzen und das Risiko einzugehen, von dem er gedacht hatte, er würde es niemals mehr auf sich nehmen. Er musste einfach nur herauskriegen, wie er sie dazu bekam, dasselbe Risiko einzugehen.

KAPITEL 15

„ *W* ie war das Abendessen bei deinen Eltern gestern Abend?", fragte Wanda Cameron, während sie eine Scheibe Sauerteigbrot butterte. Sie waren im *Woodlines*, einem der edlen Restaurants an der Hauptstraße, und sie hatten es zum größten Teil für sich. Da es früh im Februar war, gab es in der Stadt nicht viele Touristen, und die meisten Einheimischen gingen zum Mittagessen in das Brauereipub der Townsends.

„Es war wirklich toll. Meine Mutter hat Cam zu ihrem Liebling in der Familie erklärt, darum fühle ich mich ein wenig übergangen", sagte er mit einem Lachen. „Wer kann es ihr zum Vorwurf machen? Er ist ein toller Kerl."

„Wirkt echt wie ein toller Kerl", stimmte Wanda zu. „Blake mag ihn auf jeden Fall auch. Mir scheint es, als würde sie nur die ganze Zeit mit ihm reden, wenn sie nicht in der Schule ist und arbeitet. Glaubst du, das geht zu schnell? Sie haben sich gerade erst kennengelernt."

„Nicht wirklich", sagte Cameron ein wenig zögerlich. „Sie scheinen eine Verbindung zu haben. Cam hat mir gestern

Abend erzählt, dass Blake auch eine Geisthexe ist. Ich glaube, das gehört dazu. Er sagte, sie ist die erste seit dem Tod von Mom, die ihn zu verstehen scheint."

„Das klingt schon sinnvoll", sagte Wanda mit einem Nicken. „Sie haben auch andere Dinge gemeinsam. Ich schätze, es ist gut, dass sie einander zur Unterstützung haben, wenn die Dinge schwierig werden."

Cameron musterte sie einen Augenblick lang, dann beugte er sich vor und sagte: „Hör mal, Wanda. Das ist vielleicht nichts, aber ich glaube, ich erzähle dir das lieber, falls es doch was ist."

Ihr Lächeln verflog, und sie runzelte die Stirn. „Was ist nichts? Hat es was mit Blake zu tun?"

„Blake und Cam eigentlich. Ich weiß, dass Blake beinahe eine Erwachsene ist, und auf jeden Fall ist Cam das bereits, darum fühlt es sich an, als würde ich in ihre Privatsphäre eindringen oder so, aber …"

„Aber was? Hör doch mal auf mit der Einleitung. Du machst mich nervös. Spuck es einfach aus, okay?"

„Gestern Nachmittag bin ich raus zum Haus von Gideon gefahren, um mit Cam zu reden, und als ich ankam, hat Blake geweint. Cam hat sie gehalten, sie wirklich getröstet. Also schien es nicht daran zu liegen, dass zwischen ihnen etwas schiefläuft. Und darum erzähle ich es dir, statt anzunehmen, dass das einfach nur ein normales Teenagerdrama ist. Wenn etwas ernsthaft schiefläuft, dachte ich mir, du solltest es wissen."

Wandas Herz schmerzte wegen ihrer Schwester. Ging es schon wieder um ihre Eltern? „Ich schätze, du hast gefragt, was los ist, und sie sagte, alles wäre klar?"

Er lächelte ihr mitfühlend zu. „So ziemlich genau das."

„Das habe ich von ihr auch schon zu hören bekommen",

erwiderte Wanda mit einem Seufzen. „Es geht vermutlich um ihre Eltern. Sie sind wie üblich Arschlöcher. Vielleicht sollte ich versuchen, ihr irgendeine Art Beratung zu beschaffen. Ihre Beziehung zu den beiden Menschen, die sie am meisten lieben und ihr Sicherheit geben sollten, ist völlig dysfunktional. Wenn ich sie wäre, wäre ich auch durch den Wind."

Cameron nickte. „Man kann es sich nur schwer vorstellen. Meine Eltern sind die strahlenden Positivbeispiele dafür, wie Elternschaft aussehen sollte. Obwohl es ihnen das Herz bricht, dass sie Cam nicht aufwachsen sahen, finden sie bereits Möglichkeiten, Tori zu verzeihen, während sie Cam mit so viel Liebe überschütten, dass er sich vermutlich schon fragt, wo er da hineingeraten ist."

„Ich bin mir sicher, er ist begeistert", sagte Wanda, die erheitert den Kopf schüttelte. Doch während sie beobachtete, wie das Licht in Camerons Augen verblasste, verflog ihr Lächeln. „Was ist mit dir? Wie gehst du damit um?"

Er zuckte mit einer Schulter. „Okay."

„Nur okay?", bohrte sie weiter. Er sah nicht okay aus. Tatsächlich sah er allmählich aus, als würde er jemanden ermorden wollen.

„Gut."

Mit einem wenig erheiterten Lachen schüttelte sie den Kopf. „Nein, das stimmt nicht. Lass hören. Was geht dir denn durch den Kopf?"

„Im Ernst. Ich bin einfach nur echt dankbar, dass Cam mich gefunden hat. Ich weiß nicht, wie es möglich ist, von dem Gedanken, dass man am besten niemals Kinder hat, dazu zu kommen, dass …" Er wedelte mit der Hand in der Luft. „Ein stolzer Vater zu sein, der nichts mehr will, als eine gute Zeit mit seinem Sohn zu verbringen, und das alles in nur einer Woche."

Ein freudiges Funkeln hatte in seinen Augen geleuchtet, als er von Cam geredet hatte, aber es verlosch fast genauso schnell, und seine Züge wurden angespannt und gereizt.

Wanda griff über den Tisch und nahm Camerons Hand. „Ich bin mir sicher, es stimmt, dass du froh bist, erfahren zu haben, dass du einen Sohn hast, aber ich bin mir auch sicher, dass das für dich eine verrückte Umstellung ist. Es ist eines, abstrakt über Kinder nachzudenken. Was ganz anderes ist es, wenn sie aus dem Nichts bei dir an der Tür auftauchen. Ich weiß, dass es nicht dasselbe ist, denn Blake ist meine Schwester, aber die Verantwortung, die ich für das Mädchen verspüre, ist anders als alles, was ich jemals kannte. Sie ist meine einzige Schwester und braucht jemanden, der sie liebt. Ich bin diejenige. Es ist überwältigend und unfassbar, jemanden zu haben, der mich auf diese Weise braucht. Ich kann mir vorstellen, dass es dir genauso geht, nur hundertmal intensiver, denn er ist dein Sohn, und er wurde dir vorenthalten."

Cameron hielt ihren Blick fest, schaute sie auf eine Art an, bei der sie sich völlig entblößt vorkam. Es gab kein anderes Wort für den Ausdruck auf seinem Gesicht. Es war von reiner Ehrfurcht erfüllt.

„Hör auf", sagte sie, sah den Salat an, den der Kellner gerade vor ihr abgestellt hatte.

„Aufhören mit was?", fragte er.

„Mich so anzusehen."

„Wie denn?"

Sie stieß ein genervtes Schnauben aus. „Als würdest du mich gleich zur Göttin erklären oder so was. Ich habe doch nichts Besonderes gesagt. Ich habe nur erzählt, wie ich es sehe."

Sein Blick senkte sich auf ihre Lippen, und seine Stimme

wurde rau, als er sagte: „Du bist doch verdammt noch mal eine Göttin, Wanda. Und ich würde dir gerne zeigen, wie ich dich anbete."

Ihr Gesicht wurde ganz warm, und es stand außer Frage, dass sie heftig errötete. Aber sie waren zum Essen ausgegangen, nicht, um im Bett zu landen. „Essen wir fertig, und dann kommen wir zu dem Teil, ob ich mich von dir anbeten lasse, in Ordnung?"

„Oh, das wirst du", sagte er mit einer selbstbewussten Haltung, bei der alles in ihr aufflammte.

Himmel noch mal. Er hatte es geschafft. Sie musste zugeben, es würde ihr schon gefallen, im Schlafzimmer ein wenig angebetet zu werden, aber nicht, bis sie der Sache auf den Grund gegangen war, die ihn belastete. Denn obwohl er selbstvergessen flirtete, hatte er immer noch diese Aura von Frust um sich, die an ihm hing, ganz gleich, wie sehr er sie verstecken wollte. Sie neigte den Kopf und warf ihm ein sexy schiefes Lächeln zu. „Wir werden sehen."

Er zwinkerte und wandte seine Aufmerksamkeit wieder seinem Salat zu. Es dauerte nicht lang, bis er auf die Salatblätter einstach, als wollte er sie bestrafen.

Wanda legte ihre Gabel ab, schob den Salat zur Seite und verschränkte dann die Arme auf dem Tisch, während sie sich vorbeugte und flüsterte: „Du kannst mir erzählen, was dir durch den Kopf geht, das weißt du schon. Komm schon, tu es für den Salat, bevor du pulverisierst, was noch auf deinem Teller ist."

„Wovon redest du denn?", fragte er, und dieses Mal lachte er tatsächlich.

„Dem Salat. Du bestrafst ihn." Sie lächelte ihn an. „Das hat er doch nicht verdient, oder?"

Er starrte auf seinen Teller hinab und schüttelte ungläubig den Kopf. „Den habe ich aber ziemlich misshandelt, oder?"

„Ja."

„Also gut. Ich erzähle es dir", sagte er. „Ich bemühe mich wirklich sehr, zu akzeptieren, dass ich neunzehn Jahre mit Cam verloren habe, aber ganz gleich, was ich mir einrede, oder welches Mantra ich ausprobiere, ich kann diesen überbordenden Zorn nicht ablegen, der droht, mich innerlich aufzufressen. Es gibt niemanden, dem man es zum Vorwurf machen kann, und keinen Weg, eine Erklärung zu finden. Ich bin nicht nur wütend auf Tori, weil sie es geheim gehalten hat, ich bin auch wütend auf sie, dass sie gestorben ist und ihre Geheimnisse mit sich in Grab genommen hat."

Wanda griff über den Tisch und drückte ihm ihre Hand auf die Wange. „Cameron, ich glaube, deine Gefühle sind nicht nur valide, sondern auch vernünftig. Ehrlich, ich habe mich schon gefragt, wie es möglich ist, dass du so *normal* bist. Nichts an dieser Situation ist normal. Es ist ein riesiger Aufruhr, und du machst das toll, aber du musst dir auch Raum lassen, um mit deinen Gefühlen fertig zu werden, sie dir zu eigen zu machen, sie zu durchleben. Nur dann wird es dir möglich sein, wirklich und ernsthaft loszulassen. Nur weil du ein größerer Mensch sein *willst*, indem du Tori vergibst, heißt das noch nicht, dass du bereit bist, das zu tun."

Er schloss die Augen und stieß angehaltene Luft aus. „Danke. Das habe ich gebraucht."

„Gern geschehen." Sie senkte die Hand und ließ sie in seine gleiten. Während sie sie drückte, sagte sie: „Jetzt erzähl mir, was du sonst noch spürst. Ich kann doch nicht die Einzige sein, die völlig aus dem Häuschen ist. In einem Augenblick bin ich außer mir vor Freude, dass Blake hier ist, und im nächsten völlig entsetzt. Ich meine, was weiß ich denn schon darüber, mich um jemanden zu kümmern? Wie gehe ich damit um, wenn sie plötzlich Sex hat? Oder Drogen nimmt? Ihre beiden Eltern sind abhängig. Oder schlimmer …" Wanda riss die Augen auf und tat so, als wäre sie entsetzt. „Was, wenn sie sich entscheidet, es als *Cheerleaderin* zu versuchen?"

Cameron lachte. „Wanda Danvers. Hast du gerade nahegelegt, dass irgendwas falsch daran ist, Cheerleaderin zu sein?"

„Ja", sagte sie, ließ den Kopf hängen und tat so, als würde sie sich schämen. „Aber zu meiner Verteidigung ist es völlig irrational und nur auf die Tatsache gegründet, dass ich es versucht und nicht in die Mannschaft geschafft habe. Sie haben gesagt, meine Stimme wäre zu schrill."

„Schrill?" Er drückte die Lippen zusammen und schüttelte den Kopf, was nahelegte, dass er Suzy Francis' Einschätzung von Wandas Jubelstimme überhaupt nicht zustimmte. „Wen muss man denn stellen und zwingen, dich noch mal einen Versuch machen zu lassen?"

Wanda warf den Kopf in den Nacken und lachte. „Ich liebe es, dass du gerade völlig ernst geklungen hast. Wie wäre es, wenn ich Suzy nur eine E-Mail schicke und sie darüber in Kenntnis setze, dass ihre unguten Entscheidungen dazu geführt haben, dass ihre Einladung zum Klassentreffen zurückgezogen wird."

„Das klingt absolut böse", stimmte Cameron zu. „Jedes Mädchen, das ein anderes wegen ihrer schrillen Stimme ausschließt, hat ihre Schulzeit wohl völlig verklärt. Es ist die beste Rache, ihr den Zugriff darauf zu entziehen."

„Bin ich froh, dass du das so siehst wie ich", sagte Wanda lachend. „Also, wie ist es mit dir? Wie kommst du die Woche wirklich klar?"

Seine Lippen wölbten sich zu einem ehrlichen Lächeln, und

zum ersten Mal an diesem Nachmittag war Wanda völlig überzeugt, dass er nichts versteckte. „Ich bin total außerhalb meiner Komfortzone. Habe Schiss, dass ich wirklich etwas falsch mache. Bin aufgeregt, dass ich dieses wunderbare Kind für mich beanspruchen kann. Und dankbar, die Unterstützung von jemand so tollem wie dir zu haben."

Cameron schob ihr die Haare aus den Augen, dann beugte er sich vor und küsste sie. Küsste sie wirklich. Wandas ganzer Körper prickelte vor Vorfreude, nur dass es diesmal nicht reines Verlangen war. Etwas hatte sich zwischen ihnen verändert. Cameron hatte sich geöffnet, und einen Teil seines Herzens herausgerückt und hatte im Gegenzug einen Teil von ihrem mitgenommen. Ganz gleich, was sie sich einredete. Sie waren nicht nur gute Freunde. Sie waren auf jeden Fall mehr. Das einzige Problem war, dass sie nicht sicher war, wie sie es bezeichnen sollte, oder ob sie dafür bereit war. Alles, was sie wirklich sicher wusste, war, dass sie glücklich war, in diesem Augenblick bei ihm zu sein, und dass sie keine einzige Minute damit verschwenden würde, das in Zweifel zu ziehen.

Wanda lächelte ihn an und erwiderte den Kuss mit allem, was sie hatte.

KAPITEL 16

Soweit es Cameron betraf, war Wanda ein Engel. Er wusste nicht, wie, aber sie hatte es irgendwie geschafft, ihn nicht nur zu beruhigen, sondern auch seine Gefühle anzuerkennen und ihn wissen zu lassen, dass er nicht verrückt war.

Sie hatten ihr Abendessen beendet und sich dann eine Stück Karamell-Schoko-Käsekuchen geteilt. Cameron hatte einen Bissen genommen, aber dann war er damit zufrieden gewesen, zu beobachten, wie sie den Rest aß. Es war die Art, wie sie es genoss, die an ihn rankam. Das wertschätzende Stöhnen, ihre Augen, die nach hinten rollten, und die Art, wie sie sich immer wieder die Lippen leckte, das alles wirkte wie ein Schuss reines Testosteron.

Er wollte sie nur noch mit in sein Zimmer in der Pension nehmen und den Rest des Nachmittags mit ihr im Bett verbringen. Nur dass … Mist. Er hatte bereits aus seinem Zimmer ausgecheckt, und er schätzte, ein Zimmer stundenweise zu vermieten, war nichts, bei dem Noel mitspielen würde.

„Du machst es schon wieder", sagte sie leise, während sie über die Hauptstraße gingen. Wanda hatte sich die Füße vertreten wollen, nachdem sie so lange im Restaurant gesessen hatten.

„Ich mache was?"

„Du siehst mich an, als ob du mich auffressen willst."

Cameron legte ihr die Hand unten auf den Rücken, beugte sich vor und flüsterte: „Ich kann nicht anders. Ich habe Wanda-Entzugserscheinungen."

„Ist das so?", fragte sie ihn mit dieser heiseren Stimme, die sie immer bekam, wenn sie auf seine Andeutungen einging.

„Das ist so." Sie marschierten an der Pension von Keating Hollow vorbei, und Cameron sagte: „Wenn ich mein Zimmer dort noch hätte, wären wir bereits drinnen und du wärst ausgezogen."

„Du hast dein Zimmer aufgegeben?" Wanda wirkte schockiert von dem Gedanken und verzog das Gesicht. „Wohnst du wirklich bei deinen Eltern?"

„Es ist nicht so schlimm, wie du denkst", sagte er, zog sie näher an sich, als der Wind auffrischte. „Ich habe meinen eigenen Raum unten und einen eigenen Eingang, aber das heißt nicht, dass mir wohl damit wäre, dich dorthin mitzunehmen. Manche Dinge sollten privat bleiben."

„Du meinst so wie damals, als deine Eltern bei mir reingeplatzt sind, als ich nichts anhatte bis auf ein durchsichtiges Negligé?"

Cameron stöhnte. „Erinnere. Mich. Bitte. Nicht. Daran. Ich konnte nicht aufhören, darüber nachzudenken, was ich getan hätte, wenn sie nicht dabei gewesen wären. Bei der Göttin, Wanda. Das war heiß."

Wanda winkte durch das Eingangsfenster Noel in der Pension zu und zog wegen des Windes den Kopf ein. Als sie an

Ein Löffelchen Magie ankamen, blieb Wanda stehen und sah auf das Schaufenster mit den tanzenden schokoladenüberzogenen herzförmigen Keksen. Sie waren aufgereiht wie auf einer Revue, während zwei Kekse nach vorne glitten und zusammen einen offensichtlich romantischen Abend in der Stadt verbrachten.

„Ich will einer dieser Kekse sein", sagte Wanda. „Ganz viel Romantik und viele Optionen."

„Optionen?", fragte Cameron, der die Augenbrauen hob. „Ich dachte irgendwie, dir gefällt diese Option." Er deutete auf sich und beäugte sie, bis sie antwortete.

„Natürlich mag ich diese Option. Ich will einfach etwas Romantik und herausfinden, was genau du anstellen wolltest, als du mich in diesem Nachthemd gesehen hast", sagte sie und stieß ihm einen Finger in den Bauch. „Also, hören wir mal auf, über Kekse zu reden, damit du mich mit zu mir nehmen und mich mit dem Ass beeindrucken kannst, das du im Ärmel hast."

Cameron blieb abrupt stehen und starrte sie an. „Hast du mir gerade gesagt, dass ich dich zu einer schnellen nachmittäglichen Nummer bei dir fahren soll?"

„Es ist doch gar keine schnelle Nummer, wenn wir offiziell ausgehen", sagte sie. „Jetzt mach mal, bevor ich es mir anders überlege."

„Das musst du mir nicht zweimal sagen." Cameron führte sie zurück zu dem SUV, das er gemietet hatte, und sobald er am Steuer saß, fuhr er in Rekordzeit zurück zu Wandas Haus.

WANDA SCHMIEGTE sich in Camerons Arme und legte den Kopf auf seine Schulter. Sie waren erst etwas über eine Stunde wieder bei ihr, und sie wusste, dass sie bald aufstehen mussten, bevor Blake nach Hause kam, doch sie konnte sich noch nicht ganz dazu überreden, den Bann zu brechen.

Als sie an ihrem Haus angekommen waren, waren sie die Stufen hinaufgelaufen, hatten eine Spur aus Kleidern hinter sich gelassen. Es war viel zu lange her, dass sie zusammen gewesen waren, und das merkte man. Sie waren völlig ausgeflippt, verzehrten sich nach der Berührung des anderen. Aber bald waren Camerons Küsse langsam und träge geworden, als würde er jede einzelne Sekunde mit ihr genießen. Es wurde zärtlich und süß und dann voller ungebremster Leidenschaft.

Er war alles, was sie sich jemals in einem Geliebten erträumt hatte, und sie wollte sich daran noch ein paar weitere Minuten festhalten.

„Du bist unfassbar", flüsterte Cameron, der ihr mit den Fingerspitzen über den bloßen Arm strich.

„Das sagst du doch immer", erwiderte sie schläfrig. Wenn sie sich doch nur zusammenrollen und ein Nickerchen halten könnten, dann wäre der Tag perfekt.

„Weil es stimmt. Jedes Mal, wenn wir zusammen sind, kann ich nicht anders, als mich zu fragen, was ich getan habe, um eine so umwerfende, großzügige Frau in meinen Armen verdient zu haben."

„Hör auf, mir Honig ums Maul zu schmieren", sagte sie mit einem Lachen, während sie zu ihm aufschaute. „Du bringst mich noch auf den Gedanken, dass das mehr ist als das, was es ist."

In seinen dunklen Augen blitzte etwas auf, das sie nicht ganz einordnen konnte. Aber als er sich sanft aus ihren Armen löste und aus dem Bett stieg, um sich die Hose anzuziehen, erkannte sie, dass dieser Ausdruck Frust war.

„Okay, was ist los? Was ist hier gerade passiert." Sie rückte im Bett nach oben und drückte sich die Decke an die Brust, hatte plötzlich das Gefühl, sich bedecken zu müssen.

„Es ist nichts", sagte er, schüttelte den Kopf und griff nach seinem T-Shirt.

„Es ist verdammt noch mal schon was", erwiderte sie aufgebracht. Als sie sich geliebt hatten, war es genau das gewesen. Liebe machen. Das war nichts, was zwei Menschen vorspielen konnten. Die Zärtlichkeit. Die Großzügigkeit. Die völlige Wertschätzung des Körpers. All diese Dinge kombiniert bedeuteten, dass das, was sie da hatten, verdammt viel mehr war, als nur miteinander zu schlafen. „Vor zwei Sekunden haben wir noch da gelegen, in völliger Glückseligkeit, und plötzlich springst du aus dem Bett und stopfst dich zurück in deine Klamotten, als wäre das ein Tinder-Date und du wärst nur hier gewesen, um mal schnell flachgelegt zu werden."

„Wolltest du nicht genau das?", fragte er, sein Tonfall betont neutral. „Dass ich gehe, bevor Blake nach Hause kommt?"

Ja. Das war, was sie wollte, denn sie wollte in Blakes Leben nichts einführen, das es schwieriger gestaltete. Und mit Cameron zusammen zu sein, verkomplizierte die Dinge. Aber trotzdem schmiss sie ihn doch nicht direkt aus ihrem Bett. „Es stimmt, dass ich glaube, es ist besser, wenn du gehst, bevor sie herkommt, aber es stimmt nicht, dass ich dich behandle, als hätten wir uns nur zufällig aufgegabelt. Du weißt, dass ich dich mag. Mehr, als ich sollte, vermutlich. Aber das ändert nichts an der Tatsache, dass wir beide Teenager haben, die neu in Keating Hollow sind. Willst du nicht, dass der Fokus auf Cam und Blake liegt? Dass wir sicherstellen, dass sie sich an die Veränderungen in ihren Leben anpassen, bevor wir ihnen noch was geben, womit sie sich herumschlagen müssen?"

Cam musterte sie von seinem Standort neben der Schlafzimmertür aus. Er verschränkte die Arme vor der Brust und stieß ein tiefes Seufzen aus. „Siehst du, Wanda. Da gehen unsere Meinungen zu diesem Thema auseinander. Du glaubst, dass es überhaupt keine Chance gibt, dass wir es als Paar schaffen könnten. Wir fangen gerade erst an, und das ist bereits das Ende. Aber ich? Ich glaube, wenn du zulassen würdest, dass du genießt, was wir haben, ohne dir so viele Sorgen darum zu machen, wie Blake mit alldem umgeht, dann hätten wir eine mehr als anständige Chance, für immer zusammen zu sein."

„Für immer?" Wanda spürte, wie ihr das Blut aus dem Gesicht wich.

„Was ist denn falsch an für immer?", fragte Cameron sie.

„Ich – ähm – wir kennen uns doch noch nicht so lang", beharrte sie, als plötzlich Panik hochschoss bei dem Gedanken, dass ihr „guter Freund" ihr Arrangement satthatte. Sie war nicht bereit, Cameron zu verlieren. Aber sie war auch nicht bereit für eine ernsthafte Verbindung.

„Wir kennen einander wochenlang, nicht nur einige Tage", entgegnete er. Als sie nicht antwortete, nickte er knapp. „Ich verstehe, Wanda. Aber erwarte nicht von mir, dass ich das noch mal mache. Ich glaube, wir wissen beide, dass hier mehr dran ist als reine Lust. Lass mich wissen, wenn du bereit bist, deswegen was zu unternehmen."

Wanda beobachtete, wie er aus ihrem Zimmer ging und direkt zu den Stufen unterwegs war. Ihre Eingangstür knallte mit einer Endgültigkeit zu, die ihr verriet, dass er nicht zurückkommen würde. Zumindest nicht heute.

KAPITEL 17

anda war immer noch erschüttert von dem Streit mit Cameron. Was genau war da passiert? Sie hatten ein wunderbares Mittagessen und einen Spaziergang gehabt, der direkt in einen richtig fantastischen Nachmittag im Bett übergegangen war. Und dann war Cameron ausgeflippt. Nur, weil er eindeutig mehr von ihrer Beziehung wollte, und sie zögerlich war. Sie hätte gedacht, dass sie beide auf demselben Standpunkt wären. Etwas Lockeres. Nicht zu ernst. So war es doch gewesen, bevor Blake und Cam aufgetaucht waren.

Klar kamen sie sich näher, und sie verstand schon, dass ihr schnippischer Kommentar, dass ihre Beziehung eben nicht mehr war, als sie war, irgendwie die falschen Knöpfe gedrückt hatte. Aber war es nicht sinnvoller, jetzt vorsichtig zu sein, nachdem ihr Leben sich erheblich verändert hatte?

Es war noch nie Wandas Art gewesen, sich in eine Beziehung zu stürzen. Vor ihrem Streit war sie sicher gewesen, dass das auch bei Cameron so war. Soweit sie wusste, hatte er niemals eine ernsthafte Beziehung gehabt, nachdem Tori ihn vor zwanzig Jahren verlassen hatte. Glaubte er irgendwie, weil er jetzt einen Sohn hatte, brauchte er auch eine Frau und einen Hund?

Sie stieg aus dem Bett und stapfte in die Dusche. Diesen Ärger brauchte sie echt nicht. Blake würde bald zu Hause sein, und Wanda wollte den Abend nicht damit verbringen, wegen Camerons Wutanfall an genervt zu sein, nur weil sie ihm nicht ihre ewige Liebe gestanden hatte.

Ihr Herz tat allmählich weh.

Liebe.

War sie in ihn verliebt? Ihr Magen wurde flau, und ihr Herz schlug schneller, wenn sie an ihn dachte. Was würde sie tun, wenn er beschloss, dass sie es nicht wert war, auf sie zu warten? Dieser Schmerz pochte erneut in ihrer Brust. Würde sie es schaffen, sich von ihm fernzuhalten?

Nein. Würde sie nicht.

Und was, wenn er etwas mit jemand anderem anfing? Jemandem wie Amelia Holiday vielleicht. Sie war neu in der Stadt und wirklich hübsch. Weshalb sollte Cameron nicht an jemandem wie ihr interessiert sein?

„Hör auf", befahl sich Wanda, während das heiße Wasser über sie strömte. Nichts Gutes würde daraus erwachsen, dass sie über Möglichkeiten spekulierte. Sie musste sich einfach beruhigen, ihre Gedanken zur Ruhe kommen lassen, und dann würde sie morgen mit Cameron reden, nachdem sie beide Zeit gehabt hatten, sich wieder zu fassen.

Frisch geduscht und in einer Yogahose und einem Pulli begab sich Wanda hinab in die Küche, wo sie sich daran machte, ein Abendessen vorzubereiten. Im Lauf der Jahre, in denen sie für nur eine Person gekocht hatte, war sie in einen ziemlichen Trott verfallen, bei dem, was sie aß, aber nun, da Blake da war, hatte Wanda angefangen, neue Rezepte auszuprobieren. Das Experiment des heutigen Abends waren Ceviche Bowls mit Tortilla und Avocado.

Wanda hatte ihren hochwertigen Thunfisch schon halb geschnippelt, als ihr Telefon summte, weil eine Nachricht eintraf. Weil sie ihre Arbeit nicht unterbrechen wollte, wartete sie, bis sie ihren ganzen Fisch in Würfel geschnitten und in die Marinade gelegt hatte, ehe sie sich die Hände wusch und sich die Nachricht ansehen ging.

Blake: *Schule war in Ordnung. Nichts Interessantes zu berichten. Ich wollte dich nur wissen lassen, dass ich zum Abendessen nicht zu Hause bin. Cam führt mich zum Essen an die Küste aus.*

Wanda runzelte die Stirn. Es war ein Wochentag. Sich mit Cam ein Abendessen in der Stadt zu genehmigen, war eines. Aber den ganzen Weg raus zur Küste zu fahren? Das waren allein eineinhalb Stunden Fahrzeit. Sie tippte eine Antwort. *Warum an der Küste? Es ist ein Wochentag. Wäre es nicht leichter, einfach im* Cozy Cave *oder* Woodlines *zu Abend zu essen?*

Blake: *Keine Sorge. Ich bin vor zehn Uhr zu Hause.*

Zehn war immer noch ziemlich spät für einen Wochentag. Was, wenn sie Hausaufgaben hatte? Wanda schrieb ihr beinahe zurück, um sie danach zu fragen, aber sie zwang sich dazu, das Telefon abzulegen. Sie war erst knappe zwei Wochen für eine Minderjährige verantwortlich, und sie kämpfte bereits gegen ihren Drang, zu sehr hinter ihr her zu sein. Bei der Göttin. Wie schafften Eltern bloß die Teenagerzeit?

Blake war siebzehn. Fast achtzehn. Und verantwortungsbewusst. Wenn sie mit Cam an die Küste fahren wollte, würde Wanda sie nicht aufhalten. Aber wenn ihre schulische Leistung darunter litt oder sie am nächsten Tag im Stehen einschlief, dann war das eine Lektion, die sie würde lernen müssen.

Wanda: *Danke, dass du es mich wissen lässt.*

Blake: *Du solltest auch ausgehen. Ruf doch Cameron an? Hab mal etwas Spaß für Erwachsene zur Abwechslung?*

Das hatte sie bereits getan, und man sehe sich an, wo es sie hingebracht hatte. Wanda ignorierte Blakes Vorschlag und schrieb zurück: *Pass auf dich auf.*

Blake antwortete mit einem Herz-Emoji, was bedeutete, dass die Unterhaltung durch war.

Wanda schaute hinüber zu ihrer Ceviche Bowl und seufzte. Der Gedanke, ganz allein zu Abend zu essen, nachdem sie mit Cameron gestritten hatte, war einfach zu viel. Das unvertraute Ziehen der Einsamkeit stellte sich allmählich ein, und sie verabscheute es. Wanda war niemals einsam. Tatsächlich war sie normalerweise der Mittelpunkt jeder Party.

Sie musste raus aus dem Haus, oder sie würde noch durchdrehen. Sie tippte Abbys Namen in ihren Kontakten an.

„Hey, meine Liebe", sagte Abby nach dem ersten Klingeln. „Was geht?"

„Bist du heute Abend beschäftigt?"

„Ich hatte große Pläne, mich auf meinen Hintern zu setzen und *Kitchen Witch* zu schauen, aber wenn du was anderes im Sinn hast, bin ich dafür zu haben. Olive bereitet ein Schulprojekt bei ihrer Freundin Ashley zu Hause vor, und Clay arbeitet, also habe ich Zeit."

„Können wir uns in zwanzig Minuten im *Incantation Café* treffen?" Wanda verlangte es plötzlich nach einem Café Latte und einem von Hannas Cupcakes mit doppelt Schokolade.

„Ich gehöre ganz dir", sagte Abby.

„Bring dein Golfmobil mit. Es ist ein Abend für ein Rennen." Wanda beendete den Anruf, stellte ihre Ceviche Bowl wieder in den Kühlschrank, und dann lief sie nach oben, um sich etwas Wärmeres anzuziehen. Das Wetter war mild gewesen, aber es war trotzdem noch ein Februarabend in Keating Hollow. Yogahosen würden das nicht ganz stemmen.

~

„HÜBSCHES FEUER", sagte Abby fünfundzwanzig Minuten später, während sie ihr magisch aufgemotztes Golfmobil direkt neben das von Wanda stellte.

„Gefällt dir das?" Sie warf einen Blick hinüber auf das ohne Brennstoff vor sich hin knisternde Feuer, das auf dem Parkplatz auf ihrer linken Seite flackerte. „Ich habe was gebraucht, um mich warm zu halten, während ich draußen auf deinen lahmen Hintern gewartet habe."

„Ich bin nur fünf Minuten zu spät", erklärte Abby. Sie stieg aus ihrem Wagen und drückte sich die Hände an den Rücken, während sie sich zum Dehnen nach hinten beugte.

„Du läufst also schon auf Mama-Zeit." Wanda zwinkerte ihr zu und reichte ihr eine Tasse heißer Schokolade. „Die ist für dich, denn ich mag dich so sehr."

„Oh. Mein. Gott", sagte Abby, die daran nippte. „Du bist eine Göttin."

„Ich weiß. Also, willst du jetzt in meinem Team sein, oder willst du gegeneinander antreten und Teams aus der Aufstellung wählen?" Wanda glitt aus ihrem Wagen und ging zur Eingangstür des *Incantation Café*.

„Äh, was?", fragte Abby, die Mühe hatte, mit ihr mitzuhalten.

„Ich habe ein paar Freundinnen gesucht, die ich zu unserem Ausflug einladen konnte. Ich hoffe, das macht dir nichts aus." Wanda rauschte in das Café und marschierte hinüber zu einem Tisch in der Ecke, wo Mary Pelsh bei Emily Copeland und Clair Simmons saß. „Hallo, die Damen. Bereit zum Loslegen?"

Abby stieß ein erfreutes Keuchen aus. „Sagt bloß nicht, dass ihr drei bereit für ein kleines Golfmobil Rennen seid?"

„Du sagst es", erwiderte Clair, die Abby angrinste. „Ihr Mädels habt die ganze Zeit davon erzählt, wie viel Spaß ihr mit diesen Wagen habt, und als Wanda uns eingeladen hat, haben wir darum einfach Ja sagen müssen."

„Ach, Dad wird sich so aufregen, dass er das versäumt." Abby umarmte die Langzeitfreundin ihres Vaters. „Schön, dich zu sehen, Clair. Tut mir leid, dass es schon so lange her ist."

„Du warst beschäftigt damit, dein Geschäft mit den Tränken am Laufen zu halten und das Kleine wachsen zu lassen. Denk da bloß nicht drüber nach." Sie stand auf, und ihre Begleiterinnen machten es genauso. „Es ist alles verziehen, wenn du mich über die Spezialfunktionen deines Wagens aufklärst. Die anderen Damen hier haben mich nominiert, dass sich die Fahrerin unserer Mannschaft bin."

„Oh, ich verstehe. Ihr drei glaubt also, ihr fahrt ein Rennen gegen mich und Wanda?"

„Ja", sagten Emily und Mary gleichzeitig.

„Vergesst nicht mich", rief Hanna, die zu der Gruppe herüberlief. „Lasst mich nicht aus diesem Schabernack raus."

Abby umarmte ihre Freundin und sagte: „Niemals."

Wanda ging an Emilys Seite, während die Gruppe sich hinaus auf den Bürgersteig begab. „Wie geht es dir und Dayton im Haus? Lebt ihr euch gut ein? Gibt es irgendwas, was ich dem Besitzer mitteilen muss?"

Emily ließ ihren Arm in den von Wanda gleiten und strahlte. „Nicht eines, meine Liebe. Das Haus ist perfekt. Das Städtchen ist perfekt. Mein Enkel ist perfekt. Das Einzige, was mich jetzt noch glücklicher machen würde, wäre, wenn mein Sohn mal den Kopf aus dem Arsch kriegt und sich mit dem Mädchen seiner Träume wieder verträgt." Sie nahm Wandas

Arm und drückte ihn sanft. „Lass dich von ihm nicht wegschieben, Wanda. Die Copeland-Männer sind leidenschaftlich, und manchmal bedeutet das, dass sie etwas überreagieren."

Unbehagen machte sich in ihrem Magen breit. „Hat er, äh, irgendetwas über unseren Streit erzählt?"

„Nein, zumindest keine Einzelheiten."

Den Göttern sei es gedankt, dachte Wanda.

„Aber er war genervt, als ich ihn vor einer Stunde gesehen habe. Als ich ihn gefragt habe, was los war, hat er nur abgewinkt und gesagt, ihr beiden hättet eine Meinungsverschiedenheit gehabt, und dass er nicht darüber reden möchte. Ich kenne ihn einfach zu gut, sodass ich weiß, dass er alles für sich behält, bis er dann explodiert, und dann steckt er schon viel zu tief drin, um eine konstruktive Unterhaltung zu führen. Was immer es ist, ich bin mir sicher, ihr beiden kriegt das mit der Zeit wieder hin."

„Das hoffe ich", sagte Wanda, aber so sicher war sie sich nicht. Wie konnte sie denn reparieren, was zwischen ihnen nicht stimmte, wenn sie beide nicht dasselbe wollten?

„Was höre ich da? Ärger im Paradies?", fragte Abby Wanda. „Haben du und Cameron gestritten?"

„So was in der Art", sagte Wanda abwehrend. „Aber wir sind nicht hier, um eine Beratungsstunde durchzuführen. Wir sind hier, um es mit dem Golfmobil richtig krachen zu lassen. Richtig?"

„Richtig!", rief Hanna von hinter ihr. „Mom wird untergehen!", fügte sie an, während sie auf ihre Mutter Mary deutete.

Mary hob eine Augenbraue und grinste ihre Tochter an. „Das werden wir ja sehen."

Wanda lachte leise. Sie liebte diese neue Dynamik.

Normalerweise fuhr sie ein Rennen in ihrem Wagen gegen Abby, wobei jede sich Mitfahrerinnen aus der Gruppe ihre engsten Freundinnen aussuchte. Dann zu anderen Zeiten waren es die Frauen gegen die Männer. Diese Rennen machten ehrlich gesagt am meisten Spaß, denn die Männer wussten zum Großteil nicht, was sie taten, wenn es um den magischen Anteil der Rennen ging. Aber sie wollte wetten, dass die drei aus dem Café ein paar ernst zu nehmende Asse im Ärmel hatten.

„Sieht aus, als wären es wir drei gegen die Neuzugänge", sagte Abby, die auf den Fahrersitz ihres Golfmobils stieg. „Ich gebe nur mal kurz Clair eine Einweisung, und dann fahren wir."

Wanda und Hanna zogen sich in Wandas Wagen zurück. Wanda wedelte mit der Hand, damit das magische Lagerfeuer ausging, und dann stellte sie die Partybeleuchtung an und drehte das Radio auf. „Wen willst du dir heute Abend anhören?", fragte sie Hanna.

„Bruno Mars", erwiderte ihre Freundin, ohne zu zögern.

„Perfekt." Wanda spielte mit der Playlist herum, dann lehnte sie sich zurück und wartete auf Abby.

Es dauerte nicht lang, bis Abby zu Wandas Wagen herübergeeilt kam. Sie beäugte Wanda auf dem Fahrersitz. „Ich glaube, ich sollte fahren. Ich habe dich die letzten beiden Male bei unserem Rennen geschlagen. Du willst doch nicht als die Hexe bekannt werden, die gegen drei Anfänger verloren hat, oder?"

„Auf den Sitz mit dir, Abigail Townsend. Ich hätte gewinnen können, wenn ich das gewollt hätte. Ich war nur nett zu einer schwangeren Frau."

Hanna kicherte auf dem Rücksitz.

„Das ist gelogen, und wir wissen es beide." Abby kniff die

Augen vor Wanda zusammen, ließ sich aber trotzdem auf den Beifahrersitz gleiten. „Du lässt doch niemanden gewinnen."

Wanda lachte, denn das stimmte. Sie liebte den Wettbewerb und würde im Traum nicht absichtlich verlieren. Trotzdem würde sie vor Abby nichts zugeben. Sie kannte ihre Freundin. Selbst wenn sie sagte, dass sie Wanda nicht glaubte, gab es immer noch einen kleinen Zweifel. Es war besser, sie im Dunkeln zu lassen.

„Bereit?", rief Wanda zu Clair hinüber.

„Ja, gib mir nur eine Sekunde, und ..." Clair drückte mit dem Fuß auf das Pedal, und das Golfmobil schoss aus dem Parkplatz und die Hauptstraße entlang zum Fluss, während Clair damit umging, als würde sie jeden Tag darin fahren. Die drei älteren Frauen heulten vor Lachen, während sie Wanda, Abby und Hanna zuwinkten.

„Ach, doch nicht so", sagte Wanda mit einem Lachen und folgte ihnen.

„Ich dachte, du hättest gesagt, dass sie eine Einweisung braucht", fragte Hanna Abby.

Abby schüttelte den Kopf und kicherte. „Sie hat mich offenbar auf den Arm genommen. Dafür wird sie bezahlen."

Wanda trat das Pedal durch, kam auf maximale Geschwindigkeit, und dann betätigte sie den Turbo-Knopf. Der Wagen schoss nach vorn, sodass sie an ihren Mitbewerbern vorbeizischten. Hanna drehte sich um und machte eine obszöne Geste, was ihrer Mutter die Drohung entlockte, ihr Hausarrest zu erteilen.

Hanna kicherte. „Klar, Mom. Was willst du denn machen? Rhys dazu bringen, mich in mein Zimmer einzusperren?"

„Das gefällt ihr vielleicht!", rief Wanda. Rhys war Hannas Mann, und für Wanda bestand kein Zweifel daran, dass es ihm nichts ausmachen würde, sie eine Woche oder zwei ganz für sich zu haben.

Mary Pelsh stöhnte, und dann lachte sie, während sie den Kopf schüttelte.

Wanda lenkte ihren Wagen auf den Pfad, der zum Fluss hinabführte. Sobald sie das Mondlicht sah, das auf der Oberfläche glitzerte, kam sie zum Halten und wartete darauf, dass der andere Wagen aufholte.

„Die hast du ja ziemlich im Rückspiegel gelassen", sagte Hanna.

„Feiert nicht zu früh", warnte Abby. „Mein Wagen geht sehr viel schneller als das. Sobald sie den Booster finden, werden sie ernsthafte Wettbewerber."

„Und den Göttern sei dafür gedankt", sagte Wanda. „Es macht keinen Spaß, wenn man zu leicht gewinnt."

Clair ließ ihr bis Golfmobil direkt neben dem von Wanda halten. „Nichts an den Bräuten in diesem Gefährt ist einfach."

Wanda schnaubte. „Da will ich wetten. Also, kennt ihr die Regeln?"

„Es gibt keine Regeln", sagte Clair.

„Ganz genau!", erwiderte Wanda. „Wir fahren dahin, wo der Waldsaum endet, dort unten, und dann drehen wir um und kommen zurück. Wer hier zuerst ankommt, hat gewonnen."

„Perfekt. Fahren wir los", sagte Clair, und ihre Gefährtinnen nickten.

Abby lachte und schüttelte den Kopf. „Okay, ernsthaft, unser offizieller Standpunkt lautet, dass wir keine Regeln haben, aber wir passen auf, dass alle sicher bleiben. Macht nichts, wodurch der Wagen in den Fluss fällt, der Motor kaputt geht oder irgendwie anders eine Verletzung herbeigeführt werden kann. Verstanden?"

„Ja, Mom", sagten Clair, Mary und Emily gleichzeitig, was Hanna und Wanda einen Lachanfall bescherte.

„Haha", erwiderte Abby trocken. „Ihr werdet mir danken, wenn alle hier mit heilen Gliedern rausgehen."

„Das tun wir immer, Abs." Wanda zwinkerte ihr zu. Sie schaute hinüber zu Clair. „Dieses Mal fahren wir los, wenn Emily Los sagt. Okay, Emily?"

„Perfekt." Emily Copeland saß hinten in Abbys Wagen, ein Lächeln auf dem Gesicht. Wanda spürte, wie ihr Herz vor Freude anschwoll, wenn sie die Frau anschaute. So sah Wanda sich immer selbst, und sie schwor sich, sich nicht mehr auf das Drama in ihrem Leben zu konzentrieren und jeden Moment zu genießen, wie er kam.

„Auf die Plätze? Fertig! Los!", rief Emily.

Clair schoss nach vorn, während Wanda, die damit beschäftigt gewesen war, sich mit ihrer Gedankenwelt zu befassen, nicht bereit gewesen war.

„Ach, Mist!", schrie Wanda und ließ das den Wagen nach vorne schießen. „Tut mir leid, Ladys. Mein Fehler."

Doch weder Abby noch Hanna antworteten. Sie waren bereits zu sehr damit beschäftigt, Zauber in alle Richtungen zu wirken, um zu versuchen, den anderen Wagen zu verlangsamen.

Abby, die eine Erdhexe war, ließ vor dem anderen Wagen bremsende Schwellen aus Erde entstehen, während Hanna, eine Wasserhexe, das Wasser aus dem Fluss nutzte, um einen Sturm zu erzeugen. Der gemeinsame Effekt hatte ihren Weg bereits in eine Schlammgrube verwandelt und sie so langsam gemacht, dass Wanda direkt an ihnen vorbeischoss.

„Gute Arbeit, Mädels", sagte Wanda mit einem Lachen. „Dieser Trick funktioniert immer." Ihr Wagen zischte mühelos zum Umkehrpunkt, und Wanda dachte, sie würden das

Rennen ohne große Schwierigkeiten gewinnen. Aber sobald sich der Gedanke einstellte, bewegte sich aus den Bäumen eine Masse aus rötlichem Braun auf sie zu.

„Was zum Teufel ist das?", fragte Abby, die sich das Knäuel mit zusammengekniffenen Augen ansah.

„Sieht aus wie ein riesiger Haufen Nadeln", meinte Hanna.

„Das wird kein Spaß, wenn sie uns damit treffen", sagte Wanda, während sie den Wagen dichter an den Fluss lenkte, um dem Knäuel aus dem Weg zu fahren. Aber es nützte nichts; der Ball schien direkt zu ihrem Wagen unterwegs zu sein.

„Was haben die denn? Eine Wanze, mit der sie uns verfolgen können?", fragte Hanna.

„Ich wette, das macht deine Mutter", sagte Abby. „Diese Frau ist verflucht gut mit ihrer Luftmagie."

„Ist Clair nicht auch eine Lufthexe?", fragte Hanna.

„Nein, sie ist eine Erdhexe, aber ich habe noch nie gesehen, wie sie ihre Magie einsetzt", erwiderte Abby.

„Wenn sie diese Magie kombinieren, kommen wir niemals voran. Es wird Zeit, andere Töne anzuschlagen." Wanda lenkte dann ihren Wagen direkt in den Knäuel, hatte vor, entweder links oder rechts vorbei zu schießen, kurz bevor sie getroffen wurden. Aber bevor es dazu kam, bewegte sich der Haufen und verwandelte sich in das Abbild eines Mannes. Eines nackten Mannes, der aus Nadeln geformt war.

„Was zur Hölle?", rief Hanna. „Hat meine Mutter ihren Tannennadel-Bigfoot mit einem Penis verziert?"

Abby kicherte. „Sieht ganz so aus. Und bei der hohen Göttin. Der Nadeljunge führt ein Tänzchen für uns auf."

„Der schwingt sein Teil herum und spannt die Muskeln an, als wäre er ein Tänzer bei den Chippendales. Wenn ich es mir genauer überlege ... o nein. War meine Mutter etwa bei so einer Show?"

Wanda lachte so fest, dass die Tränen ihr übers Gesicht liefen, und sie hatte Mühe, noch Luft zu bekommen. Der Nadel-Bigfoot war köstlich, aber Hannes Reaktion war das i-Tüpfelchen.

„Viel Spaß, Ladys! Und steckt ihm auf jeden Fall Trinkgeld in den Tanga", rief Mary, während der andere Wagen an ihnen vorüberpeitschte.

„Wanda!", fuhr Hanna sie an. „Los! Sie gewinnen!"

Hannas Schrei holte Wanda aus ihrem Lachanfall. Mit einer leichten Bewegung ihres Handgelenks schickte sie einen Feuerball in die Richtung des Nadelburschen. In dem Augenblick, in dem er auftraf, stob das Gebilde auseinander, und das Feuer erlosch, noch bevor die Überreste auf den Boden fielen.

„Los! Los! Los!", rief Abby.

Wanda trat das Pedal durch, doch sobald sie das tat, sah sie eine Bewegung ein paar Meter vor dem Wagen und stieg auf die Bremse. Das Golfmobil kam ruckartig zum Stillstand.

„Was machst du denn?", rief Abby. „Sie gewinnen noch!"

„Vor dem Wagen bewegt sich was." Sie sprang raus und eilte dorthin, wo sie die Bewegung sah. Was immer es war, es war von dem Schlamm bedeckt, den Abby und Hanna aufgeworfen hatten, und Wanda hoffte einfach nur, dass es kein Stinktier oder eine Ratte oder etwas ähnlich Furchtbares war. Es dauerte nicht lang, bis ihr die großen braunen Augen und die helle, rosarote Zunge auffielen.

„Bei der Göttin!", rief Abby. „Das ist ein Hundewelpe."

Wanda ging in die Hocke und hielt dem Wesen die Hand hin, damit es an ihrer Hand schnuppern konnte. Es leckte an ihren Fingern. „Hi, Kleiner. Hast du dich verirrt?"

Der kleine Hund stieg durch den Schlamm und rollte sich sofort zu ihren Füßen zusammen, bebte in der Kälte. „Schon okay, Kleiner. Wir sind jetzt da." Sie schaute auf und sah Hanna, die neben dem Wagen stand. „Hanna, ich habe ein Sweatshirt unter dem Rücksitz. Kannst du mir das holen?"

„Klar." Einen Augenblick später reichte Hanna ihr das graue Shirt.

Wanda wickelte den Welpen schnell ein, dann zog sie sich auf den Beifahrersitz zurück. „Abs? Kannst du fahren?"

„Klar." Abby und Hanna sprangen zurück in den Wagen, und die drei fuhren los, um die amtierenden Champions der andauernden Golfmobilwettrennen zu treffen.

KAPITEL 18

*E*s war vier Tage her, seit Cameron aus Wandas Haus gestürmt war, und sie hatten seither nicht gesprochen. Es brachte ihn um. Ihm wurde klar, dass er mit der Situation nicht sonderlich gut umgegangen war. Aber verdammt, es hatte ihn verletzt, als sie nahegelegt hatte, dass es zwischen ihnen nicht ernst war. Er hatte sich ihr gerade geöffnet, eine Menge sehr persönlicher Sachen mit ihr geteilt, und dann hatten sie sich geliebt, und er hatte sich niemals jemandem näher gefühlt. Er verstand einfach nicht, wieso sie es nicht auch gespürt hatte.

War er verrückt? War es möglich, dass alles einseitig war, und sie nicht genauso empfand wie er? Das war bei Tori passiert. Er war überzeugt gewesen, dass sie sich liebten. Dass sie glücklich in ihrer Beziehung war und alles toll war. Und dann war sie gegangen, und es war klar, dass er die Lage völlig falsch interpretiert hatte. Es gab keinen Grund zu glauben, dass es bei Wanda anders sein sollte. Vielleicht war er darin einfach schlecht.

Und darum hatte er nicht angerufen. Er traute sich nicht

zu, ihre Lage richtig einzuschätzen. Wenn sie etwas von ihm wollte, würde sie den ersten Schritt machen müssen. Er wollte sie nicht zu etwas drängen. Wenn sie etwas für ihn empfand, würde sie anrufen, oder?

Cameron schob sich die Hand in die Jeanstasche und ging in das Brauereipub der Townsends. Er traf sich mit seiner Mutter auf ein paar Burger, während sein Vater damit beschäftigt war, mit Lincoln Townsend über Obstgärten zu reden. Seine Eltern waren dazu übergegangen, statt von der Anschaffung eines kleinen Hauses in Keating Hollow über eine kleine Farm nachzudenken.

Sobald ihnen die Idee gekommen war, hatte sein Vater Termine gemacht, um mit Lincoln Townsend über seinen Apfelhain und mit den Pelshes über ihren Weinberg zu reden. Er wollte erfahren, was sich in Keating Hollow anzubauen lohnte, bevor sie irgendwelche weiteren Pläne fassten. Dayton Copeland war auf einer Farm aufgewachsen, also kannte er sich mit dem Anbau aus. Cameron hätte nur niemals gedacht, dass seine Eltern am Ende im Ruhestand eine Farm besitzen würden. Das wäre eine Menge Arbeit, aber seine Eltern hatten das Geld, um Hilfe anzustellen. Wenn es das war, was sie wollten, würde er sie zu hundert Prozent unterstützen.

Cameron ging durch das Pub zur Bar, doch bevor er am Ziel ankam, rief eine vertraute Stimme: „Hey, Dad!"

Er schaute auf, angenehm überrascht, zu hören, dass Cam ihn *Dad* nannte, als hätte er das schon sein ganzes Leben lang getan. Cameron drehte sich um und sah seinen Sohn bei seinem Boss sitzen, Hunter McCormick. Beide trugen sie abgewetzte Jeans und T-Shirts, und obwohl sie nach einem langen Tag der Arbeit erschöpft wirkten, lächelten sie, als hätten sie was zu feiern.

Cam winkte ihn herüber und deutete auf den leeren Stuhl neben ihm.

„Hallo", sagte Cameron, während er Platz nahm. „Ihr beiden seht glücklich aus. Hattet ihr einen guten Tag bei der Arbeit?"

„Hey, Cameron", sagte Hunter. „Du solltest auf deinen Jungen hier echt stolz sein. Er hat einen Fehler in den Maßen für die Küche bei unserem derzeitigen Auftrag entdeckt, der uns tausende Dollar gekostet hätte. Der Kleine ist klasse. Ich habe noch nie jemanden gehabt, der für mich arbeitet, und der so auf die Details achtet. Ich bin so beeindruckt, dass ich die neunzigtägige Probezeit abgeblasen habe und ihn nicht nur auf Dauer angestellt, sondern ihm auch noch eine Lohnerhöhung gegeben habe. Man kann nicht zulassen, dass talentierte Leute einfach verschwinden."

„Wow. Beeindruckend." Cameron klopfte seinen Sohn auf den Rücken. „Gut gemacht, Cam."

Sein Sohn wurde rot und sah sowohl erfreut als auch ein wenig verlegen durch das Lob aus.

„Ich kann dir gar nicht sagen, wie froh ich bin, ihn unter meinen Mitarbeitern zu haben", fuhr Hunter fort. „Er ist zuverlässig, kommt immer pünktlich, und er hat sich bereits unersetzlich gemacht. Ich wünschte, ich hätte zehn wie ihn."

Cameron war nicht sicher, ob es überhaupt angebracht war, Stolz zu spüren, doch das tat er, obwohl er überhaupt nicht daran beteiligt gewesen war, ihn aufzuziehen oder ihm diese Art Arbeitsethos beizubringen. Er war so verdammt stolz, ihn seinen Sohn zu nennen, dass er beinahe platzte. Er lächelte Cam an und wandte sich dann an Hunter. „Das ist echt toll zu hören."

„Na, ich muss dann los. Faith wartet auf mich." Hunter warf ein paar Scheine auf den Tisch, vermutlich, um die Getränke zu bezahlen, die sie gehabt hatten, und dann nahm er Cam an der Schulter. „Tolle Arbeit heute, Kleiner. Wir sehen uns morgen."

„Ich bin da", sagte Cam. „Danke für die Limo, und na ja ... alles."

„Das ist nicht nötig. Du hast es dir verdient." Hunter nickte Cameron zu, ehe er aus dem Pub ging.

„Hast du schon gegessen?", fragte Cameron seinen Sohn.

Cam schüttelte den Kopf.

„Wie wär's dann, wenn ich dir zur Feier des Tages ein Abendessen spendiere?" Als Cam grinste und nickte, winkte Cameron Sadie herüber. Sie nahm ihre Bestellung mit Burgern, Chicken Wings und Nachos auf. Cameron bestellte ein Bier, während Cam sich für Eistee entschied.

„Das bringe ich gleich." Sadie lief zum nächsten Tisch.

„Also, sieht so aus, als würdest du dauerhaft in Keating Hollow bleiben", sagte Cameron.

Cam nickte. „Was ist mit dir? Hast du irgendwelche Pläne, umzuziehen?"

Cameron schürzte die Lippen. „Ich denke darüber nach. Es gibt ein paar echt gute Gründe, hierzubleiben. Deine Großeltern meinen es immer ernster damit, dauerhaft herzuziehen, und du bist hier."

„Ganz zu schweigen von Wanda", sagte Cam mit einem wissenden Lächeln.

Cameron umging das Thema Wanda. Es gab keine Frage, dass sie Teil der Gleichung war, die ihn dazu brachte, Keating Hollow in Betracht zu ziehen. Sie war ein ziemlicher großer Teil, aber wenn man bedachte, wie sie die Dinge vor ein paar Tagen aufgegeben hatten, versuchte er, sie nicht in die Entscheidung mit einzubeziehen. Es gab keine Garantie, dass das mit ihnen etwas werden würde. „Miranda ist auch hier.

Falls *Fire Valley* durchstartet, wird es sehr viel leichter, an den kommenden Staffeln zu arbeiten, wenn wir beide am selben Ort leben."

„Klingt, als gäbe es da nicht so viel drüber nachzudenken." Cam nahm einen Schluck von seinem Wasser, während er seinen Vater beobachtete.

Cameron lachte leise. „Weißt du was? Du hast recht. Eigentlich gibt's das nicht. Aber es gibt ein paar logistische Probleme, die man bedenken muss. Ich habe immer noch ein Haus in Hollywood, mit dem ich irgendwie umgehen muss. Sollte aber kein zu großes Problem sein."

Cam lehnte sich in seinem Stuhl zurück, wirkte entspannt und im Pub zu Hause. Es schien auf jeden Fall, als würde ihm Keating Hollow gut bekommen.

„Du wirkst … angekommen. Das ist anders als bei unserem ersten Treffen. Ich glaube, Keating Hollow tut dir gut", fasste Cameron seine Beobachtung in Worte.

„Das könnte man sagen. Ich habe eine brauchbare Wohnung, einen tollen Job mit einem tollen Boss, eine Familie, von der ich bis vor ein paar Monaten nicht einmal wusste, dass sie überhaupt existiert, und Blake. Das ist ehrlich gesagt mehr, als ich mir erhofft habe."

Cameron fasste seinen Sohn an der Schulter und drückte ihn. „Ich freue mich wirklich für dich. Und nur für den Fall, dass du es nicht wusstest, ich bin echt froh, dass du dich auf die Suche nach mir gemacht hast. Ich könnte nicht glücklicher sein, Vater zu sein."

„Ich auch. Ehrlich gesagt war es das Treffen mit dir und meinen Großeltern, das mir den Mut gegeben hat, nach Jessie zu suchen."

„Hast du sie gefunden?", fragte Cameron, der nicht ganz wusste, wie er sich damit fühlte. Ein kleiner Teil von ihm war neidisch auf diese Frau, die ein Teil von Cams Kindheit hatte sein dürfen, wo er das doch nicht hatte sein können. Aber es gab einen größeren Teil von ihm, der hoffte, dass Cam die Antworten bekam, die er verdiente.

„Habe ich." Er drückte die Lippen aufeinander, wirkte nervös. „Sie will mich wirklich sehen und hat vorgeschlagen, dass sie und ihre Partnerin zum Valentinswochenende herkommen. Sie sagte, sie hätten sowieso einen Ausflug an die Küste geplant. Sie werden ihn einfach etwas abändern und hierher kommen." Er nahm einen weiteren langen Schluck von seinem Wasser, dann sagte er: „Ich habe Ja gesagt. Ich hoffe, das war kein Fehler."

Cameron drückte ihm noch einmal die Schulter. „Ich bin mir sicher, ganz gleich, wie es wird, es wird der Abschluss, den du brauchst. Und wenn es heftig wird, sind deine Großeltern und ich immer noch hier."

Erleichterung strömte über Cams Züge, während er seinem Vater ein dankbares Lächeln zuwarf. „Danke dafür."

„Und, hey, es schadet auch nicht, dir in Erinnerung zu rufen, dass du dich toll schlägst. Nichts, was Jessie sagen könnte, kann daran etwas ändern. Wie du gesagt hast, du hast einen tollen Job, einen schönen Ort zum Leben, mich und deine Großeltern und Blake." Cameron zwinkerte ihm zu. „Alles Weitere ist Bonus."

„Würdest du ... äh ... in Betracht ziehen, mitzukommen, wenn ich mit ihr rede?", fragte Cam.

Cameron hob überrascht beide Augenbrauen. Das hatte er nicht erwartet. Er würde nur zu gerne Jessie einige Fragen stellen, wenn sie willens wäre, sie zu beantworten, aber auf gar keinen Fall wollte er eine Ablenkung für das Wiedertreffen sein. „Du willst mich dabei haben?"

Cam nickte.

„Ich mache es, wenn du willst, aber ich will mich auf keinen Fall aufdrängen."

„Du drängst dich nicht auf", sagte Cam ernsthaft. „Ich glaube, wir haben beide Antworten verdient, und nachdem ich mit ihr geredet habe, klingt es, als hätte Jessie vielleicht welche."

„Dann lass mich einfach wissen, wann und wo, und ich bin da."

„Meine Jungs!" Die Stimme von Camerons Mutter schallte durch das Brauereipub. „Ich bin so froh, dass ihr beide da seid", sagte sie, als sie an ihrem Tisch ankam. „Dich habe ich nicht erwartet, Cam, also ist es eine tolle Überraschung."

„Hi, Mom." Cameron stand auf und gab seiner Mutter einen Kuss auf die Wange. „Wir haben bereits bestellt. Ich habe dir diesen Burger geordert, von dem du so geschwärmt hast, aber wenn was anderes willst, bin ich sicher, dass Sadie dir eine Speisekarte bringen kann."

„Ach, nein. Ein Burger ist toll. Und ich bin am Verhungern, also ist das perfekt." Sie lehnte sich herüber und gab Cam eine Umarmung. „Du siehst gut aus, Cam. Hattest du einen schönen Tag?"

Cam teilte ihr seine guten Nachrichten mit und strahlte, als sie ihm sagte, wie stolz sie auf ihn war.

„Es ist keine Überraschung, dass du so ein fleißiger Arbeiter bist", sagte Emily. „Cameron und sein Vater hatten beide immer ein exzellentes Arbeitsethos. Du folgst einfach in den Fußstapfen der Familie."

„Gut zu wissen, dass mir das in den Genen liegt", sagte Cameron lachend. „Jetzt erzähl mir von dir. Was hast du denn getrieben?"

„So viel. Du hast ja keine Ahnung. Ich liebe es hier. Erst gestern Nacht hatte ich einen Mädelsabend mit Mary Pelsh und Clair Simmons. Mary gehört das *Incantation Café*. Und Claire ist Lincoln Townsends Lebensgefährtin. Auf jeden Fall haben wir uns zum Kaffee getroffen und am Schluss sind wir ein Golfmobilrennen mit Wanda, Hanna und Abby gefahren. Niemand hat erwartet, dass wir gewinnen, aber wir haben eine ziemliche Magieshow für die Damen hingelegt, und am Ende haben sie unseren Staub gefressen. Das hat so viel Spaß gemacht. Ich kann gar nicht erwarten, es noch mal zu machen."

Cameron spitzte die Ohren, als seine Mutter Wanda erwähnte. Er wollte sie fragen, wie es ihr ging, ob sie glücklich wirkte, oder müde oder traurig. Es schien unwirklich, dass sie das Golfmobilrennen gegen die drei älteren Damen verloren hatte. Nicht, dass seine Mutter nicht fähig gewesen wäre. Das war sie. Aber Golfmobilrennen waren für Wanda und Abby so eine Art Religion. Er wollte unbedingt erfahren, was passiert war. Aber anstatt die Fragen zu stellen, sagte er nichts und hörte zu, wie sein Sohn und seine Mutter über alles plauderten, was sie an Keating Hollow liebten.

In diesem Augenblick wurde ihm klar, dass er diese Stadt tatsächlich zu seiner Heimat machen würde. Obwohl er Cam vorhin gesagt hatte, dass es tatsächlich nicht viel zu überlegen gab, wenn es darum ging, sich zu entschließen, in die Stadt zu ziehen, hatte er diese Entscheidung eigentlich noch nicht wirklich getroffen gehabt. Er hatte sich immer noch gefragt, ob es der richtige Schritt war. Nun erkannte er, dass das eigentlich gar keine Frage war.

KAPITEL 19

*W*anda hielt sich das Telefon ans Ohr und beobachtete, wie der flauschige goldene Welpe sich über ihren Küchenboden rollte. Nachdem sie die Kleine aus dem Schlamm gerettet hatte, hatte sie sie mit nach Hause genommen, sie gewaschen, ihr etwas Reis und Hühnchen zu fressen gegeben und sie dann als allererstes am nächsten Morgen zur Heilerin gebracht. Nachdem sie wegen einer leichten Dehydrierung mit einigen Heiltränken behandelt worden war, hatte sie ein einwandfreies Gesundheitszeugnis erhalten.

„Gibt es irgendeinen Anhaltspunkt dafür, wem dieser Hund gehören könnte?", fragte Wanda die Heilerin. Sie hatte die Beschreibung des Welpen aufgenommen und versprochen, sich umzuhören und zu sehen, ob sie bereits eine Familie hatte.

„Tut mir leid, Wanda. Nichts", sagte die Heilerin. „Wir haben bei unseren Kontakten in allen örtlichen Tierheimen nachgefragt und eine E-Mail an die Tierheiler-Praxen in der Umgebung geschickt, aber bisher beansprucht niemand diese süße Kleine. In der Zwischenzeit könntest du vielleicht entscheiden, was du willst. Bist du daran interessiert, sie aufzunehmen, oder willst du, dass wir ihr eine Bleibe suchen? Sie ist so süß und niedlich, ich bin sicher, das dauert überhaupt nicht lang."

Wanda ging in die Hocke und streichelte den süßen, runden Bauch des Welpen. Sofort rollte sich die Kleine herum und versuchte, ihr in die Arme zu springen. Sie waren etwas über eine Woche beisammen, und in dieser Zeit war der Welpe Wanda überallhin gefolgt und hatte sogar auf Wandas Bett über Nacht einen Platz für sich beansprucht. Der Welpe stieß an Wandas Hand, um nahezulegen, dass er weiter gestreichelt werden wollte. Während Wanda ihn hinter dem Ohr kraulte, schaute die Kleine mit den liebenswertesten braunen Augen zu ihr auf, die Wanda je gesehen hatte. Es gab keine Frage. „Ich nehme sie auf."

Die Heilerin lachte leise. „Da bin ich nicht überrascht. Also gut, setzen wir in ein paar Wochen ihren nächsten Gesundheitscheck für Welpen an. Vielleicht hast du dir bis dahin einen Namen überlegt."

„Wir arbeiten dran." Nachdem Wanda den Anruf beendet hatte, nahm sie den Welpen hoch und wiegte ihn an ihrer Brust. „Was meinst du denn? Prinzessin Penelope? Lady Louise? Gräfin Camila?"

„Sie ist ein Goldendoodle, keine Adlige", sagte Blake, die in die Küche kam.

„Sag ihr das doch." Wanda berührte mit der Nase die des Welpen und sagte: „Du darfst eine Prinzessin sein, wenn du das möchtest."

„Egal." Blake öffnete den Kühlschrank und zog eine Käsestange heraus. „Mir egal. Ich nenne sie trotzdem noch Chewbarka. Der kleine Teufel hat mein Ladegerät zerkaut und meine Zahnbürste gefressen."

„Sie ist immer noch ein Welpe. Sie weiß es noch nicht besser. Wir müssen besser darin werden, das Haus welpensicher zu gestalten." Wanda musterte sie. „Alles in Ordnung? Du stehst irgendwie neben dir. Ist in der Schule heute was passiert?"

„Nein. Nur müde. Chewbarka hat mich gestern Nacht mit ihrem Winseln wachgehalten."

Wanda öffnete den Mund, um der Behauptung zu widersprechen, aber bevor sie ein Wort äußern konnte, war Blake wieder weg. Sie wandte ihre Aufmerksamkeit dem Welpen zu und seufzte. „Das war unhöflich, oder?"

Der Welpe blinzelte sie an.

„Ich weiß. Du hattest gestern Nacht einen riesigen Meilenstein. Du bist nicht einmal aufgewacht, und ich weiß das, denn ich bin diejenige, die dich nach draußen bringt." Sie tätschelte dem Welpen den Kopf und sagte: „Keine Sorge. Sie gewöhnt sich schon an dich."

Der Welpe kuschelte sich an Wandas Brust, sodass Wanda einfach nur dahinschmolz. Wer hätte geahnt, dass sie zum größten sentimentalen Häufchen der Welt werden würde, wenn sie einen Welpen hatte? Es spielte keine Rolle. Sie liebte ihren süßen kleinen Flauscheball, und mehr gab es nicht zu sagen.

„Also, Name. Wir nennen dich nicht Chewbarka. Damit setzt man nur ein unglaublich niedriges Niveau an, und wir werden über diese Phase hinwegkommen. Keine Sorge. Wie wäre es mit Noodle? Oder Sprout? Oder irgendwas Cooleres wie Nyx oder Calypso? Oh, ich weiß! Lyric. Das ist perfekt. Wir sagen Blake, dass wir Chewbarka als Inspiration genommen haben. Schon klar, oder? Erst bellen, dann singen. Ach, egal. Lyric, es ist entschieden."

Mit dem Welpen in den Armen stieg Wanda die Stufen

hinauf, um Blake ihre Entscheidung mitzuteilen. Sie fand ihre Schwester, die auf dem Bett lag und mit gerunzelter Stirn ihr Handy anschaute.

„Hey", sagte Wanda. „Ich bin hergekommen, um dich wissen zu lassen, dass wir uns für Lyric entschieden haben."

„Was?" Blake drehte sich nicht mal um, um sie anzuschauen.

„Ich habe beschlossen, den Welpen Lyric zu nennen."

Schließlich warf Blake Wanda und dem Welpen einen Blick zu. „Das ist echt irgendwie süß. Ich nenne sie trotzdem noch …"

„Chewbarka, das wissen wir. Schon in Ordnung. Sie gewinnt dich schon noch für sich."

„Glaubst du?" Blake musterte den Welpen, der sich an Wanda kuschelte und süßer denn je aussah. „Vielleicht. Sie ist süß, wenn sie schläft."

Wanda schüttelte den Kopf und machte beinahe einen Witz, dass sie wohl einen Schaden hatte, denn wer mochte denn bitte keine süßen kleinen Welpen, aber sie hielt sich in der letzten Sekunde zurück. Ihre Schwester war nun schon seit Tagen reizbar, und Wanda vermutete stark, dass sie eine schwere Zeit durchmachte, um sich in das neue Leben in Keating Hollow einzugewöhnen. Sie wirkte nur dann ehrlich glücklich, wenn sie mit Cam redete oder unterwegs war, um ihn zu treffen.

Sie wollte vorschlagen, dass Blake zu einem Profi ging, um mal alles abchecken zu lassen, aber das eine Mal, als sie das erwähnt hatte, hatte Blake ihr heftig mitgeteilt, dass sie daran nicht interessiert war, und sich dann die nächsten vierundzwanzig Stunden abgeschottet.

Wanda holte tief Luft und machte sich für jede Art Erwiderung bereit. „Blake, ich weiß, du hast gesagt, du wärst

müde, aber bist du sicher, dass alles in Ordnung ist? Du wirkst
… echt richtig neben dir."

Blake stieß ein übertriebenes Seufzen aus, von der Sorte,
für die Teenager berühmt waren, und sagte: „Mir geht's gut.
Was willst du denn sonst noch von mir?"

Das nervte Wanda so richtig. Trotzdem hielt sie sich
zurück, und mit einem, wie sie hoffte, wenig provokanten
Tonfall sagte sie: „Na, ich würde einfach gern wissen, wie es
dir geht, in der Schule, ohne dass ich auf dem Computer die
Noten nachschlagen muss. Und wie die Arbeit läuft, ob sie dir
gefällt oder nicht, oder ob du darüber nachdenkst, vielleicht
während der Touristensaison irgendwas anderes zu
versuchen."

Wanda hielt sich Lyric fester an ihren Körper, und obwohl
sie unbedingt einfach nur ihren Bedürfnissen folgen wollte,
wenn es um den Welpen ging, brauchte sie wirklich Blakes
Meinung. Das war auch ihr Zuhause. „Dann würde ich gern
wissen, wie du wirklich zu dem Welpen stehst. Ich habe mich
komplett in sie verliebt, aber wenn du eine starke Tendenz
hast, würde ich das gern in meine Entscheidung mit
einbeziehen, ob ich sie behalte. Ich habe bereits der Heilerin
gesagt, dass wir sie aufnehmen, aber wenn das keine gute Idee
ist, bin ich sicher, wir können jemanden finden, der sie nur zu
gerne nähme."

Blake legte ihr Handy ab und starrte ihre Schwester eine
Weile an, ihre Miene war nicht zu deuten. Dann räusperte sie
sich und sagte: „In der Schule läuft es ganz okay. Ich habe in
meiner Englischprüfung eine Zwei bekommen, eine Eins in
Mathe, und habe eine Woche Chemiehausaufgaben abgegeben,
nachdem ich mir Hilfe von Cam geholt habe. Die Arbeit ist
gut. Candy und ich denken drüber nach, dieses Wochenende

was zu unternehmen. Du solltest den Welpen behalten. Es ist offensichtlich, dass du ihn liebst."

„Okay. Na, das klingt gut", sagte Wanda, die sich fragte, ob *sie* die ganze Zeit das Problem gewesen war. Hatte sie nicht die richtigen Fragen gestellt? Denn das war die direkteste Antwort, die sie seit einer Woche erhalten hatte.

Blake wandte sich wieder an ihr Handy, entließ Wanda offensichtlich.

Wanda wollte schreien. War sie als Teenager auch so gewesen? Nicht kommunikativ und abweisend? Sie schätzte, manchmal schon, aber vermutlich nicht oft. Wanda war viel zu offen und hatte ihrer Mutter immer alles erzählen müssen, was in ihrem Leben los war.

Der Gedanke an ihre Mutter löste eine tiefgehende Traurigkeit aus. Verdammt, sie vermisste sie. Nachdem ihr Dad gegangen war, waren nur noch Wanda und ihre Mutter geblieben. Sie hatten sich näher gestanden als Mutter und Tochter das normalerweise wohl tun sollten. Und es waren Zeitpunkte wie dieser, wenn sie Schwierigkeiten hatte, mit Blake zu kommunizieren, dass sie ihre Mom am meisten vermisste. Was hätte sie nicht dafür gegeben, sie um Rat wegen Blake oder Cameron bitten zu können. Oder sie einfach nur zu umarmen und zu wissen, dass sie nicht allein auf der Welt war.

„Hör auf, Wanda. Du bist nicht allein", murmelte sie vor sich hin. „Du hast ausreichend Familie. Hör auf, dich zu bemitleiden."

Sie hörte Blakes Telefon klingeln, und Blake ging im selben Augenblick ran.

„Hi, Cam." Ihre Stimme war weich und süß, und wie immer klang sie glücklich.

Zumindest hat eine von uns ein erfolgreiches Liebesleben, dachte Wanda, während sie wieder nach unten ging.

Wanda ging in die Küche, machte sich zum Abendessen ein Sandwich, und dann kuschelte sie sich mit dem Welpen auf das Sofa. Es dauerte nicht lang, bis sie Blakes Schritte auf den Stufen hörte. Wanda stellte den leeren Teller auf den Seitentisch und rief: „Im Kühlschrank sind Reste, wenn du Hunger hast. Oder Zeug für Sandwiches."

„Ich bin nicht wirklich hungrig", sagte Blake, die unten an den Stufen stehenblieb.

„Okay. Es ist da, falls du später Hunger bekommst."

„Also, eigentlich bin ich runtergekommen, um dir zu sagen, dass Candy mich heute Abend zum Strand eingeladen hat." Blake spielte mit dem Saum ihres Oberteils, während sie fortfuhr. „Eigentlich sind es ein paar Nächte. Ich schätze, am Strand gibt es Hütten, und sie und eine andere Freundin haben eine gemietet. Sie haben mich eingeladen. Ist das für dich in Ordnung?"

„Ist ein bisschen in allerletzter Minute, oder?", erwiderte Wanda und verzog sofort das Gesicht. „Meine Güte, ich klinge wie ein paranoider Elternteil, der seinem Kind nicht vertraut. Tut mir leid. Du hast mich nur dem falschen Fuß erwischt. Als du vorhin gesagt hast, dass du vielleicht mit Candy was unternimmst, hätte ich nicht gedacht, dass es ein Trip übers Wochenende wird."

Blake lachte leise und schüttelte den Kopf. „Davon weiß ich nichts. Meinen Eltern war es immer egal, was ich gemacht habe. Die meiste Zeit über habe ich es ihnen nicht mal erzählt."

Plötzlich machte das Benehmen ihrer Schwester sehr viel mehr Sinn. Wanda schätzte, dass sie ihr nicht absichtlich Dinge vorenthielt. Sie war nur nicht daran gewöhnt, irgendjemandem Rede und Antwort zu stehen. „Das ist einfach nur traurig, Blake. Ich wusste, dass sie keine Vorzeigeeltern waren. Aber es tut mir leid, dass sie sich nicht mal bemüht haben, so zu tun, als würden sie sich kümmern."

Sie zuckte mit den Schultern. „Oma schon. Zumindest sie hat sich gekümmert … und nun du."

Wanda grinste sie an, hatte das Gefühl, als hätten sie vielleicht gerade einen Durchbruch gehabt. Die Hütten am Strand waren nicht so weit weg. Wanda wusste genau, wo sie waren. Um diese Zeit des Jahres würde dort nicht viel los sein, darum machte sie sich nicht allzu viele Sorgen, dass Teenager-Mädchen in Schwierigkeiten geraten würden. „Geh mit Candy und ihrer Freundin. Ich bin sicher, ihr habt eine tolle Zeit. Passt nur auf, und lasst euch von niemandem zu etwas überreden, das ihr nicht machen möchtet."

Black nickte. „Das kriege ich hin."

„Da bin ich mir sicher." Sie schürzte die Lippen und rief sich in Erinnerung, wie Candy beinahe einen Totalschaden am Auto ihrer Tante verursacht hätte, als sie es zum ersten Mal gefahren hatte. „Weißt du was? Warum nehmt ihr nicht mein Auto? Soweit ich weiß, ist das, das Candy derzeit fährt, ist nicht sonderlich zuverlässig. Dann mache ich mir weniger Sorgen."

„Bist du sicher?", fragte Blake. „Wie kommst du dann zurecht?"

„Ich habe doch mein praktisches Golfmobil. Das nutze ich sowieso viel öfter."

„Das ist großzügig. Danke." Sie machte sich den Weg die Stufen hinauf, aber nach ein paar Schritten hielt sie inne und warf einen Blick über die Schulter. „Wirklich, danke, Wanda."

„Wofür?"

„Dass du du bist."

KAPITEL 20

*N*achdem Blake ins Wochenende aufgebrochen war, brachte Wanda den Hundewelpen nach draußen, dann ging sie zurück nach drinnen, darauf vorbereitet, sich den restlichen Abend mit Netflix und einem Becher Eis einzukuscheln. Das hatte sie verdient. Oder? Ihre Schwester war weg und hatte Spaß mit neuen Freunden, während sie zu Hause saß und sich fragte, ob sie jemals wieder von Cameron hören würde.

Es war über eine Woche her, seit sie geredet hatten. Sie hatte daran gedacht, anzurufen. Aber er war so genervt gewesen, dass sie dachte, sie sollte vielleicht abwarten, bis er den ersten Schritt machte. Sie wollte ihm nicht den Eindruck vermitteln, sie hätte es sich anders überlegt. Tatsächlich war sie nach ihrem kleinen Durchbruch mit Blake überzeugter denn je, dass sie die richtige Entscheidung fällte. Wenn sie damit beschäftigt wäre, mit Cameron um die Häuser zu ziehen, wäre sie vielleicht nicht da, wenn Blake sie am meisten brauchte.

Sie seufzte und nahm einen Bissen von dem Schoko-

Karamell-Eis, das sie sich für Abende aufgehoben hatte, an denen sie sich wirklich selbst bemitleidete.

Wanda nahm die Fernbedienung und schaltete den Fernseher ein, hoffte, sie würde etwas Sehenswertes finden, das sie noch nicht geschaut hatte. Aber bevor sie sich auf die Suche machen konnte, ging auf ihrem Handy „You've Got a Friend" los, was ihr verriet, dass Abby anrief. Dafür klopfte sich Wanda stillschweigend auf den Rücken. Es war genau das, was sie hören musste.

„Hi, Abs. Was geht?"

„Olive ist bei ihrer Oma, und Clay arbeitet. Er und Rhys sind mit den Spezial-Sommerbieren beschäftigt, und ich bin wieder mal eine Arbeitswitwe." Clay leitete das Brauereipub der Townsends und war ein talentierter Braumeister. Er war um diese Jahreszeit immer beschäftigt, während sie hart daran arbeiteten, für die Sommersaison Bestand aufzubauen.

„Okay. Wie kann ich helfen? Willst du rüber kommen? Ich habe Eis und Netflix."

Abby lachte leise. „So weit ist es mit mir noch nicht, dass sich meine Freitagabende bereits damit verbringe, einen Becher Eis zu essen. So was ist doch für Notfälle reserviert. Das weißt du."

Wanda schaute sich um zu ihrem Becher Eis, der Fernbedienung auf dem Tisch und ihrem Outfit aus Yogahose und einem T-Shirt, das so alt war, dass das aufgedruckte Bild von Prince bereits ziemlich verblichen war. Und das alles am Freitagabend vor sieben Uhr. Wenn ihr Leben so aussah, bevor sie auch nur fünfunddreißig wurde, wie war es dann wohl mit vierzig? „Was hast du denn vor?"

„Hanna und ich fahren rüber zum Weingut ihrer Eltern, um ihre neuesten Angebote zu testen. Bist du interessiert?"

„Kann ich Lyric mitbringen?", fragte sie, nicht ganz sicher, ob sie den Welpen allein zu Hause lassen sollte. Sie hatte schon eine Hundebox, aber bisher hatte sie sie nicht sonderlich oft genutzt.

„Wer ist Lyric?", fragte Abby.

„Der Welpe. Wenn ich sie nicht mitbringe, ist sie ganz allein zu Hause."

„Wo ist Blake?"

„Mit Freunden unterwegs", erwiderte Wanda, bewegte sich bereits zur Küche, um das Eis wieder in das Gefrierfach zu stellen.

„Ich bin sicher, das geht klar. Mary verliert vermutlich den Verstand, sobald sie diesen kleinen Flauscheball aus purer Niedlichkeit wiedersieht", sagte Abby. „Willst du, dass ich rauskomme und dich abhole, oder holst du mich ab? Ich bin gerade bei meinem Dad. Morgen ist sein Jahrestag mit Clair, und Dad will sie mit einem romantischen selbst gekochten Essen überraschen. Das Essen kriegt er schon hin, aber er hat mich gefragt, ob ich zum Nachtisch ein paar schokolierte Erdbeeren machen kann. Ich habe natürlich einen kleinen Bonus eingebaut, um dem Ganzen etwas Würze zu geben. Jetzt muss ich hier raus, bevor ich darüber nachdenke, was das tatsächlich heißt."

Wanda lachte laut. Abby war eine Erdhexe, die auf Energietränke und hochwertige Hautprodukte spezialisiert war. Wenn sie sagte, dass sie der Schokolade etwas Würze verpasst hatte, meinte sie damit, dass sie etwas dazu gegeben hatte, was aus diesen Erdbeeren ein Aphrodisiakum machte. „Du meinst, du bist die Sex-Therapeutin für deinen Dad und Clair?"

„Nein!", beharrte sie. „Ich tue nur, was ich für jede meiner Freundinnen tun würde, die einen romantischen Meilenstein feiert."

„Klar, Abs, wenn du es sagst. Das bedeutet, du bist unterwegs zu den Pelshes. Ich sollte zu dir kommen, aber Blake hat mein Auto, darum heißt das, dass wir wohl im Golfmobil fahren."

„Kein Problem. So kalt ist es ja nicht. Wir sehen uns." Abby beendete den Anruf.

Wanda warf ihr Handy auf den Beistelltisch und eilte die Stufen hinauf, der Welpe gleich hinter ihr her. Sie musste diese Yogahose loswerden und ein Oberteil finden, das keine Löcher unter den Achseln hatte.

~

„OH. MEIN. GOTT", rief Abby, als sie in Wandas Golfmobil sprang und den Welpen auf ihren Schoß zog. „Lyric ist ja das absolut Süßeste, was ich je gesehen habe."

„Sie ist schon eine Herzensbrecherin." Wanda fuhr über die lange Zufahrt des Townsend-Grundstücks. Der über einen Kilometer lange, von Bäumen gesäumte Zubringer war mit winzigen weißen Lichterketten beleuchtet, was das Grundstück magisch wirken ließ. Sie liebte den Townsend-Besitz und dachte oft, dass sie gerne Land in der Nähe kaufen würde, um selbst etwas damit anzufangen. Sie wusste nur nicht, ob sie damit fertig wurde, so viel Land ganz allein zu pflegen. Ihr war klar, dass es eine gute Investition war, sie wusste nur nicht, ob es für sie der richtige Schritt war.

„Also", sagte Abby. „Was ist mit dir und Cameron los?"

Wanda stöhnte. „Neues Thema bitte."

„Echt jetzt, Wanda?" Abby schüttelte den Kopf. „Mir erzählst du es nicht, deiner ältesten Freundin, die deine anderen Geheimnisse bereits kennt?"

„Ich habe keine neuen Geheimnisse", beharrte Wanda. „Ist

über eine Woche her, seit wir geredet haben. Ich bin mir nicht sicher, ob wir zusammenpassen."

„Zusammenpassen? Du nimmst mich doch auf den Arm." Abby starrte sie ungläubig an. „Ich habe nie zwei Menschen gesehen, die besser füreinander sind. Was ist los, Kleine? Was geht da vor?"

„Wir sind nicht perfekt füreinander. Er will … Na ja, Versprechungen und für alle Zeiten. Das kann ich nicht. Und ich habe auch niemals so getan, als würde ich das können. Wenn ich Blake nicht hier hätte, könnten die Dinge vielleicht anders liegen, aber selbst dann, für alle Zeiten? Du weißt, dass ich kein Mädchen für alle Zeiten bin."

Abby streichelte den Kopf des Welpen, während sie diese Information verdaute. Dann seufzte sie. „Das klingt nach einem echten Problem. Aber lass mich dich eines fragen."

„Was denn?", wollte Wanda wissen.

„Bist du sicher, dass du für alle Zeiten wirklich kein Stück weit willst? Keine langfristige Beziehung, damit du dein Leben mit jemand anderem teilen kannst? Jemandem, den du liebst und dem du vertraust und der dir helfen wird, die Lasten und Freuden dieses Lebens zu teilen, das wir alle führen?"

„Verdammt, Abs. warum musst du das denn zur Debatte stellen?", fragte Wanda mit verzogenem Gesicht.

Abby lachte leise. „Weil ich deine beste Freundin bin und dir immer die schweren Fragen stelle und dich bedränge, wenn ich glaube, dass du gedrängt werden musst. Also, bist du jetzt sicher, dass du ewig Single bleiben willst, wenn das bedeutet, dass du jemanden gehen lassen musst, der dir wichtig ist?"

Wanda wandte den Blick ihrer Freundin zu und kniff die Augen zusammen. „Sagst du etwa, es stimmt was nicht, wenn man kein Teil eines ‚für alle Zeiten' mit jemandem sein will? Dass das Dasein als Single ein Mangel ist?"

„Was?", rief Abby, die empört aussah, während sie Wanda finster anschaute. „Natürlich nicht. Du kennst mich doch besser. Wann habe ich dich denn je gefragt, ob du sicher bist, dass du jemanden fallen lassen willst, oder dir die Frage gestellt, warum du in den letzten ... wie viele Jahre noch gleich ... Single warst?"

„Niemals." Es stimmte. Abby hatte niemals gefragt, weshalb Wanda keinen Partner hatte oder ob sie heiraten wollte, oder auch nur, ob ihre biologische Uhr tickte. Es gab genug andere Leute in Keating Hollow, die diese Fragen abdeckten. Aber niemals Abby.

„Okay, dann glaube ich, ist es offensichtlich, dass ich nur frage, weil das, was du mit Cameron hast, eindeutig anders ist als das ganze andere Zeug, und ich will nicht, dass du in einem Jahr bedauerst, ihn ziehen haben zu lassen, weil du zu viel Angst hattest, ein Risiko einzugehen."

„Ich habe keine Angst", sagte Wanda mechanisch.

Abby warf Wanda einen schiefen Blick zu und schnaubte dann ablehnend. „Aha."

Mist. Es lohnte sich nicht, ihre beste Freundin anzulügen. „Okay, gut. Ich bin völlig von der Rolle vor Angst. Aber nicht aus dem Grund, den du glaubst."

„Was glaube ich denn?", fragte Abby, die jetzt neugierig klang.

„Ich habe keine Angst, dass Cameron geht. Ich habe Angst, dass ich das tue. Ich bin immer diejenige, die geht. Das kann ich ihm nicht antun. Nicht noch einmal."

„Wann bist du denn schon mal weggegangen?"

„Nicht ich. Seine Freundin am College. Cams Mutter. Cameron wollte sie fragen, ob sie ihn heiratet, aber bevor er die Gelegenheit bekam, ist sie einfach ohne Erklärung abgehauen. Ich glaube nicht, dass er sich jemals voll davon erholt hat, und ich will nicht diejenige sein, die ihn das noch einmal durchmachen lässt. Außerdem mache ich mir Sorgen um Blake. Wenn ich eine Beziehung mit ihm anfange, und es nicht funktioniert, wie fühlt sie sich dann? Sie hat bereits so viel durchgemacht, und ich will nicht riskieren, da noch weitere Schmerzen draufzupacken."

Abby schüttelte den Kopf. „Erst mal bist du keine neunzehnjährige College-Studentin. Also ist es ziemlich weit hergeholt, zu denken, dass du etwas auch nur annähernd ähnliches machen würdest, wie das, was Cams Mom getan hat. Aber ich verstehe, was du meinst. Du hast Angst, dass du ihm wehtust."

„Ja."

„Das hast du doch bereits getan, indem du ihn wegschiebst, Wanda. Siehst du das nicht?" Abby griff herüber und drückte ihr die Hand, während sie anfügte: „Und was die Tatsache angeht, was es Blake antun könnte, na ja, ich glaube, das ist ein Haufen Mist. Ich denke nicht, dass ich dir erklären muss, warum. Hab einfach Vertrauen in dich, Kleine. Du bist eine tolle Freundin, mit dem größten Herzen, das mir je untergekommen ist. Du wirfst nicht einfach den Mann weg, mit dem du dich entschieden hast, dein Leben zu teilen. Das bist du nicht."

Hatte sie das nicht allerdings bereits? Sie hatte ihn aus ihrem Haus verschwinden lassen und sich dann nicht die Mühe gemacht, ihn anzurufen und zu versuchen, den Streit beizulegen. „Vielleicht ist es bereits zu spät."

„Ach, das bezweifle ich. Ruf ihn einfach an, wenn du nach Hause kommst. Ich wette, ihr beiden werdet das ziemlich schnell hinbiegen, sobald ihr darüber geredet habt."

„Vielleicht." Wanda fuhr mit dem Golfmobil in den Parkplatz auf dem Grundstück der Pelshes und stellte den

Wagen ab. „Gleich jetzt brauche ich wirklich ein bis zwei Gläser Wein." Zu diesem Zeitpunkt schaute sie auf ihre Freundin und den kaum sichtbaren Babybauch und sagte: „Weinprobe, Abs? Echt?"

Abby verdrehte die Augen. „Probe, ach was. Ich probiere die Kuchen, die Mary macht, um sie obendrauf zu verkaufen."

„Das höre ich gerne. Jetzt geh voraus. Kuchen klingt fantastisch."

KAPITEL 21

$\mathcal{W}$anda hielt Lyric in den Armen, während sie Abby in den brandneuen Tasting Room der Pelshes folgte. Es war ein großer Saal mit Tischen auf einer Seite, vermutlich für den Teil, bei dem man Kuchen aß, und einem Tresen auf der anderen, mit einer großzügig bemessenen Menge Sitzplätze für die Weinproben. Einer der Tische war von Lincoln Townsend und Walter Pelsh besetzt.

Als Abby und Wanda sich näherten, um sie zu begrüßen, hörte Wanda mit, wie sie über die zehn Morgen Land sprachen, die ihre zwei Grundstücke trennte.

„Ich glaube, Dayton Copeland wird ein toller Nachbar", sagte Lin. „Ich kann mir nicht vorstellen, in unserem Alter eine Farm ganz neu zu beginnen, aber er scheint es damit ernst zu meinen. Er hat gesagt, er wollte immer zurück zum Farmen, und jetzt, wo er die Gelegenheit bekommt, wollte er sie ergreifen."

„Hat er gesagt, was er anbauen möchte?", fragte Walter und nahm einen Schluck von etwas, das Whiskey zu sein schien. Wanda hätte am liebsten gelacht, wenn man bedachte, dass das ein Weingut war, aber sie war immer noch zu beschäftigt damit, zu verstehen, wovon sie da redeten.

„Er ist offen für Äpfel, Birnen, Weintrauben und Kirschen, aber ich werde versuchen, ihn zu Äpfeln zu lenken. Es wird ein paar Jahre dauern, bis er ordentlich Ernte einfährt, aber so, wie unser Cider-Geschäft abhebt, müssen wir vermutlich bald Äpfel zukaufen, anstatt sich ausschließlich auf die von meiner Farm zu verlassen. Wir halten einfach nicht mit. Ich würde nur zu gern bei einem Nachbarn kaufen."

„Heidelbeeren wären auch gut", fügte Walter an. „Ich höre, es gibt einen ordentlichen Markt für Heidelbeerwein. Das würde ich gern probieren, aber mein Land ist voller Weinstöcke."

„Ich bin mir sicher, er wäre offen dafür. Lass es ihn wissen, wenn du nächstes Mal mit ihm redest."

Abby räusperte sich. „Entschuldigung, die Herren. Wanda und ich wollen nicht stören, aber wir wollten Hallo sagen." Sie beugte sich nach unten und gab ihrem Dad einen Kuss. „Immer Geschäftsgespräche, was?"

Er lächelte zu ihr auf. „Es liegt mir im Blut, meine Kleine."

„Als ob ich das nicht wüsste. Die Erdbeeren sind übrigens im Kühlschrank. Ich bin sicher, Clair wird sie lieben."

„Danke, meine Liebe. Ich schulde dir was. Seid ihr beiden wegen Marys Kuchen hier?"

„Auf jeden Fall", erwiderte Wanda und küsste seine andere Wange. „Schön, dich zu sehen, Lincoln."

„Dich auch. Und wer ist dieses wunderbare Mädchen?", fragte er, während er dem Welpen den Kopf streichelte.

„Lyric. Sie war verirrt und allein unten am Fluss. Ich habe sie mitgenommen, um ihr zu helfen, aber inzwischen bin ich verliebt, darum sieht es aus, als würde sie bleiben."

Abby wandte ihre Aufmerksamkeit Mr. Pelsh zu und

lächelte ihn an. „Ich hoffe, wir klauen dir nicht deine persönlichen Vorräte."

„Mädchen, Mary hat mehr Kuchen, als in diesen Gefrierschrank passen, den ich ihr besorgt habe. Es gibt so viel Kuchen, wie ihr schafft. Das würde ich als persönlichen Gefallen betrachten."

„Toll. Ich darf mich nicht nur weniger schuldig fühlen, sondern sogar so tun, als würde ich das zu einem guten Zweck machen."

Walter lachte leise und wandte sich dann an Wanda. „Hallo auch, Wanda. Sieht aus, als hättest du da eine treue Begleiterin."

Sie warf einen Blick hinunter auf den Hund, der in ihren Armen schlummerte, und nickte. „Auf jeden Fall. Ich hatte keine Privatsphäre, seit sie bei mir eingezogen ist."

Walter lachte. „So sind Hunde eben. Aber die besten Lebewesen auf der Erde."

Wanda musste zustimmen, und sie war erst seit einer Woche Hundebesitzerin.

„Wie geht es dir und deiner Schwester?", fragte er.

„Gut, vielen Dank. Sie ist tatsächlich übers Wochenende mit Candy am Strand unterwegs. Ich freue mich, dass sie …"

„Candy ist nicht am Strand", sagte Walter. „Sie ist bei Mary in der Küche, hilft ihr mit dem Kuchen. Und morgen ist sie übers Wochenende unterwegs nach Vancouver, um etwas Zeit mit Silas und Levi zu verbringen, bevor sie zu dieser Hochzeit am Valentinstag zurück nach Hause kommen."

„Shannons und Brians Hochzeit", wandte Abby hilfreich ein.

„Was meinst du damit, dass Candy hier ist? Sagst du, dass sie niemals vorhatte, dieses Wochenende am Strand zu verbringen?"

„Nicht, dass ich wüsste, und da ich ihr das Ticket nach Kanada gekauft habe, bin ich ziemlich sicher, dass ich da richtig liege", sagte er.

„Onkel Walter", rief Candy, während sie mit einem Tablett voller Kuchen hereinkam. Sie trug eine Jeans, ein T-Shirt vom Pelsh-Weingut und eine rote Schürze, auf der Mehlflecken waren, was bewies, dass sie wirklich Mary mit dem Kuchen geholfen hatte. „Möchtest du Johannisbeere, Kirsch oder Pfirsich?"

„Pfirsich. Wie immer", sagte er. „Wo du schon da bist, hast du heute mit Wandas Schwester geredet?"

„Nö. Nicht seit gestern, warum?"

„Wanda, jetzt liegt es an dir", sagte Mr. Pelsh, während er von seinem Platz am Tisch aufstand, um die Kuchen von seiner Nichte zu übernehmen. „Ich kümmere mich um die."

„Du isst wahrscheinlich ein Stück von jedem", neckte Candy. Sobald sie die Hände frei hatte, wandte sie sich an Wanda. „Ist irgendwas los? Geht es Blake gut?"

„Das ist die Frage, oder? Sie hat mir erzählt, dass sie mit dir und einer weiteren Freundin heute Abend zur Küste unterwegs ist, um übers Wochenende in einer der Strandhütten zu bleiben. Nur dass sie vor ein paar Stunden aufgebrochen ist, und du bist hier und offensichtlich drauf und dran, morgen nach Kanada zu fliegen."

Candy verzog das Gesicht und schüttelte den Kopf. „Ich kann nicht glauben, dass sie mich als Ausrede benutzt hat. Verflixt, eine Vorwarnung wäre nett gewesen."

Wanda kniff die Augen in ihre Richtung zusammen.

„Tut mir leid, Ma'am. Ich … ach, egal. Wir haben davon gesprochen, eine dieser Hütten zu mieten, im Frühling, wenn es ein bisschen wärmer ist, aber nein, wir hatten keine Pläne für dieses Wochenende. Tut mir leid."

„Heiliger Hexenb… arrgh." Wanda zog ihr Handy heraus und rief ihre Schwester an. Der Anruf ging direkt auf die Sprachbox. Aber natürlich. Als nächstes kam Cam, und sie war dankbar, dass sie seine Nummer hatte, aus der Zeit, als sie ihm geholfen hatte, seine Bleibe zu finden. Sein Handy klingelte dreimal, bevor die Sprachbox ranging. „Cam, hier ist Wanda Danvers, und ich könnte wirklich deine Hilfe brauchen. Blake ist übers Wochenende weg, und offensichtlich ist sie nicht mit derjenigen unterwegs, von der sie mir erzählt hat, dass sie was mit ihr unternimmt, und jetzt mache ich mir Sorgen. Bitte ruf mich an, sobald du das hörst. Danke."

Sie probierte es noch einmal bei ihrer Schwester und fluchte, als es direkt auf die Sprachbox ging.

Ohne zu lange darüber nachzudenken, rief sie Cameron an. Er ging beim ersten Läuten dran. „Wanda, ich bin so froh, dass du anrufst. Ich wollte eigentlich …"

„Cameron, hör zu. Ich rufe wegen Blake an."

„Geht es ihr gut?", fragte er, die Sorge in seinem Tonfall war unverkennbar.

„Ich habe keine Ahnung. Sie ist heute Abend weg und hat behauptet, dass sie übers Wochenende mit Candy zu einer Hütte am Strand fahren würde. Aber offensichtlich ist Candy nicht bei ihr und weiß nichts davon. Jetzt flippe ich gerade aus, und der einzige andere, von dem ich mir vorstellen kann, dass sie bei ihm ist, ist Cam, aber er geht auch nicht dran, und jetzt weiß ich nicht, was ich tun soll."

„Wo bist du?", fragte er.

„Auf dem Weingut der Pelshes."

„Ich komme gleich vorbei. Wir suchen Cam und finden sie dann zusammen. Okay?"

Sie nickte, obwohl sie wusste, dass er sie nicht sehen konnte, und sagte schließlich: „Ja. Ich warte auf dich."

Der Anruf wurde beendet, und Wanda fühlte sich plötzlich, als ginge der Tag schon über achtundvierzig Stunden und nicht vierundzwanzig. Sie sank auf einen der Stühle und versuchte ihr Bestes, um nicht in Panik zu verfallen.

„Wanda, gibt es etwas, was ich tun kann?", fragte Abby, die eine Hand auf Lyric legte. „Willst du, dass ich sie und dein Golfmobil nehme? Dann kannst du einfach zu mir nach Hause kommen und sie abholen, wann immer du fertig bist."

Sie warf einen Blick auf ihren Hund und ihre beste Freundin und stellte fest, dass sie nickte. „Ja, bitte. Sie ist echt anhänglich, also sei vorsichtig."

„Ich komme klar", sagte Abby. „Du vergisst, dass wir eine Hundefamilie sind. Ich weiß, was zu tun ist." Sie nahm Lyric aus Wandas Händen und küsste den Welpen oben auf den Kopf. Lyric wandte den Kopf und erwiderte den Kuss mit ziemlich viel Zungenbeteiligung. „Das war mehr, als ich mir erhofft hatte. Zum Glück bist du süß, meine Kleine."

Lyric schaute mit ihren hübschen Augen zu ihr auf, und in diesem Moment war Wanda klar, dass Abby verloren war. Dieser Hund beherrschte im besten Fall Hypnose. Im schlimmsten war er ein Meister der Manipulation. Was es auch war, Abby passte auf den Welpen auf, was bedeutete, dass Wanda die Gelegenheit hatte, ihre Schwester zu finden. Sobald sie ein Fahrzeug draußen hörte, schoss sie hinaus und lief direkt in Camerons Arme hinein.

KAPITEL 22

„Ist schon okay." Cameron schlang die Arme um Wanda und spürte einen dumpfen Schmerz aus seiner Brust weichen. In der letzten Woche war er herumgelaufen und hatte so getan, als wäre er heil, aber das war er nicht. Er hatte einen Teil seiner selbst bei ihr zu Hause gelassen an dem Tag, an dem er aus ihrem Schlafzimmer gestürmt war, und seither hatte es ihm nicht gut gegangen. „Wir finden sie."

„Aber was, wenn sie mich darüber angelogen hat, wo sie hingeht?", fragte Wanda, die mit Furcht in den Augen zu ihm aufschaute. Es war kein Gefühl, das er schon jemals in ihrer Miene gesehen hatte, und es verstörte ihn. Die Wanda, die er kannte, war furchtlos.

„Dann finden wir sie trotzdem irgendwie, oder sie wird anrufen, wenn sie bereit ist. Versuche, einfach daran zu denken, dass sie sich inzwischen schon sehr lange um sich selbst kümmert. Diese Siebzehnjährige ist in den Bus gestiegen, durchs Land gefahren und auf deiner Türschwelle gelandet, ohne deine Nummer zu haben oder deine Adresse. Sie kann sich um sich kümmern, oder?"

Wanda zog sich zurück und tupfte sich die glasigen Augen. „Ja. Okay. Guter Punkt."

„Komm schon." Er zog sie zu seinem SUV. „Fangen wir bei Cam zu Hause an. Wir sehen mal, ob er zu Hause ist und einfach nicht rangeht."

Wanda bezweifelte das sehr. Sie war sich sicher, dass die beiden zusammen unterwegs waren, sie wusste nur nicht, wo, oder weshalb Blake sie angelogen hatte. Hätte Wanda Blake gehen lassen, wenn sie gewusst hätte, dass ihre Schwester eine Übernachtung mit Cam plante?

Nein. Da wäre sie auf keinen Fall mitgegangen. Ihre Schwester war erst siebzehn, und die beiden Teenager kannten einander erst ein paar Wochen. Sie verstand, dass Blake lange Zeit allein unterwegs gewesen war, und dass ihre Eltern sich nicht genug gekümmert hatten, um ihre Pflichten tatsächlich wahrzunehmen, aber Wanda kümmerte sich. Sie kümmerte sich sehr, und ganz gleich, was Blake dachte, sie brauchte Grenzen und Regeln. Sie musste wissen, dass jemand auf sie aufpasste.

„Ich glaube nicht, dass ich fürs Elterndasein gemacht bin", sagte Wanda, während Cameron das SUV durch die lange Zufahrt der Pelshes fuhr.

„Was? Du bist doch bereits ein Elternteil, und so weit ich das sagen kann, ein ziemlich fantastischer", sagte Cameron.

„Das Gefühl habe ich nicht, aber danke, dass du das sagst", erwiderte sie.

Er griff nach ihrer Hand und freute sich, dass sie sich nicht zurückzog.

„Glaubst du, sie sind zusammen?", fragte Wanda.

„Sehr wahrscheinlich. Wenn wir Cam finden, können wir

sie finden. Das Gute ist, wenn sie zusammen unterwegs sind, dann wird Cam sich um sie kümmern", sagte er und hoffte, dass das stimmte. Cameron konnte sich nicht vorstellen, weshalb Cam mit Blake wegfahren sollte, ohne sicherzustellen, dass Wanda wusste, wo sie waren, oder was sie vorhatten. Es schien nicht zum Charakter des jungen Mannes zu passen, den er allmählich kennenlernte.

Wanda holte tief Luft und stieß sie wieder aus, erwiderte aber nichts.

Er schätzte, dass alles, was er an dieser Stelle sonst noch sagen konnte, sowieso nichts Gutes bewirken würde, darum blieb er ruhig, bis sie um die Ecke von Gideons Zufahrt fuhren und Wandas roten Honda CRV vor der Garage geparkt sahen.

„Ich schätze, das beantwortet die Frage, ob sie bei Cam ist oder nicht", sagte Cameron, der neben dem CRV parkte.

Wanda sprang heraus und eilte die Stufen zu Cams Wohnung hinauf.

Cameron folgte ihr, wusste bereits, dass sie weder Blake noch Cam finden würden. Sein VW-Bus war nirgendwo zu sehen, und es fiel kein Licht durch die Fenster der Wohnung.

Wanda hämmerte ein paarmal an die Tür, und als niemand kam, rief sie: „Cam? Blake? Wenn ihr drin seid, bitte öffnet. Wir wollen nur mit euch reden."

Nichts.

Wanda sank an Cameron.

„Keine Sorge. Wir suchen weiter. Wo sagte Blake denn, dass sie hin wollte?", fragte er.

„Zu den Hütten am Strand. Glaubst du, dort sind sie hin? Vielleicht campen sie in seinem Bus?", überlegte sie.

„In Ordnung. Es ist ein Anfang. Fahren wir erst mal durch die Stadt und sehen nach, ob wir Cams Bus irgendwo sehen. Falls nicht, machen wir uns auf den Weg zur Küste. Zumindest ist sein Fahrzeug gut erkennbar. Das wird uns bei der Suche helfen." Cameron war nicht überzeugt, dass sie eine volle Suchaktion für die Teenager auf die Beine stellen mussten. Sie waren beide kompetent genug, um sich um sich selbst zu kümmern. Er und Wanda konnten vermutlich bis zum Morgen warten und sehen, ob entweder Blake oder Cam sich meldeten, bevor sie zur Küste fuhren, aber er konnte erkennen, dass es Wanda nicht gelingen würde, zu Hause neben dem Handy zu sitzen. Es lag nicht in ihrem Wesen, geduldig zu sein, besonders, wenn sie sich Sorgen machte. Also würde er die ganze Nacht mit der Suche verbringen, wenn sie das tun wollte.

„Klingt nach einem Plan." Bevor sie in sein SUV stieg, marschierte sie hinüber zu Gideons Haus und schaute in die Fenster. Nach einem Augenblick schüttelte sie den Kopf und stieg auf den Beifahrersitz. „Das war vermutlich unnötig, da Cams Bus nicht hier ist, aber ich musste nachsehen."

„Verstehe ich." Cameron fuhr rückwärts und machte sich auf den Weg zur Hauptstraße. Falls die Jugendlichen zu einem Abend in der Stadt unterwegs waren, würde Cams Fahrzeug irgendwo sein. Obwohl er das bezweifelte. Blake hätte sich keinen falschen Ausflug an die Küste einfallen lassen, wenn sie einfach nur zu einem Date unterwegs waren. Aber sie mussten nachschauen, nur um sicherzugehen.

Zwanzig Minuten später wurde ersichtlich, dass Cams Bus nirgendwo in der Stadt war, und sie fuhren raus zur Küste. Die fast fünfzig Kilometer lange Fahrt, die normalerweise wie der Blitz ging, schien stundenlang zu dauern. Und bis sie auf den Parkplatz am Büro des Hauptcampingplatzes abbogen, hatte Wanda mindestens zwei Dutzend weitere Campingplätze über die ganze Küste verstreut heruntergerattert, auf denen sie auch nachsehen konnten, bevor sie nach Keating Hollow zurückfuhren.

Cameron betete, dass es dazu nicht kam.

Das Büro des Campingplatzes war nicht besetzt, es gab nur Anweisungen, die angeschlagen waren, sich einen Platz zu suchen und die Bezahlung in eine Kassette zu werfen. Darum fuhr Cameron direkt auf den Campingplatz. Fünf Minuten später fuhren sie ab, hatten gesehen, dass nur zwei Campingplätze belegt waren, und auf keinem davon stand ein VW-Bus.

„Können wir die anderen Campingplätze versuchen?", fragte Wanda, die völlig niedergeschlagen klang.

„Klar. Wo geht's lang?", fragte Cameron, der im Leerlauf an der Ausfahrt des Campingplatzes stand.

„Links. Es gibt ein halbes Dutzend, die innerhalb von fünfundzwanzig Kilometern zu finden sind."

Cameron bog ab und fand sich damit ab, dass es eine lange Nacht werden würde.

Es war schon gut nach zwei Uhr früh, als Cameron seinen SUV in Wandas Zufahrt parkte. Sie hatten jeden offenen Campingplatz in einem Radius von achtzig Kilometern überprüft und nichts gefunden. Die Fahrt zur Küste war ein kompletter Reinfall gewesen. Und schlimmer noch, weder Blake noch Cam hatten ihre Anrufe erwidert.

„Ich kann nicht glauben, dass das passiert", sagte Wanda, die den Kopf an die kühle Scheibe des Beifahrerfensters lehnte. „Weshalb sollte sie mir nicht einfach erzählen, was sie vorhat?"

„Vielleicht hat sie Angst vor den Folgen", sagte Cameron.

„Was für Folgen?", fragte Wanda. „Ich habe sie für nichts

bestraft. Es gibt nicht mal so viele Regeln, aber *keine Lügen* war auf jeden Fall eine davon. Ich verstehe das nicht."

„Ich meine nicht Bestrafung." Er schenkte ihr ein mitfühlendes Lächeln. „Ich meine die Folgen, wie du dich fühlst, mit dem, was immer sie da tut. Du bist die einzige Erwachsene in ihrem Leben, die sich für sie einsetzt. Ich bin mir sicher, sie will dich nicht enttäuschen und riskieren, dass sie dich auch verliert."

„Das ist ... vielleicht? Ich weiß es nicht." Sie seufzte und stieg aus dem SUV. Bevor sie die Tür schloss, sagte sie: „Bleibst du bei mir? Ich verstehe, falls du das nicht ..."

„Ja", schnitt er ihr das Wort ab. Er sprang aus seinem Fahrzeug und folgte ihr ins Haus. „Hast du Hunger? Ich könnte dir was zu essen machen", bot er an.

„Nein, nicht wirklich. Aber sei so frei und schnapp dir selber was. Ich schaue noch mal in Blakes Zimmer nach und sehe, ob es irgendwelche Hinweise darauf gibt, wo sie hingegangen ist."

Cameron sah ihr nach und ging dann in die Küche, um sich einen kleinen Happen zu holen und was zu trinken. Er hatte tatsächlich seit dem Mittagessen nichts mehr gegessen. Nachdem er sich einen Müsliriegel und eine Flasche Wasser genommen hatte, ging er zu den Stufen, und da hörte er Wandas Alarmruf. Cameron nahm zwei Stufen auf einmal und eilte in Blakes Zimmer. „Was ist?"

„Alle ihre Klamotten sind weg. Alles." Sie drehte sich zu ihm um, ihr Gesicht kreideweiß. „Das Einzige, was sie da gelassen hat, ist der Pulli, den ich ihr geliehen habe, gleich nachdem sie eingezogen ist. Sie ist weg, Cameron. Sie ist abgehauen."

Cameron stellte seinen Müsliriegel und das Wasser auf Blakes Kommode und nahm Wanda wieder in die Arme. Er hielt sie fest und murmelte, dass sie sie trotzdem finden würden. Dass sie herausfinden würden, was passiert war. Dass sie sich keine Sorgen machen sollte. Dass sie das Rätsel lösen würden. Aber tief im Inneren flippte er ebenfalls aus. Cam war bei ihr. Hatte er auch beschlossen, die Stadt zu verlassen? War sein Sohn, der gerade erst befördert worden war und so glücklich gewirkt hatte, dass er seinen Vater und seine Großeltern kennengelernt hatte, mit einem Mädchen weggelaufen, das er noch nicht mal einen Monat lang kannte? Sein Herz fing an zu rasen, und all seine leeren Worte des Trostes wurden auf seiner Zunge zu Staub.

CAMERON WACHTE mit Wanda in den Armen auf. Es hatte ein wenig Überzeugungsarbeit bedurft, aber Wanda hatte sich ausgeweint, während Cameron sie gehalten hatte, und er hatte sie schließlich dazu gebracht, sich mit ihm hinzulegen. Sie waren beide völlig angezogen, und es war überhaupt nichts Romantisches daran gewesen. Er hatte sie nur trösten und dafür sorgen wollen, dass sie wusste, dass sie nicht allein war. Es hätte nicht lange gedauert, bis sie einschlief, und er hatte es ihr bald nachgetan.

Die blassen Strahlen der Morgensonne schienen durch eines ihrer Fenster, beleuchteten ihr hübsches Gesicht. Sie wirkte im Schlaf so friedlich, aber er wusste, sobald sie erwachte, würden diese Sorgenfalten wieder da sein.

Nachdem er sich behutsam aus ihrem Bett entfernt hatte, richtete er sich auf, glättete seine zerknitterten Kleider und ging nach unten, um Kaffee zu suchen. Er setzte sich auf die vordere Veranda und genoss die Stille des Morgens, als Abby Townsend in die Zufahrt fuhr.

Als sie aus dem Auto stieg, hielt sie einen goldenen Welpen in den Armen, der sich wild wand. Ihre Miene war finster, während sie näher kam. „Irgendwas Neues?"

Cameron schüttelte den Kopf. „Blakes gesamte Kleidung ist weg. Sie hat alles mitgenommen."

Abby nickte. „Wanda hat mir gestern Abend ein Update geschickt."

Er nickte, als ihm einfiel, dass Wanda Nachrichten getippt hatte, bevor sie schließlich in seinen Armen eingeschlafen war.

Der Welpe winselte und versuchte, sich aus Abbys Griff zu winden. „Ich dachte, Lyric könnte vielleicht ein bisschen helfen", sagte Abby. „Sie und Wanda sind sich im Lauf der letzten Woche ziemlich nahegekommen."

„Lyric. Das ist süß." Er griff vor und streichelte dem Hund den Kopf. „Ich gratuliere zu dem Neuzugang. Sie ist wunderschön."

„Oh, sie gehört nicht mir. Sie gehört Wanda. Sie hat sie während eines unserer Golfmobilrennen aus dem Schlamm unten am Fluss gerettet. Ich habe letzte Nacht nur auf sie aufgepasst, während ihr beide unterwegs wart, um nach Blake zu suchen." Abby ließ den Welpen zu ihm.

Er nahm den Hund und legte ihn in seine Armbeuge. „Verdammt. Ich habe eine Menge verpasst, oder nicht?"

„Nicht so viel. Und jetzt bist du da." Sie tätschelte ihm den Arm und fügte an: „Lass sie wissen, dass ich da war, und wenn sie mich für irgendwas braucht, soll sie mich einfach anrufen."

„Mache ich. Danke, Abby."

Als Abby weg war, ging Cameron zurück ins Haus, setzte sich mit dem Welpen auf seinem Schoß an den Küchentisch und fing an, Anrufe zu tätigen.

Der Anruf bei Cam ging direkt auf die Sprachbox, wie erwartet. Dann rief er seine Eltern an. Sie hatten nichts mehr von ihm gehört und waren besorgt, als sie erfuhren, dass er irgendwie an Blakes Verschwinden beteiligt war. Der Einzige, bei dem er es noch versuchen konnte, war Hunter, Cams Boss.

Cameron wollte den Job seines Sohnes nicht gefährden, darum musste er aufpassen mit dem, was er sagte.

„Hunter McCormick", sagte der Mann, als er ran ging.

„Hey, Hunter. Hier ist Cameron Copeland, Cams Vater?"

„Ach, ja. Ist alles mit Cams Freundin okay? Ich habe gestern Abend eine Nachricht gekriegt, dass er heute nicht zur Arbeit kommen würde. Wir hatten vor, ein paar Überstunden einzulegen, um die Küche in Gideons Haus fertigzumachen, aber er sagte, es sei was dazwischen gekommen. Etwas wegen einer Freundin, die seine Hilfe braucht, und dass er am Montag zurück sein würde."

„Ach, na ja, das klärt ein paar Dinge", log Cameron. „Ich habe auch eine Nachricht von ihm bekommen, aber die Verbindung war schlecht, darum war mir nicht ganz klar, worum es geht. Aber du hast das gerade gelöst. Hat er zufällig erwähnt, welche Freundin, und zu welcher Stadt sie unterwegs sind? Ich muss mich mit ihm in Verbindung setzen, aber ich fürchte, er hat mit dem Handy keinen Anfang."

„Nur, dass sie unterwegs zur Küste raus waren. Tut mir leid, Mann. Ich habe keine weiteren Details. Wenn ich von ihm höre, sage ich ihm, er soll dich anrufen", sagte Hunter.

„Du warst eine echte Hilfe. Danke, das weiß ich zu schätzen." Cameron beendete den Anruf und fand sich mit der Tatsache ab, dass, falls nicht Cam oder Blake anriefen, sie einfach würden warten müssen, bis einer oder beide auftauchten.

„Kein Glück?", fragte Wanda von der Tür aus. Sie hatte sich eine frische Jeans und einen Pulli angezogen. Ihre Haare waren immer noch nass von der Dusche, und obwohl ihre Augen müde wirkten, war sie mit ihren rosigen Wangen und vollen, natürlich roten Lippen umwerfend.

Er hielt ihr eine Hand hin, während er den Kopf schüttelte. „Nein, aber Abby hat jemanden für dich vorbeigebracht." Er hob den schlafenden Welpen mit der freien Hand auf. Lyrics Augen öffneten sich, und ihr winziger Körper wand sich sofort, während sie unbedingt zu ihrem Frauchen wollte.

Wandas Augen wurden feucht, als sie den Hund nahm und ihn sich an die Brust drückte. „Sie ist genau diejenige, die ich brauche." Sie starrte an die Decke und sagte: „Danke, Abs."

KAPITEL 23

*W*anda verbrachte das ganze Wochenende draußen in ihrem Garten mit der Vorbereitung der Beete für die Aussaat. Es war immer noch ein wenig früh im Jahr, um etwas zu pflanzen, aber es schadete nicht, Unkraut zu jäten und die Erde vorzubereiten. Am Montagvormittag war praktisch ihr ganzer hinterer Garten als Sommergarten angelegt, darunter neue Hochbeete und Pflanztöpfe für ihre Fensterbänke.

Sie hatte kaum geschlafen, selbst nachdem sie sich so erschöpft hatte, und das war der Grund, weshalb sie bei Sonnenaufgang wach war und auf der Veranda saß. Nicht mal Lyric war mit ihr aufgestanden. Der Welpe war mit Cam im Bett geblieben, der das ganze Wochenende lang nicht nach Hause gefahren war. Er hatte seine Zeit damit verbracht, sie durch ihre Sorgen und Ängste arbeiten zu lassen, während er auch dafür sorgte, dass sie zu essen hatte, und sie nachts in den paar Stunden Schlaf, die sie sich holen konnte, festgehalten hatte.

Es war beinahe beängstigend, wie schwer Wanda es nahm,

dass Blake gegangen war. In nur ein paar kurzen Wochen hatte sie ihre Rolle als schwesterliche Erziehungsberechtigte mehr als nur ins Herz geschlossen und wollte aufrichtig nur das, was für sie am besten war. Mit einem Jungen in ihrem Alter wegzulaufen, war auf keinen Fall in ihrem besten Interesse, und je mehr Zeit verging, desto mehr Vorwürfe machte sie Cam. Was dachte er sich denn dabei, eine Minderjährige von zu Hause wegzubringen? Das war unverzeihlich.

Sie hatte ihre Gedanken über Cam natürlich nicht vor Cameron geäußert. Es war klar, dass er eigene Ängste hatte und sich fragte, ob sein Sohn nach Keating Hollow zurückkommen würde. Aber er würde nicht mehr viel länger warten müssen. Es war Montag, der Tag, an dem Cam wieder zurück bei der Arbeit sein sollte. Allzu bald würden sie wissen, ob er tatsächlich vorgehabt hatte, seinen Aufenthalt in Keating Hollow dauerhaft zu gestalten oder nicht.

Das orange Leuchten der aufgehenden Sonne lugte allmählich über den Berg, und zum ersten Mal seit Freitagabend spürte Wanda einen winzigen Augenblick des Friedens.

Und da läutete ihr Telefon.

Blakes lächelndes Gesicht blitzte auf dem Bildschirm auf, was Wandas Herz bis in ihre Kehle pochen ließ. „Blake?", sprach sie ins Handy. „Wo bist du?"

„Wanda?"

„Cam? Bist du das? Wo ist Blake?" Und warum rief Cam an, und nicht ihre Schwester?

„Sie ist hier, bei mir", sagte er, und da wurde ihr klar, dass seine Stimme bebte.

„Was ist passiert?"

„Wir sind nach Red Bluff gefahren, um uns mit ihrer Mutter zu treffen. Das ist nicht gut gelaufen. Blake ist seit

Samstagnachmittag im Bett, und ich kann sie nicht dazu bringen, aufzustehen. Sie weigert sich, nach Hause zu kommen. Ehrlich, Wanda, ich mach mir echt Sorgen. Sie lässt sich nicht von mir helfen. Sie will nicht essen. Ich weiß nicht, was ich tun soll."

„Ihre Mutter? Karen? Das ergibt doch keinen Sinn. Ihre Mutter wohnt nicht in Kalifornien", sagte Wanda.

„Davon weiß ich nichts, aber Blake hat sich am Samstag mit ihr getroffen. Sie hat mir nicht alle Einzelheiten erzählt, aber soweit ich es mir zusammensetzen kann, scheint es, dass Blake dachte, ihre Mutter würde sie zurückwollen, und dass sie zusammen eine Wohnung suchen würden. Aber das war alles gelogen. Ihre Mutter wollte nur Geld."

Übelkeit ging durch Wanda hindurch, während sie daran dachte, dass Karen Danvers Blake so ausnutzte. Die Übelkeit wurde bald von purem Zorn ersetzt. Wenn Karen Wanda jemals wieder über den Weg lief, würde diese Frau es noch bereuen. „Cam, gib mir die Adresse, wo ihr seid. Cameron und ich kommen, so schnell wir können."

WANDAS NERVEN WAREN KOMPLETT DURCH, als Cameron sein SUV auf den Parkplatz des winzigen Motels fuhr. Die Fahrt von Keating Hollow nach Red Bluff hatte quälende zweieinhalb Stunden auf einer kurvenreichen Straße gedauert. Ihr wurde übel bei der Erkenntnis, dass Wanda und Cameron sie niemals gefunden hätten, wenn Cam nicht angerufen hätte, denn Red Bluff lag genau in der entgegengesetzten Richtung der Küste.

„Da sind sie gewesen?", fragte Wanda, während sie die Tüte mit Tränken umklammerte, die sie auf dem Weg aus der Stadt bei der Heilerin abgeholt hatten. Das zweistöckige Motel wirkte, als wäre es damals in den Sechzigern erbaut worden, und wenn Wanda hätte raten müssen, war das auch das letzte Mal, dass es gestrichen worden war. Schutt lag auf dem Parkplatz verstreut, und es gab ein paar kaputte Autos in der Nähe des Müllcontainers, die sich vermutlich seit 1989 nicht mehr bewegt hatten.

„Da haben sie sich vermutlich mit Karen getroffen", sagte Cameron.

Wanda nickte und blieb in seiner Nähe, während sie die Zementstufen hinaufstiegen.

„Hey, hübsche Frau. Hast du was Süßes für mich?", fragte ein Typ mit langen Haaren und sogar noch längerem Bart, der aus dem Eingang des Motelzimmers direkt vor ihnen kam.

„Hau ab, Arschloch. Sie ist eine Feuerhexe, wenn du also keinen verkohlten Hintern willst, benimm dich lieber", sagte Cameron.

„Feuerhexe. Krass." Er warf Wanda einen wohlwollenden Blick zu, ehe er zurück in sein Zimmer trat und die Tür schloss, bevor sie bei ihm ankamen.

„Ich habe noch nie jemandem den Hintern verkohlt", sagte Wanda. „Hintern versohlt vielleicht. Aber verkohlt, weniger."

Cameron lachte leise und drückte ihr die Hand. „Manchmal kommt man auch subtil ganz gut weiter."

„Subtilität ist nicht meine Stärke", erwiderte Wanda, die merkte, dass sie Unsinn redete, nur um ihre geistige Gesundheit zu erhalten.

„Da ist es", sagte Cameron, der vor Raum 212 anhielt.

Wanda trat vor und klopfte.

Die Tür schwang auf, und Cam tauchte auf, Erleichterung ging über seine ausgezehrten Züge, als er sie sah. „Den Göttern sei gedankt", hauchte er. „Sie ist gleich da drin."

Wanda zögerte nicht. Sie rauschte direkt an ihm vorbei und betrat den orange und braun dekorierten Raum. In der Luft lag ein abgestandener, muffiger Geruch, und Wanda konnte nicht anders, als sich zu fragen, wie dieser Laden durch irgendwelche Inspektionen kam. Er war ganz offensichtlich schon seit Jahrzehnten nicht renoviert worden, und die Wahrscheinlichkeit, dass die Wände schimmelten, war etwas, worüber sie nicht nachdenken wollte.

„Blake?", rief sie in dem Augenblick, als sie ihre Schwester in Embryohaltung auf einem der Betten zusammengerollt sah. Sie trug Jogginghose und T-Shirt, aber es war klar, dass sie sich, genau wie Cam gesagt hatte, schon eine Weile nicht bewegt hatte. Überreste von Make-up waren unter ihren Augen verschmiert, und ihre Haare standen in alle Richtungen ab.

Ihre Schwester rührte sich nicht und schien nicht einmal zu merken, dass Wanda da war.

Wanda holte einen Anti-Depressions-Trank aus ihrer Tasche, den die Heilerin für Notsituationen empfohlen hatte, und stieg auf das Bett, um sich gleich neben Blake zu setzen. Die Gerüche nach Lavendel und altem Schweiß stiegen ihr in die Nase, und Wanda versuchte daran zu denken, durch den Mund zu atmen.

„Hey, Liebling. Ich habe was für dich zu trinken, okay?", lockte Wanda, während sie Blakes Wange mit dem Daumen streichelte. „Glaubst du, du schaffst das für mich?"

Ihre Schwester schaute zumindest in ihre Richtung, was bestätigte, dass sie sie wohl gehört hatte.

Wanda schraubte den Deckel ab, schob einen Strohhalm in die Flasche und hielt den Strohhalm dicht an Blakes Mund. „Du musst das trinken, Blake."

Keine Antwort.

DEANNA CHASE

„Okay, musst du nicht. Aber wenn du's nicht tust, werden wir keine Wahl haben, als dich zur Notaufnahme zu bringen, und niemand von uns hat dann noch die Kontrolle, was passiert, bis alles abgeklärt wurde."

Blakes Augen suchten erneut ihre.

„Bist du jetzt bereit, es zu probieren?"

Blake öffnete den Mund nur so weit, dass Wanda den Strohhalm hineinschieben konnte. Sie wartete, bis ihre Schwester zumindest ein Viertel des Tranks getrunken hatte.

„Das reicht jetzt", sagte Wanda, die den Deckel wieder aufschraubte. „Wir bringen dich jetzt nach Hause, okay, meine Liebe?"

Tränen füllten Blakes Augen, und sie nickte ihrer Schwester leicht zu.

Wanda winkte Cameron herüber. „Kannst du sie zum SUV tragen? Cam und ich sammeln ihre Sachen ein."

„Klar." Er küsste Wanda oben auf den Kopf und nahm dann Blake in die Arme, während er ihr die ganze Zeit dieselben beruhigenden Worte zuflüsterte, die er auch Wanda zugeflüstert hatte, als sie nach Blakes Verschwinden so aufgeregt gewesen war.

Nachdem Cameron und Blake aus dem Hotelzimmer verschwunden waren, wandte Wanda sich an Cam. „Ist alles gepackt?"

Er nickte und öffnete den Schrank. Blakes zwei Taschen waren darin, zusammen mit einem Rucksack. Cam hängte sich den Rucksack um und trug die beiden Taschen selbst.

„Ich kann helfen", sagte Wanda.

„Nein. Ich habe sie. Echt, das ist das mindeste, was ich tun kann." Dann warf er einen Blick auf den einfachen Sessel in der Ecke des Raums. „Aber wenn du ihre Handtasche und Schuhe nehmen könntest, wäre das toll."

Wanda nickte, suchte das Zimmer nach allem anderen ab, das sie vielleicht zurückgelassen hatten, und dann beeilte sie sich, um auf Cameron und Blake aufzuholen.

Cam stand neben dem SUV, seine Hände in die Taschen geschoben, während er beobachtete, wie Cameron Blake auf den Rücksitz packte. „Es ist meine Schuld", sagte er leise. „Ich hätte niemals zustimmen sollen, sie herzufahren."

Wanda stellte Blakes Sachen hinten in das SUV und wandte sich dann an Cam. „Warum hast du sie hergebracht? Wusstest du, dass sie vorhatte, Keating Hollow dauerhaft zu verlassen?"

Seine Augen wurden groß. „Überhaupt nicht. Ich hätte versucht, ihr das auszureden, und ich bin mir ziemlich sicher, das wusste sie. Darum hat sie es dir nicht gesagt. Sie wollte nicht hören, dass sie ihrer Mom nicht vertrauen sollte. Und warum ich sie hergebracht habe? Sie hätte es ohne mich oder mit mir getan, und ich konnte den Gedanken einfach nicht ertragen, dass sie ganz allein herkommt, wenn man die Vorgeschichte bedenkt, die sie mit ihrer Mutter hat. Ich wollte bei ihr sein, um sie zu beschützen und dann am Sonntag nach Hause zu bringen." Er stieß ein bitteres Lachen aus. „Ihr seht ja, wie gut das funktioniert hat."

„Also hast du auf sie aufgepasst?" Das war etwas, was Wanda glauben konnte. Sie hatte auch nicht vergessen, dass er sie sofort angerufen hatte, als die Dinge sich verschlimmert hatten.

„Gerne. Es tut mir so leid, Wanda. Ich wollte nicht der Typ sein, der einen schlechten Einfluss ausübt. Ich wollte nur, dass sie in Sicherheit ist. Ich habe gehofft, sobald sie ihre Mom sieht, würde sie einen Abschluss finden, oder Antworten, oder Teufel, ich weiß es auch nicht. Ich konnte sie nicht einfach allein ihre Mutter treffen lassen."

Wanda drückte ihm sanft die Schulter. „Mach dich nicht

fertig deswegen. Ich weiß, wie stur und unabhängig sie ist. Ich weiß zu schätzen, dass du versucht hast, sie zu schützen. Danke dir."

Er ließ den Kopf hängen. „Es gibt nichts zu danken. Es tut mir leid, dass sie dich angelogen hat, und dass ich daran beteiligt war."

„Du hast dich um sie gekümmert. Ich bin dankbar." Wanda öffnete die Tür auf der Rückseite des SUV und glitt neben ihre Schwester.

Blake drehte sich, um sie mit traurigen Augen anzuschauen. Ihre Tränen begannen zu fließen, und sie flüsterte: „Sie liebt mich nicht."

„Ach, meine Kleine." Wanda legte den Arm um Blakes Schulter und umarmte sie fest.

Blakes Körper bebte schluchzend, und schließlich legte sie den Kopf auf Wandas Schoß, nahm ihre eine Hand in ihre beiden. „Tut mir leid."

„Sssscht. Mach dir jetzt darum keine Sorgen. Ich verstehe, weshalb du hergekommen bist. Ist schon in Ordnung. Bringen wir dich einfach nach Hause, und wir machen von da an weiter. Alles ist jetzt in Ordnung. Du bist in Sicherheit. Du wirst geliebt. Ich verspreche es." Wanda strich während der ganzen zweieinhalb Stunden zurück nach Keating Hollow über Blakes Haare.

Bis Cameron in Wandas Zufahrt ankam, war ihre Schwester fest eingeschlafen. Wanda lächelte ihn hoffnungsvoll an. „Besteht die Möglichkeit, dass du sie reinträgst?"

Er stieß ein leises Lachen aus. „Bin dabei. Wo willst du sie denn haben? Auf dem Sofa? Im Schlafzimmer?"

„Bring sie mal lieber nach oben", sagte Wanda.

Sobald sie Blake und ihr ganzes Gepäck im Haus und nach

oben verfrachtet hatten, ging Wanda mit Cameron zur Eingangstür.

„Danke dir für … alles, was du in diesen letzten paar Tagen für uns getan hast. Ehrlich, ich bin mir nicht sicher, wie ich ohne dich durchgehalten hätte", sagte Wanda.

Cameron schob ihr eine Haarsträhne aus den Augen und sagte: „Ich glaube, du wärst schon klargekommen, aber danke, dass du mir erlaubt hast, mich um dich zu kümmern. Ich weiß, dass es nicht gerade deine Stärke ist."

Nun war es an Wanda, leise zu lachen. „Ist es wirklich nicht. Aber mir gefällt es, wenn du da bist. Vielleicht, wenn sich das alles wieder beruhigt hat, lässt du dich von mir zum Essen ausführen, als Dankeschön?"

„Hat Wanda Danvers mich gerade auf ein Date gebeten?" Seine Augen wurden groß, während er Entsetzen vorspielte.

„Ich glaube, das hat sie. Aber Cameron Copeland hat noch nicht geantwortet."

„Ach, ich dachte, die Antwort wäre offensichtlich. Ja. Es ist immer ein Ja, wenn es um dich geht." Er hob die Hand und legte ihr die Handfläche an die Wange. „Ruf mich an, wenn du was brauchst, okay? Abendessen. Schokolade. Fußmassage. Ich komme gleich rüber."

Verdammt, er war viel zu gut für sie, und sie wusste es auch. „Cameron", sagte sie, starrte auf seine Lippen.

„Ja?"

„Jetzt gerade brauche ich, dass du mich küsst, als würdest du es ernst meinen", flüsterte sie.

„Erledigt." Er beugte sich nach unten, legte seinen Mund auf ihren und nahm sich Zeit, ihre Lippen anzubeten, ihren Geschmack zu genießen, ihre Zunge zu necken.

Als er sich zurückzog, prickelte ihr ganzer Körper von seiner Berührung, und ihr Herz hämmerte ihr beinahe aus der

Brust. Sie hatte sich völlig in ihm verloren, und dieses eine Mal wollte sie nicht entsetzt davonlaufen. „Das war perfekt."

Er lächelte sie an, küsste sie letztes Mal, und dann sagte er: „Wir reden bald, Wanda."

Sie sah ihm nach, wie er in sein SUV stieg und hinaus auf die Straße fuhr. Erst als die Schlusslichter seines Wagens um die Ecke verschwanden, schloss sie die Tür und ging zurück nach oben, um ihre Schwester im Auge zu behalten.

KAPITEL 24

*E*s war vier Tage her, seit Wanda Blake nach Hause geholt hatte. Sie hatten immer noch nicht wirklich über das geredet, was in Red Bluff passiert war. Blake hatte es einmal erwähnt, aber sie hatte sofort wieder zu schluchzen begonnen. Wanda sagte ihr, dass sie nicht gleich darüber sprechen musste, und dass sie sich für Blake nur wünschte, dass es ihr besser ging.

Sie hatten daran gearbeitet. Erst hatte Wanda Gerry Whipple angerufen, eine Heilerin aus dem Städtchen. Sie hat einen Hausbesuch gemacht und festgestellt, dass Blake, bis auf eine leichte Dehydrierung, körperlich in Ordnung war, aber sie musste wirklich zu einem Profi für geistige Gesundheit. Sie gab Wanda die Visitenkarte von jemandem, den sie für Teenager empfahl, und Wanda brachte Blake sofort dort hin. Sie war drei Tage hintereinander zur Therapie gegangen, und heute war der erste Tag, an dem sie selbst hingefahren war.

Wanda wartete zu Hause, versuchte Blake zu helfen, sich wieder ihr Vertrauen zu erarbeiten und etwas Unabhängigkeit zu bekommen. Es war allerdings nicht leicht. Wanda schaute immer wieder auf die Uhr und berechnete, wie lange es dauern sollte, von der Therapiepraxis in Eureka zurück nach Hause zu kommen. Nach Wandas Berechnung hätte Blake vor sieben Minuten eintreffen sollen.

Tick. Tick. Tick. Wanda konnte die Augen nicht von der Uhr wenden, während sie mit den Fingernägeln auf den Küchentisch trommelte. Als eine weitere Minute vergangen war, stand Wanda auf und ging in die Küche. Wenn sie nicht etwas machte, um sich beschäftigt zu halten, würde sie noch den Rest ihres gesunden Menschenverstands verlieren.

Zwanzig Minuten später marschierte Blake schließlich ins Haus, und Wanda steckte ellbogentief in einer Doppelportion Zuckerplätzchen.

„Wanda? Ich bin zu Hause", rief Blake, während sie durch das Haus ging. Lyric bellte und lief ins Wohnzimmer, um sie zu begrüßen.

Wanda antwortete nicht, weil sie Angst hatte, sie würde ihre Schwester anfahren. Sie war dreißig Minuten zu spät bei der Rückkehr von ihrem Termin, und obwohl das normalerweise kein Problem gewesen wäre, waren die Dinge jetzt anders. Wandas Vertrauen war gebrochen, und obwohl es Blake besser zu gehen schien, konnte Wanda nicht sicher sein, wann oder ob sie einen weiteren Zusammenbruch erleben würden. Eine Abweichung von der Routine ließ Wandas Nervosität explodieren.

„Da bist du ja", sagte Blake, die mit einem Lächeln auf dem Gesicht hereinkam. „Kekse? Brauchst du Hilfe?"

„Nein, danke. Ich komme klar." Wanda machte sich wieder daran, kleine Teigkugeln auf das Backblech fallen zu lassen, und zwang sich dazu, sich zu entspannen. Der Hund kehrte in die Küche zurück und saß erwartungsvoll zu Wandas Füßen.

Wanda schaute auf ihn hinab. „Du weißt, dass du keine Kekse kriegst."

Blake stand eine Weile da, und dann ging sie in die Küche und fing an, den Geschirrspüler einzuräumen.

Wanda beobachtete ihre Schwester aus dem Augenwinkel. Es war nicht so, als wäre Blake normalerweise hilfreich mit den Pflichten rund ums Haus. Vor dem Vorfall in Red Bluff war sie das gewesen, aber seit sie nach Hause gekommen war, hatte sie den Großteil ihrer Zeit in ihrem Zimmer verbracht. Dieses neue Verhalten schien eine Art Fortschritt zu sein.

Wanda schob das Blech mit Keksen in den Ofen und stellte die Uhr. Dann schenkte sie sich ein Glas Wein ein und ging ins Wohnzimmer, während Lyric hinter ihr her trottete. Der kleine Doodle war Wandas stetiger Schatten geworden.

„Können wir reden?", rief Blake ihr nach.

Wanda erstarrte, dann drehte sie sich langsam um. Sie räusperte sich. „Über was?"

Blakes Gesicht wurde rot. Sie schaute sich um, wich Wandas Blick aus, während sie mit der Hand wedelte. „Alles. Mich. Was passiert ist."

„In Ordnung", sagte Wanda und marschierte langsam in die Küche zurück. Sie nahm am Tisch Platz und wartete. Es dauerte nicht lang, bis Lyric sich zu ihren Füßen zusammenrollte.

Blake setzte sich ihr gegenüber hin und verschränkte die Hände. „Als allererstes weiß ich, dass ich dir bereits gesagt habe, wie leid mir tut, was ich getan habe, aber ich muss es noch einmal sagen. Es tut mir leid, Wanda. Ich habe dich angelogen, dir Sorgen gemacht und war bereit, zu gehen, ohne mich zu verabschieden. Das war selbstsüchtig und feige, das hast du nicht verdient."

Es lag Wanda auf der Zunge, das Verhalten ihrer Schwester

entschuldigen, aber sie hielt sich zurück. Sie wusste bereits, dass die Therapiesitzungen ihrer Schwester zum Teil darum gingen, dass Blake lernte, Verantwortung für ihre Handlungen zu übernehmen und nicht alles ihren Eltern zum Vorwurf zu machen. „Okay. Danke, dass du das sagst."

Blake nickte und schaute ihr schließlich ins Gesicht. Tränen standen in ihren dunklen Augen, aber sie blinzelte sie weg. „Du musst wissen, dass ich nicht *dich* verlassen wollte. Ich wollte nur, dass meine Mom mich will."

„Ich weiß, Liebling", sagte Wanda und streckte sich, um ihre Hand auf die von Blake zu legen. „Aber danke, dass du mir auch das erzählst. Du weißt, ich will nur das, was für dich am besten ist."

„Mom und Dad sind nicht, was für mich am besten ist. Darum habe ich es dir nicht erzählt."

Der Schmerz in ihrer Stimme brach Wanda beinahe entzwei. Sie wünschte sich von ganzem Herzen, dass sie Blakes Verletzungen aus den Jahren der Vernachlässigung und des Alleinlassens absorbieren könnte, damit ihre Schwester diesen Schmerz nicht immer wieder durchleben musste. Sie wusste, dass dazu die Therapie diente, und dass Blake sich durcharbeiten würde, aber das verhinderte nicht, dass Wanda es ihr leichter machen wollte. „Das weiß ich doch", sagte Wanda mit einem schwachen Lächeln.

Blake legte beide Hände auf den Tisch und holte tief Luft. „Ich arbeite in der Therapie an meinen Vertrauensproblemen."

Wanda nickte. Das war zu erwarten. Wegen ihrer instabilen Erziehung hatte sie eine Menge zu verarbeiten.

„Meine Therapeutin glaubt, dass ich dir erzählen sollte, was mit meiner Mutter passiert ist."

„Was willst *du* denn?", fragte Wanda. Sie wollte nicht, dass Blake das Gefühl bekam, sie müsse sich zwingen, mit ihr zu reden. Und so sehr sie auch unbedingt wissen wollte, was Karen sie hatte durchmachen lassen, sie wollte nicht, dass Blake es noch einmal erleben musste, wenn sie nicht darauf vorbereitet war. Nachdem sie gesehen hatte, wie Blake so komplett gebrochen worden war, würde Wanda einfach alles tun, um zu verhindern, dass sie zurück an diesen dunklen Ort musste.

„Du musst es wissen, weil eine hundertprozentige Chance besteht, dass sie versuchen wird, mich wieder zu auszunutzen, und ich werde jemanden brauchen, mit dem ich reden kann, der das versteht."

„Cam ist nicht derjenige?", fragte Wanda, nur weil er derjenige war, dem sie sich letztes Mal anvertraut hatte.

Blake lächelte, als sein Name erwähnt wurde. „Cam ist toll, aber er hat nicht erlebt, was wir erlebt haben. Seine Mom hat ihn niemals aus freien Stücken verlassen. Und sein Dad … Na ja, er wusste nicht mal, dass er einen Sohn hat, aber in dem Augenblick, in dem sie sich getroffen haben, waren sie beste Freunde oder so. Er hat, was Eltern angeht, sehr viel mehr Glück als wir."

Wanda konnte nicht verhindern, dass sie darüber lachte. „Stimmt. Okay, ich bin bereit. Gehen wir es durch."

„Du weißt noch, als du mir das Handy besorgt hast, und Mom mir eine Nachricht hinterlassen hat, nachdem ich ein Update an alle meine Kontakte geschickt habe?"

„Ja. Danach hast du nicht zu interessiert daran gewirkt, mit ihr zu reden", sagte Wanda.

„Ich konnte nicht anders. Ich habe sie am nächsten Tag angerufen, und sie war nett, wie sie es eben manchmal sein kann. Sie sagte, sie würde mich vermissen, und dass sie und Dad nicht mehr zusammen wären. In den nächsten paar Tagen erzählte sie mir alles über eine Wohnung, die sie in Red Bluff mieten wollte. Dass sie einen Job dort im Restaurant hatte. Dass sie wollte, dass ich zu ihr ziehe, damit wir neu anfangen können. Es klang alles, als würde sie es echt versuchen. Sie hat mir erzählt, wenn ich die Kaution zahlen könne, hätte sie genug, um sie zu mieten." Ihre Stimme brach bei dem Wort *mieten.*

Wanda saß stillschweigend brodelnd da, aber sie wollte nicht mitten in der Geschichte einen Ausbruch haben. Das war etwas, das Blake sich unbedingt sich von der Seele reden musste. Sie drückte Blakes Hand, um sie einfach wissen zu lassen, dass sie Unterstützung hatte.

„Sie hat mich weiter bedrängt. Sie wusste, dass ich einen Job habe, denn davon hatte ich ihr erzählt, und rückblickend war das der Augenblick, als sie anfing, mich zu drängen, mein Geld zu nehmen. Sie sagte mir, dass sie in einer Obdachlosenunterkunft lebte, und je früher ich hinkam, desto eher hätte sie einen sicheren Ort zum Leben. Sie hatte eine Menge zu erzählen, und ich war deswegen wirklich hin- und hergerissen. Schließlich habe ich einfach entschieden, dass ich gehe. Cam wollte mich nicht allein losziehen lassen. Ich wusste nicht mal sicher, ob ich vorhatte, zu bleiben. Ich habe meine Kleider mitgenommen, denn falls sie sich wirklich geändert hätte, hatte ich irgendwie das Gefühl, dass ich für sie da sein müsste. Aber natürlich, als ich ankam, war es alles gelogen. Sie wollte nur mein Bargeld. Hat mir gesagt, dass ihr neuer Freund mich eigentlich nicht um sich haben möchte."

Blake wischte sich über die Augen, dann fuhr sie fort. „Sie hat mich geschubst und zu mir gesagt, ich solle los, bevor er mich sieht, sonst würde von mir erwartet, dass ich ..." Ihr Gesicht verzog sich, und die Tränen flossen stärker. Sie brauchte einen Moment, um sich zu fassen. Als sie fortfuhr, war ihre Stimme hart und bestand aus reinem Stahl. „Ich habe ihr gesagt, ich würde ihn vorher umbringen, und da hat sie mich geschlagen. Dann bin ich gegangen und habe nicht zurückgeschaut. Bis ich zurück im Motel war, war ich betäubt und bin einfach nur ins Bett gefallen, und den Rest kennst du."

Wanda hielt es nicht mehr aus. Sie zog die Füße unter Lyrics warmem Körper heraus, stand auf und ging zur anderen Seite des Tisches, wo sie ihre Schwester in die Arme nahm. „Du hast so viel Besseres verdient, als das, was Karen dir geben kann, meine Liebe", flüsterte Wanda. „Ich bin stolz auf dich, dass du für dich einstehst. Und auch, dass du Mitgefühl mit einer Frau hast, die den Großteil ihres Lebens damit verbracht hat, gegen die Drogenabhängigkeit zu kämpfen. Sie braucht Hilfe, aber du schuldest ihr gar nichts. Das musst nicht du machen. Das nächste Mal, wenn sie so was abzieht – und wir wissen beide, dass es so kommt –, wirst du die Werkzeuge haben, um mit ihr fertig zu werden. Wenn es schwierig wird, kommst du zu mir. Wir kriegen das zusammen hin. Hörst du mich?"

Blake nickte und hielt sich an ihrer Schwester mit allem fest, was sie hatte. Schließlich stieß sie schluchzend hervor: „Es tut mir so leid, dass ich dir Sorgen gemacht habe."

„Es tut mir leid, dass du dich mit so einem Mist von einer Frau herumschlagen musst, die dich eigentlich lieben und schützen sollte."

Sie hielten einander ganz fest, und als Wanda sich schließlich zurückzog, schaute sie Blake in die Augen und sagte: „Ich liebe dich. Ich verstehe, was passiert ist, und es gibt nichts zu verzeihen. Ich habe das fallen gelassen, in dem Augenblick, in dem du sicher zurück zu Hause warst. Versprich nur eines, machst du das?"

„Was denn?"

Wanda drückte die Hand ihrer Schwester und sagte: „Ich

will nur, dass wir ehrlich miteinander sind. Ohne das gibt es kein Vertrauen zwischen uns. Und ich glaube, Vertrauen ist einfach das Allerwichtigste für uns beide, oder nicht?"

„Ja." Sie nickte ernsthaft.

„Dann lass uns doch gleich hier, gleich jetzt beide versprechen, dass, ganz egal, was ist, zwischen uns Ehrlichkeit herrschen wird."

Blake hob eine Hand zum Schwur.

Wanda grinste und machte es genauso.

„Auf drei?", fragte Wanda.

Blake nickte, als Wanda bis drei zählte, und sie sagten beide: „Ich verspreche es hoch und heilig." Danach lachten sie beide.

Der Piepton für die Kekse wurde laut, und immer noch lachend ging Wanda, um sie aus dem Ofen zu holen.

Blake, gefolgt von Lyric, schloss sich ihr an, während Wanda die Kekse auf ein Kühlblech stellte. „Also, im Namen der Ehrlichkeit, was ist mit dir und Cameron?"

Wanda stieß ein überraschtes Lachen aus. Diese Frage hatte sie nicht erwartet. „Ich weiß nicht. Ich schätze, wir treffen einander wieder, und jetzt ..." Sie zuckte mit den Schultern. „Das Leben ist etwas hektisch gewesen. Wir werden sehen."

„Kann ich nur eines dazu sagen, und es dann auf sich beruhen lassen?", fragte Blake.

„Äh, okay." Wollte sie das wirklich hören? Sie war sich nicht sicher, aber sie hatten gerade geschworen, dass sie ehrlich sein würden, also war das ihr erster Test, schätzte sie.

„Ich habe gehört, wie du Cameron erzählst, dass du nicht findest, dass es eine gute Zeit ist, um mit ihm zusammen zu sein, denn du müsstest dich auf mich konzentrieren. Und ich will einfach nur zu Protokoll geben, dass mir gefällt, wenn er und du zusammen seid. Er ist ein toller Typ, soweit ich das sagen kann. Du solltest das weiter verfolgen."

Wanda schüttelte den Kopf, amüsiert, dass die Unterhaltung in diese Richtung gelaufen war. „Ehrlich? Du glaubst, dass ich jemanden date, der in einer anderen Stadt lebt, ist eine gute Idee?"

„Als allererstes zieht er doch her. Cam hat mir das gestern erzählt. Und zweitens, ja. Weshalb glaubst du denn, dass ich ihn an diesem einen Abend hierher eingeladen habe?"

„Welchem Abend?"

„Dem, an dem ich dir erzählt habe, dass ich Spam von deinem Handy lösche, nachdem ich die Katze aus dem Sack gelassen habe, dass Cameron sein Sohn ist. Ups." Sie verzog das Gesicht. „Das war eine weitere Lüge. Aber die einzige, soweit ich weiß."

„Du hast ihn hierher eingeladen? Echt?", fragte Wanda, die sich an diesen Abend erinnerte. Sie hatten im Wohnzimmer gesessen und sehr viel geredet. Sie hatte eine wirklich tolle Zeit mit ihm gehabt.

„Echt." Blake grinste. „Jetzt los und sag ihm schon, dass du seine Freundin oder so was sein willst, denn dieser Mann ist bereits mindestens halb in dich verliebt. Und du hast jemanden wie ihn in deinem Leben verdient." Sie schnappte sich zwei Kekse, zwinkerte, und schaute dann auf den Hund hinab, während sie sagte: „Los, Lyric. Wir müssen ein bisschen spielen."

KAPITEL 25

*C*ameron saß an seinem Schreibtisch unten in der Einliegerwohnung im Mietshaus seiner Eltern und starrte auf die leere Seite des Drehbuchs, das er schreiben sollte. Es war Wochen her, seit er wirklich Arbeit erledigt bekommen hatte. Durch die Flüge zwischen Keating Hollow und Vancouver hatte seine Muse anscheinend wirklich den Schauplatz verlassen.

Oder zumindest war sie abwesend, wenn er an den Ideen für *Fire Valley* arbeitete.

Doch als er an sein Herzensprojekt ging, das sich um eine feurige Rothaarige in einem kleinen magischen Städtchen drehte ... Da stellten sich die Ideen ernsthaft ein.

Frustriert, dass für das Projekt, an dem er arbeiten sollte, keine Wörter kommen wollten, klickte er sich aus *Fire Valley* heraus und wechselte zu *Hexenmuse*. Sofort fühlte er sich leichter und fing an, an einer berührenden Szene zwischen der Hauptfigur und ihrer jüngeren Schwester zu arbeiten, die sich kürzlich wieder näher gekommen waren, nachdem sie einige Jahre getrennt gewesen waren.

Seine Finger flogen über die Tasten, während die Worte aus ihm herausströmten. Er wusste nicht, wie lange er schon da saß, aber als er schließlich das Kapitel abschloss, in dem die Heldin ihren Helden traf, lehnte er sich zurück und schaute auf seine Wortanzahl.

Über viertausend Wörter in nur drei Stunden.

Und es fühlte sich herrlich an, wieder im Sattel zu sitzen, selbst wenn es für dieses Werk noch keinen Vertrag gab. Noch nicht. Er hatte das Gefühl, dass er nicht zu viele Schwierigkeiten haben würde, einen Abnehmer zu finden, und falls doch, würde er eine Möglichkeit finden, es selbst zu produzieren.

Er stand auf, um sich zu strecken, als er ein Klopfen an der Tür hörte. Er schätzte, es wären seine Eltern, die vorbeikamen, um ihn auf dem Weg nach draußen wissen zu lassen, dass sie irgendwohin unterwegs waren. Das machten sie oft so. Während er sich mit der Hand durch seine unordentlichen Haare fuhr, marschierte er zur Tür und war so schockiert, dass er kein Wort herausbrachte, als er feststellte, dass Wanda dort stand, in einer eng anliegenden Jeans und einer roten Seidenbluse, die ihr Dekolleté ganz fabelhaft in Szene setzte.

„Hey", sagte er und spürte, wie ihm ein dümmliches Lächeln auf die Lippen trat, während er die Tür aufhielt. „Was bringt dich denn heute her?"

Sie hielt eine Plastikdose hoch, die er nicht mal in ihrer Hand gesehen hatte. „Ich habe Kekse gebacken. Dachte, du magst vielleicht welche."

„Kekse?", fragte er. Was zum Teufel war denn los mit ihm? Er hatte gerade eine wunderbare Szene geschrieben, in der sich das ungleiche Paar getroffen hatte, und dennoch verhunzte er seinen Dialog wie ein Idiot.

„Ja, Kekse." Sie lachte. „Kann ich reinkommen, oder lässt du mich den ganzen Tag draußen stehen?"

„O! Stimmt." Er lachte leise, während er sie hereinwinkte. „Tut mir leid. Ich war einfach so überrascht, dich zu sehen, dass ich offensichtlich völlig von der Rolle bin."

Sie legte ihm eine Hand auf die Brust, dann fegte sie an ihm vorbei und warf ihm einen Luftkuss zu. „Ich bin sicher, du fängst dich schnell wieder."

Sein Herz schmolz dahin, und er wurde zu einem Häufchen zu seinen Füßen. Das war die Wanda, zu der sich ursprünglich hingezogen gefühlt hatte. Immer zum Flirten aufgelegt, selbstsicher, witzig. Aber er wusste nun, dass sie eine fürsorgliche, in sich ruhende Person war, die auch ein riesiges Herz hatte, und er nahm es alles. Er musste sie nur überzeugen, dass er es wert war.

Sie stand in seiner kleinen Wohnung, musterte das große Bett in der Ecke, das Einbaubüro und den kleinen Sitzbereich. Es war nicht groß, aber es war von Licht durchflutet, und die Fenster, die bis zum Boden gingen, boten einen wunderbaren Blick auf das Tal.

Als sie sich umdrehte, um ihn anzuschauen, stieß er hervor: „Du hattest recht."

Sie hob neugierig eine Augenbraue. „Womit denn?"

„Dieser Streit, den wir kürzlich bei dir zu Hause hatten, als ich gesagt habe, dass ich mehr will …", setzte er an. Ihre Augen wurden groß, und bei seinen Worten blitzte Panik darin auf. Er beeilte sich, seine Erklärung zu beenden, damit sie nicht wieder glaubte, dass er sich zu weit aus dem Fenster lehnte. „Du hast gesagt, ich würde dich bedrängen, wo du doch gar nicht bereit wärst. Und du hattest recht. Bei dir ist mit deiner Schwester so viel los, und ich will nicht noch mehr Stress auslösen. Ich will derjenige sein, der dir beim Entspannen hilft.

Also wollte ich nur sagen, dass ich trotzdem noch dabei bin. Aber ich werde geduldig warten, bis du bereit bist. Kein Drängen mehr. Keine Erwartungen. Aber ich werde immer noch da sein."

Ihre Lippen krümmten sich zu einem Lächeln, und in ihren Augen funkelte etwas, von dem er nur annehmen konnte, dass es Glück war. Sie wirkte einfach, als würde sie strahlen, und er brauchte alles, was er hatte, um nicht vorzutreten und sie zu küssen. Das war eine Unterhaltung, die sie führen mussten.

„Ich höre, du ziehst hierher nach Keating Hollow. Cam hat es Blake erzählt und Blake mir. Wird das hier dein Aufenthaltsort für die Dauer, oder willst du nach etwas Größerem suchen ... Und vielleicht etwas Privaterem?"

Er beäugte sie und fragte sich, was sie vorhatte. Er kannte diesen Unterton bei ihr. Es war derjenige, den sie anschlug, kurz bevor sie ihn aus seinen Kleidern schälte. „Was ist denn hier los?"

Sie lachte, dann trat sie vor, um ihm beide Handflächen auf die Brust zu legen. „Ich flirte mit dir. Ist es so lange her, dass du vergessen hast, wie das aussieht?"

„Nein, aber ich frage mich, was dieser Richtungswechsel soll. Ich habe dir gerade gesagt, dass ich einen Schritt zurücktrete, denn ich will dich nicht bedrängen, und trotzdem ..." Er warf einen Blick auf das Bett, sehnte sich bereits danach, sie dorthin zu kriegen.

Sie lachte wieder leise. „Tut mir leid, du siehst einfach so gut aus, wenn du im Schriftsteller-Modus bist. Ich glaube, es sind die verrückten Haare. Das bedeutet, dass du etwas geschaffen hast, und das liebe ich."

„Wanda", sagte er mit einem Stöhnen. „Du bringst mich noch um."

Sie trat näher und sah ihm in die Augen, während sie sagte:

„Ich bin hier rüber gekommen, heute, um dir zu sagen, dass ich falschlag."

„Du?"

„Ja, ich. Ich habe Blake als Ausrede benutzt, um dich auf Abstand zu halten. Die Wahrheit ist, dass ich verrückt nach dir bin, aber auch völlig verängstigt. Blake ist nicht die Einzige, die Probleme mit dem Verlassenwerden hat. Mein Dad hat uns verlassen, als ich ganz klein war, um meine Mom hat hart daran gearbeitet, das Dach über unserm Kopf zu halten. Dann wurde sie mir viel zu früh genommen. Da sie niemals eine erfolgreiche Beziehung hatte, schätze ich, ich hab's mir in den Kopf gesetzt, dass das nichts ist, was ich anfangen sollte."

Cameron wollte sie in die Arme nehmen und ihr sagen, dass er ihr niemals wehtun oder sie enttäuschen würde, aber er wusste es besser. Sie hatte etwas zu sagen, und er wollte es zulassen. Außerdem konnte er diese Versprechen gar nicht geben. Das Beste, was er tun konnte, war, zu versprechen, sie zu lieben und zu respektieren. „Ich verstehe das. Deine Vorbilder waren nicht gerade dazu angetan, für Zuversicht zu sorgen."

„Sogar Lin Townsend, mein Pseudo-Vater, hatte eine Ehe, die in die Brüche ging, und das ist der beste Mann, den ich kenne. Aber ich muss mir einfach in Erinnerung rufen, dass er über fünfzehn Jahre mit Clair zusammen ist. Und dann gibt es noch die Pelshes und deine Eltern und, ach, die meisten meiner Freundinnen. Sie sind alle glücklich verheiratet. Warum nicht auch ich?"

„Du willst heiraten?", forderte er sie heraus, weil er es sich einfach nicht verkneifen konnte.

„Wenn du mit mir an den Altar trittst, denke ich drüber nach", sagte sie und stellte ihre eigene Herausforderung.

Er lachte. „Äh, ich bin doch lieber mal derjenige, der neben dir vor dem Altar steht, ansonsten muss ich jemandem gehörig in den Arsch treten."

Sie schob sich auf die Zehenspitzen und gab ihm einen sanften Kuss.

Cameron schlang sofort die Arme um sie und zog sie dicht an sich. „Was haben wir da gerade beschlossen?"

„Offensichtlich sind wir verlobt", sagte sie, ihre Lippen zuckten erheitert.

„Sag das nicht, außer du meinst es ernst, Wanda. Denn ich spiele hier keine Spiele. Ich möchte hier was zu Protokoll geben, und ich lege alles offen. Ich bin in dich verliebt."

Sie schaute ihn an, ihr Mund war diesmal vor echter Überraschung geöffnet.

„Ich weiß, dass du nicht erwartet hast, dass ich das sage", sagte er und schob ihr eine Haarsträhne aus den Augen. „Und ich will dich trotzdem nicht unter Druck setzen. Ich habe das gesagt, weil ich es ernst meine, nicht weil ich erwarte …"

„Ich liebe dich auch, du großer, plappernder Tollpatsch. Ich liebe dich, und darum bin ich hergekommen, um dir das zu sagen." Sie warf die Arme noch einmal um ihn, und als sie sich diesmal küssten, waren sie beide voll dabei.

Als sie schließlich wieder Luft holten, sah er sie mit gerunzelter Stirn an. „Also, heißt es wirklich, dass wir verlobt sind? Ich dachte irgendwie, ich würde das mit dem Antrag sehr viel besser machen."

Sie lachte leise. „Wie wär's, wenn wir einfach erst mal nur exklusiv zusammen sind? Und vielleicht darüber nachdenken, zusammenzuziehen, bevor wir über eine Verlobung reden? Aber nur, wenn es nicht hier ist. Ich liebe deine Eltern, aber in ihrem Haus möchte ich nicht wohnen."

„Heißt das, dass ich dich jetzt meine Freundin nennen darf?", fragte er, um sie zu ärgern.

„Das machst du lieber mal, wenn du nicht einen Stöckelschuh im Hintern haben willst", erwiderte sie.

„Endlich." Er schnappte sich ihre Hand und sagte: „Komm schon. Ich habe was, was ich dir zeigen möchte."

„Oh? Was?", fragte sie, während sie ihm zu dem weißen Jeep folgte, der in seiner Zufahrt stand.

„Ich habe gerade den Mietwagen abgegeben und den hier gekauft. Was meinst du?", fragte er.

„Lässt sich das Dach zurückklappen?", fragte sie.

„Natürlich."

„Dann ist er perfekt."

Wanda musterte ihn auf der ganzen Fahrt den Berg hinab und zum Rand der Stadt, gleich am Townsend-Grundstück vorbei und auf den Grund, den sie immer beäugt hatte, von dem sie aber gedacht hatte, sie könnte selber nicht damit fertig werden. „Ich habe gehört, deine Eltern dachten darüber nach, dieses Land zu kaufen und eine Farm zu gründen", sagte sie.

„Das haben sie, das tun sie, aber das ist nur ein Teil der Neuigkeiten." Er fuhr mit dem Jeep von dem Feldweg ab und durch das Gras, bis sie an einen Bereich des Landes kamen, der aus Mammutbäumen mit einer kleinen Wiese bestand, die über einen schnell fließenden Bach hinwegschaute. Der Jeep kam zum Stillstand, und er fragte: „Was meinst du?"

„Das ist umwerfend. Eigentlich dachte ich immer irgendwie, wenn ich den Nerv hätte, diese zehn Morgen Land zu übernehmen, wäre es genau der Ort, wo ich mein Haus hinstellen würde."

Cameron nickte. „Ja. Ich auch. Willst du mitkommen, wenn ich die Pläne anfertigen lasse?"

„Was? Dieses Land gehört dir? Ich dachte, deine Eltern wären die Käufer."

Cameron sprang aus dem Jeep und lief hinüber zu ihrer

Seite, öffnete die Tür, bevor sie die Gelegenheit hatte, und half ihr dann hinaus auf das Gras. „Meine Eltern hatten vor, es zu kaufen, aber wie sich herausstellte, hatten sie zwar genug Geld für das Land, aber dann hätten sie kein Kapital mehr, um die Farm zu gründen. Also bin ich eine Partnerschaft mit ihnen eingegangen, unter der Bedingung, dass ich hier unser Haus her bauen kann."

Wanda riss den Blick von dem Bach los, um ihn anzustarren. „Du hast gesagt, *unser* Haus."

„Habe ich", erwiderte er. „Ich würde gern hierher das Haus deiner Träume bauen, Wanda Danvers, und dann wollte ich so lange mit dir zusammen sein, wie du brauchst, bis du bereit bist, meine Frau zu werden."

„Wie kann das sein?", fragte sie, ihre Stimme völlig verwundert. „Das habe ich nicht erwartet, als ich heute bei dir an der Tür aufgetaucht bin."

„Ach ja? Was hast du denn erwartet?"

Sie zuckte mit den Schultern. „Ach, ich weiß nicht. Mich zu entschuldigen, mich mit dir zu vergnügen, und dann in dem Wissen zu gehen, dass ich endlich einen Freund habe, den ich vorhabe, zu behalten."

„Du kannst dich immer noch mit mir vergnügen", sagte er und zog sie dichter an die Bäume. „Hier ist niemand, außer du und ich und vielleicht ein paar Rehe."

Wanda grinste zu ihm auf und sagte: „Pass bloß auf, was du dir wünscht."

„Ach, ich passe verdammt gut auf", knurrte er und zog sie an sich. „Wirklich verdammt gut."

Lachend löste sich Wanda und rannte zu den Bäumen. Cameron lief ihr nach und rang sie zu Boden, wo sie den Großteil des Nachmittags miteinander verbrachten.

KAPITEL 26

„*B*ist du bereit?", fragte Cameron seinen Sohn, während sie draußen vor dem *Incantation Café* standen.

„So bereit, wie ich jemals sein werde, schätze ich" Cam hielt die Geburtstagskarte, die Jessie ihm vor so vielen Jahren geschickt hatte, und zog die Tür zum Café auf.

Cameron folgte seinem Sohn nach drinnen und sah ein Paar, bei dem er gleich wusste, dass das wohl Jessie und ihre Partnerin waren. Sie saßen an einem Tisch in der gegenüberliegenden Ecke, ein gutes Stück abseits von den anderen Gästen. Es war ein guter Platz, um ein wenig Privatsphäre zu haben.

„Cam?" Die größere, dünnere Frau mit den kurzen silbrigen Haaren sprang von ihrem Stuhl auf und öffnete die Arme weit, als sollte Cam sich hineinstürzen.

„Jessie!" Cams ganzes Gesicht leuchtete vor Freude, als er hinüberlief und der Frau eine riesige Umarmung gab. Er hob sie hoch und wirbelte sie mühelos herum, dann stellte er sie sanft wieder auf die Füße. „Ich kann nicht glauben, dass du hier bist."

„Genauso wenig ich", erwiderte sie, wischte sich eine einzelne Träne von der Wange. „Ich dachte ehrlich, dass ich dich niemals wiedersehen würde." Jessie wandte sich Cameron zu und sagte mit einem neckenden Tonfall: „Du bist wohl der mythische Cameron Copeland."

„Mythisch?", fragte Cameron, während er ihr die Hand schüttelte.

„So hat Tori dich genannt", sagte sie, lächelte ihn traurig an. „Es tut mir so leid. Ich habe wirklich versucht, sie dazu zu bringen, mit dir Kontakt aufzunehmen. Es war der einzige echte Streitpunkt zwischen uns."

„Aber gewusst hast du es", sagte Cam, seine Miene verdüsterte sich vor Ärger.

„Ich wusste es", bestätigte Jessie, dann führte sie sie zu ihrem Tisch. „Cameron, Cam, das ist meine Partnerin Trish."

Trish war kleiner und kurviger als Jessie, mit dunklen, welligen Haaren, die zu einem langen Zopf zurückgebunden waren. „Hallo. Es ist schön, euch beide endlich kennenzulernen." Sie umarmte Cam, und als sie sich dann an Cameron wandte, dachte er, sie würde ihm die Hand schütteln, aber stattdessen strebte sie auch mit ihm eine Umarmung an und sagte: „Tut mir leid. Ich kann nicht anders. Ich umarme gern."

Er lachte leise. „Schon gut. Ich stamme auch aus so einer Ahnenreihe."

Sie nahmen alle Platz, und Stille senkte sich zwischen ihnen herab. Nach ein paar Augenblicken stand Cameron auf und sagte: „Braucht jemand was? Ich hole mir einen Kaffee. Cam?"

„Großer Mokka, mit extra Sahne", sagte er.

„Ach, wir haben alles." Jessie wedelte mit der Hand zu den Bechern hin, die bereits auf dem Tisch standen.

Cameron nickte. „Ihr fangt schon mal an und bringt euch auf den neuesten Stand. Ich bin gleich wieder da." Nachdem er bestellt hatte, stand Cameron am Ende des Tresens und sah zu, wie Cam mit Jessie interagierte. Er lächelte, während sie und ihre Partnerin abwechselnd eine Geschichte erzählten, und schließlich hatten sie alle angefangen zu lachen. Er hatte gedacht, er wäre nachtragend oder würde leichte Eifersucht verspüren, seinen Sohn mit jemandem zu sehen, den er nicht kannte, und der ein großer Teil von Cams Kindheit gewesen war. Stattdessen war er nur dankbar, dass Cam die Verbindung zu einer Person wieder aufgenommen hatte, die er liebte und der er vertraute, selbst wenn es nur relativ kurz gewesen war. Als die Getränke fertig waren, kehrte er an den Tisch zurück und blieb still, während die drei über Jessies und Trishs gemeinsames Leben plauderten.

Das Paar lebte an der Nordküste von Tahoe, wo sie im Winter als Skilehrerinnen arbeiteten, und im Sommer Segelboote vermieteten. Cameron war beeindruckt. Es klang wie ein wunderbares, ziemlich entspanntes Leben, während sie jeden Tag tun konnten, was sie liebten.

„Was ist mit dir, Cameron?", fragte Trish. „Was machst du denn?"

Seine Augenbrauen gingen überrascht hoch. Er hatte geglaubt, dass Jessie über ihn Bescheid gewusst hatte, als Cam ein Kind gewesen war, und dass sie vermutlich auch wusste, dass er ein groß rausgekommenes Drehbuch geschrieben hatte, als er gerade aus dem College gekommen war. Von da an war seine Karriere erst gestartet. „Ich bin Schriftsteller."

Cam verdrehte die Augen. „Er ist Drehbuchautor. Er hat einen Film und eine Fernsehserie, die er zusammen mit

Miranda Moon geschrieben hat und die jetzt gerade produziert wird."

„Drehbuchautor?", fragte Jesse überrascht. „Tori hat mir erzählt, du wärst ein Künstler, der am Hungertuch nagt. Sie hat es klingen lassen, als hättest du am Hafen von Santa Monica Gemälde verkauft."

Cameron stieß ein bellendes Lachen aus. „Das klingt nach Tori. Sie war niemals von meinen Karrierevorstellungen beeindruckt. Sie dachte, das wäre unpraktisch."

„Unpraktisch", sagte Jessie mit einem Nicken. „Genau wie Skilehrerin. Es war ein langfristiges Ziel von mir, an einen Punkt zu kommen, wo ich leben konnte wie jetzt, aber Tori hat darüber immer die Nase gerümpft. Sie sagte, Skifahren und Segeln wäre keine echte Arbeit."

Trish schüttelte traurig den Kopf. „Ist echt schade, dass sie nichts mit den Träumen anderer Leute anfangen konnte. Was, glaubt ihr denn, hatte das zu bedeuten?"

„Sie wollte selbst Künstlerin sein", sagte Cameron. „Ihr Vater hat sich geweigert, ihre Studiengebühren zu bezahlen, wenn sie nicht einen Abschluss in was Praktischem machte. Darum hat sie Rechnungswesen studiert. Hat sie das abgeschlossen und wurde Buchhalterin?"

„Ja", bestätigte Jesse und nippte an ihrem Getränk. „Sie hat es auch gehasst. Aber ich wusste nie, dass sie Künstlerin werden wollte. Ich wusste, dass sie Talent hatte. Sie hat ein paar Porträts von Cam gemalt, als er jung war." Jessie wühlte in einer Segeltuchtasche herum und holte eine Börse hervor. Mit einer raschen Handbewegung nahm sie ein kleines Porträt eines Kindes mit etwa fünf Jahren heraus.

„Ist das Cam?", fragte Cameron, der beeindruckt von den Details war. „Das ist unfassbar."

„Ist es wirklich. Das wurde nach einem Foto von dir

angefertigt, Cam. Ich habe es so sehr geliebt, deine Mom hat das für mich gemacht."

„Wow", sagte er. „Sie hatte echt Talent. Obwohl ich wie ein kompletter Idiot aussehe und deinen Geschmack infrage stelle, wenn du das so sehr liebst. Aber ich schätze, ich kann darüber hinwegsehen. Du hast die ganze Fahrt rüber von Tahoe auf dich genommen."

Sie saßen zusammen, tauschten eine gute Stunde lang Geschichten aus, bis Cam ungeduldig wurde und schließlich fragte: „Warum hat sie mir nie von meinem Dad erzählt?"

Am Tisch wurde es völlig still, und all die Leichtigkeit, die sie geteilt hatten, verflog.

Schließlich räusperte sich Jessie und sagte: „Ich glaube, sie hat sich gefürchtet."

„Vor was?"

Jessie legte eine Hand über seine. „Dass du ihn treffen möchtest, und dass du nicht mehr ganz ihr gehören würdest."

Camerons Magen drehte sich angewidert um, als er schließlich zu verstehen begann, was in seiner Beziehung mit Tori falsch gelaufen war.

„Ganz ihr? Ich bin doch kein Ding. Ich bin ein Mensch", schnaubte Cam.

„Wir wissen das", sagte Jessie beruhigend. „Sie wusste das auch, aber bevor sie dich hatte, ging es in ihrem Leben um das, was andere Menschen von ihr wollten. Ihr Dad hatte seine Vorstellungen. Cameron hatte die seinen. Selbst ihre Großeltern hatten Erwartungen daran, was sie mit dem kleinen Erbe anfangen sollte, das sie ihr hinterlassen hatten. Sie fühlte sich, als müsste sie sich die Liebe eines jeden Menschen in ihrem Leben verdienen, nur bei dir nicht. Du hast sie geliebt, ganz gleich, was sie tat. Dir war egal, ob sie Buchhalterin war oder nicht. Oder wo sie wohnte, oder mit dem sie zusammen war. Du hast sie einfach geliebt. Und danach hat sie sich gesehnt."

Vor dieser Enthüllung hätte es Cameron sehr geschmerzt, zu erfahren, dass Tori dachte, sie müsse sich seine Liebe verdienen. Aber jetzt verstand er es. Sie hatte immer versucht, sich völlig zu verrenken, um es allen anderen recht zu machen. Und Cameron war, ohne es zu merken, zum Keil zwischen ihr und ihrer Familie geworden. Er hatte sie immer ermutigt, ihrer Kunst nachzugehen, doch wenn sie das getan hätte, hätte sie ihren Vater geärgert. Und ihrer Kunst nicht nachzugehen, gab ihr vermutlich das Gefühl, dass sie Cameron enttäuschte. Aber das erklärte trotzdem nicht, weshalb sie nichts von der Schwangerschaft gesagt hatte.

Hatte Jessie recht? Hatte Tori gedacht, er würde ihr ihr Kind wegnehmen? Eine eisige Kälte lief bei diesem Gedanken sein Rückgrat hinab. Cameron hätte das niemals getan.

„Cameron?", sagte Jessie.

„Was?"

„Alles in Ordnung?", fragte sie.

Er blinzelte und nickte. „Ich verarbeite nur, was du gesagt hast, und vielleicht verstehe ich ein paar Dinge besser."

„Unterm Strich hat Tori Angst gehabt vor dem, was sie wirklich wollte. Sie fühlte sich zu leidenschaftlichen Träumern hingezogen, die ihr Leben zu eigenen Bedingungen leben wollten, und jedes Mal, wenn einer von ihnen dicht davor war, sie auch dazu zu drängen, lief sie weg. Das hat sie mit deinem Dad gemacht, Cam, und ein paar anderen, bevor ich ins Bild kam. Ich bin sicher, das hätte sie auch mit mir gemacht, wenn das Ganze länger gedauert hätte. Stattdessen hat sie mich rausgeworfen, weil ich nicht mit ihren Entscheidungen zufrieden war."

Jessie hielt inne, um einen großen Schluck Wasser zu

trinken, dann fuhr sie fort. „Was die Tatsache angeht, dass sie es dir nicht erzählt hat, Cameron, sagte sie, dass sie ein paar Monate lang nicht mal wusste, dass sie schwanger war, und zu diesem Zeitpunkt war sie zu verängstigt, um sich dir zu stellen, weil sie dich so verlassen hatte. Dann steckte sie einfach den Kopf in den Sand und beschloss, dass die Sache erledigt war."

„Das klingt alles sehr nach Tori", sagte Cameron. „Ich bin nicht sicher, ob es jemals für mich in Ordnung ist, dass ich Cams Kindheit verpasst habe, aber ich kann sagen, dass ich froh bin, dass Cam dich für eine kurze Zeit in seinem Leben hatte. Du liebst ihn offensichtlich. Also danke, dass du auf ihn aufgepasst hast. Das weiß ich zu schätzen."

Cam umarmte seinen Dad von der Seite, und dann redete er weiter mit Jessie. Da erfuhr er, dass sie ihm jedes Jahr zum Geburtstag und zu Weihnachten Karten geschickt hatte, seit sie aufgebrochen war. Jessie hatte vom Tod seiner Mutter erst erfahren, als seine letzte Geburtstagskarte zurückgeschickt worden war.

„Jedes Jahr?", wiederholte Cam. „Jedes Jahr, und sie hat sie mir vorenthalten." Er fuhr sich frustriert mit der Hand durch die Haare. „Das ist aber eine richtige Schweinerei. Wow."

„Es tut mir leid, Cam", sagte Jessie. „Es bringt mich um, zu wissen, dass du dachtest, ich hätte dich auch verlassen. Aber das habe ich nie. Ich habe dich mit mir dabei, wo immer ich hingehe." Sie tippte mit dem Finger auf ihre Börse. „Hier drin und in meinem Herzen."

Es dauerte nicht lang, bis sie sich von dem wunderbaren Paar aus den Sierras verabschiedeten. Jessie und Trish würden im Sommer wieder herkommen, um etwas Zeit mit Cam zu verbringen.

„Ich freue mich bereits drauf", sagte Cam, aber das Licht

war aus seinen Augen gewichen. Er war wütend. Und wer konnte es ihm verdenken? Er hatte viel über seine Mutter erfahren, Zeug, das sich nicht leicht verteidigen ließ. Es war eine Menge, um es zu verarbeiten.

„Alles in Ordnung?", fragte ihn Cameron, während sie aus dem Café gingen.

„Nicht wirklich, aber das kommt schon in Ordnung. Ich wusste immer, dass sie irgendwie zu ihrer eigenen Musik getanzt hat. Und ehrlich, was habe ich denn erwartet? Dass es irgendeine magische Version der Geschichte gibt, in der meine Mutter nicht wie ein schlimmer Mensch wirkt? Sie hat uns aus selbstsüchtigen Gründen getrennt gehalten. Das ist unverzeihlich."

Cameron musste zustimmen. „Das stimmt, aber du kannst Akzeptanz finden. Das ist alles, worauf wir hoffen können. Also nimm dir Zeit, um alles zu empfinden, was du spürst, und dann versuch, weiterzuziehen. Es ist alles, was man tun kann."

Cam beäugte seinen Vater. „Du wirkst … ruhiger. Hat etwas an diesem Gespräch dir geholfen?"

„Auf jeden Fall. Ich verstehe endlich, weshalb sie getan hat, was sie getan hat. Und jetzt kann ich aufhören, mich zu fragen, was ich falsch gemacht habe. Die Antwort ist: nichts. Und genauso wenig du. Denk daran."

Cam nickte nachdenklich. Als sie in den Jeep stiegen, schaute Cam zu seinem Vater. „Weißt du was, Dad?"

„Was denn?"

„Ich hab dich lieb."

Cameron strahlte ihn an. „Ich dich auch. Jetzt wird es Zeit, rauszugehen und die Danvers-Schwestern zu suchen. Wir müssen auf eine Hochzeit."

KAPITEL 27

*A*melia Holiday stocherte in der Hochzeitstorte herum und versuchte, nicht so auszusehen, als ob sie bereit wäre, sich gleich im Sektbrunnen zu ertränken. Konnte es etwas Schlimmeres geben, als dazu gezwungen zu sein, am Valentinstag an einer Hochzeit teilzunehmen, wenn man gleichzeitig Single und schwanger war?

Dein Ex könnte hier sein. Das wäre schlimmer, sagte eine hilfreiche Stimme in ihrem Kopf.

„Schnauze", murmelte sie und betete, dass sie sich nicht gerade verflucht hatte.

Grayson Riley. Wie kam es, dass der Typ, mit dem sie vor ein paar Monaten eine heiße Affäre in Cape Cod gehabt hatte, ausgerechnet in Keating Hollow gelandet war? Sie wusste, dass sie feige war. An dem Tag, an dem er sie in der *Enchanted K-*Galerie gesucht hatte, war sie in Panik ausgebrochen. Sie hätte sich niemals hinter dem Tresen verstecken sollen. Es war die perfekte Gelegenheit für sie gewesen, um ihm die Neuigkeiten mitzuteilen, aber sie war völlig unvorbereitet gewesen.

Jetzt würde sie ihn aufspüren müssen, und wenn man

bedachte, dass sie ihn niemals hatte wiedersehen wollen, war das etwas, das sie gerne so weit wie möglich aufschob.

Sie schaute auf, versuchte, sich auf etwas anderes als ihre Gedanken an Grayson zu konzentrieren, und musterte die wunderbaren magisch verstärkten Dekorationen. Sie waren im Weingut der Familie Pelsh, vermutlich, weil es der einzige Ort war, der groß genug für eine Hochzeit war, die nicht draußen stattfand und an der mehr oder weniger die ganze Stadt teilnahm. Es bedeutete auch, dass sie Zugriff auf die mächtigsten Hexen der Stadt hatten, und die hatten sich alle ins Zeug gelegt.

Mitten auf jedem Tisch gab es Kerzen mit Flammen, die durch verschiedene Bilder von Shannon und Brian flackerten. Sie gingen von einem Zeitpunkt, an dem sie beide Kinder gewesen waren, bis zum heutigen Tag, und die Bilder erzählten eine Geschichte über ihre Lebenswege. Eisskulpturen in der Form von Kupidos waren nach der Trauung zum Leben erwacht und schossen zufällig ihre harmlosen Pfeile auf Leute auf der Tanzfläche. Aber Amelias liebste Verzauberung war die personalisierte Schokoladen-Bar. Man musste sich nur vorstellen, welche Art Schokolade man sich wünschte, und sie erschien aus dem Nichts.

„Amelia! Was machst du ganz allein?", fragte Hanna Pelsh, bewegte sich mit einer Sektflasche in der Hand auf sie zu.

„Ich schnappe nur mal nach Luft", erwiderte Amelia, die mit der Hand zur Tanzfläche wedelte. „Rex hat mich so oft rumgewirbelt, dass ich glaube, ich drehe mich immer noch im Kreis, wenn mein Kopf heute Abend auf dem Kissen liegt."

„Dein Bruder ist ein hervorragender Tänzer. Hat er das als Kind gelernt?", fragte Hanna.

„Nö. Ich glaube, er und Holly machen aber einen Tanzkurs. Sie sagt, sie hat eine Liste, die sie abarbeitet, irgendwie vierzig

Dinge, bevor man vierzig wird, oder so was. Und Rex schwärmt so von ihr, dass er ihr jeden Wunsch von den Augen abliest."

„Stimmt, das tut er." Holly ließ sich auf den Stuhl neben Amelia fallen. „Hey, Hanna. Wie geht's?"

„Gut." Sie hielt die Sektflasche hoch. „Brauchst du Nachschub?"

„Darauf kannst du wetten." Sie schob ihr Glas und das von Amelia rüber zu Hanna. „Beide vollmachen, bitte."

„O nein. Für mich nichts." Amelia warf Holly einen entgeisterten Blick zu. Sie wusste doch, dass Amelia nichts trinken konnte.

„Entspann dich, sie sind beide für mich", sagte Holly und zwinkerte Amelia zu. „Ich muss Flüssigkeit zu mir nehmen, nachdem ich so viel getanzt habe."

„Klar. Und so funktioniert das", scherzte Amelia.

Doch die Wahrheit war, dass Amelia neidisch war, dass sie nicht mitmachen konnte. Sie liebte Sekt, aber man musste Opfer bringen, wenn man schwanger war.

Bevor Amelia es sich versah, war sie von fröhlichen Paaren umgeben. Während die frisch verheirateten Brian und Shannon vermutlich weg waren, um ihre Ehe irgendwo in einem stillen Kämmerlein zu vollziehen, war Rex Holly gefolgt und hatte Platz genommen. Und sie hatten Yvette und Jacob angezogen, gefolgt von Abby und Clay und Wanda und Cameron. Überall waren Paare. War denn in Keating Hollow niemand Single? Sie begann es ernsthaft zu bezweifeln.

Alle fingen sie gleichzeitig an zu tratschen. Yvette und Jacob hatten gerade ihre letzten Papiere abgegeben, um ein Kind zu adoptieren, Abby plauderte davon, wie sehr sie es liebte, schwanger zu sein, und Wanda erzählte ihnen allen von dem Haus, das sie und Cameron bauen wollten.

Zu einem anderen Zeitpunkt ihres Lebens wäre Amelia begeistert gewesen, nicht nur zuzuhören, sondern sich aktiv in die ganzen guten Nachrichten einzubringen. Amelia liebte normalerweise Hochzeiten und Babys, und sie war bei mehr als ein paar ihrer Freundinnen Kupplerin gewesen. Es ließ sich nicht verleugnen, dass sie im Herzen eine Romantikerin war. Tatsächlich war sie diejenige, die Weihnachtsromanzen im Fernsehen schon im Oktober anfing, und erst im Januar aufhörte, wenn wieder Krimis liefen.

Leider war ihr vor ein paar Monaten das Herz gebrochen worden, und sie hatte sich immer noch nicht erholt. Ein Teil des Problems war, dass sie den Beweis dieser Beziehung weitere fünf Monate mit sich herumschleppen würde, darum war es schwer, ihn zu vergessen.

„Amelia, hast du schon angefangen, an deinem Kinderzimmer zu arbeiten?", fragte Abby, die herüberrückte, damit sie nicht über den ganzen Lärm der Party schreien musste.

„Ja, schon." Amelia spürte, wie ihr ein Lächeln auf die Lippen trat und die ganze Anspannung von ihren Schultern abfiel. Trotz all der Nervosität, die sie wegen Grayson verspürte, freute sie sich immer, über den Weg ihrer Schwangerschaft zu reden. „Ich kann einfach nicht aufhören, Muster auf die Wände zu sprayen."

„Da macht sie keine Witze", rief Rex über den Tisch. „Meine Schwester hat einen ganzen Zoo für dieses Kind gebaut."

Amelia lachte leise und legte die Hände auf ihren kleinen Babybauch. „Ich kann nicht anders. Ich fange an zu malen, und die Zeit verfliegt einfach."

„Ha. So werde ich in meinem Studio, wenn ich an neuen Formeln oder Lotionen arbeite", sagte Abby. „Hör mal, wenn du dich irgendwann mal treffen und über Babykram reden willst, würde mir ein vorgeburtliches Spieltreffen nur für uns Mütter gefallen. Was meinst du?"

„Würde ich total gerne." Amelia meinte auch jedes Wort ernst. Sie mochte Abby Townsend. Und wenn Amelia es richtig anstellte, könnte sogar ein Golfmobilrennen dabei herausspringen.

Schließlich löste Amelia sich von der Insel der Glückseligkeit an diesem Tisch und kehrte zur Schokoladen-Bar zurück. Sie aß mehr als nur ihren Anteil an Schokolade mit Karamellüberzug, während sie Shannons Bruder Silas Ansell und seinen Freund Levi auf der Tanzfläche sah. Sie tanzten ganz langsam und wirkten genauso verliebt wie die Paare, die sie an ihrem Tisch zurückgelassen hatte. Neben ihnen versuchten es Cam Berry und seine Freundin Blake, aber sie traten einander ständig auf die Füße. Jedes Mal, wenn das passierte, bekamen sie einen Lachanfall.

Ihr Herz schwoll an, als sie sie alle beobachtete. So sollte Liebe doch aussehen. Keine Anrufe, um sich für Sex zu treffen, und Zusagen, dass man sich nicht binden würde. Sie biss die Zähne aufeinander, wenn sie nur an diesen dummen Pakt dachte, den sie mit Grayson geschlossen hatte. Na ja, sie musste es ausbaden, denn sie hatte sich schließlich doch binden lassen.

„Amelia?"

Sie hätte schwören können, dass nur der Gedanke an ihn sie seine Stimme hören ließ. Sie schüttelte den Kopf, versuchte, die Erinnerungen abzuschütteln, die sich dort herumtrieben.

„Amelia", hörte sie noch einmal, und diesmal drehte sie sich um und sah ihn direkt auf sich zukommen. Sie schaute sich schnell nach Deckung um, genauso wie in der Galerie vor ein paar Wochen, nur dass es jetzt schlimmer als nur töricht war.

Er hatte sie bereits gesehen. Es war ja nicht, als könnte sie einfach unter dem Tisch abtauchen.

„Grayson", stieß ich keuchend aus. „Was machst du denn hier?"

„Ich arbeite hier", sagte er, wirkte attraktiver denn je in seiner einfachen schwarzen Wollhose und dem anliegenden weißen Hemd. Mit seinen breiten Schultern, schmalen Hüften, den köstlichen Bauchmuskeln und diesem verdammten Grübchen, das Dinge mit ihr anstellte, über die sie gar nicht reden konnte, strahlte er Sex-Appeal aus.

„Ich meine, was machst du hier auf der Hochzeit, nicht ..." Sie schloss schnell den Mund, als ihr klar wurde, dass er gesagt hatte, er arbeitete hier. Wo hier? Dem Weinberg oder Keating Hollow?

„Ach, Brian hat mich eingeladen", sagte er. „Wir haben uns im Brauereipub getroffen und sofort verstanden. Er sagte, das wäre die Party des Jahres, und es sieht aus, als würde er sich nicht irren."

„Wo arbeitest du?", fragte sie. „Hier auf dem Weinberg oder hier in Keating Hollow?"

„Hier an der Westküste. Ich bin ein Handelsvertreter für einen Großhändler, der mit Restaurants arbeitet, die lokal gebrautes Bier, Wein und Cider anbieten. Die Townsends sind einer meiner Kunden."

Als Amelia zu schockiert war, um etwas zu sagen, fuhr er fort. „Ich habe gehört, du würdest in Keating Hollow arbeiten, also bin ich vor ein paar Wochen in die Stadt gekommen, um dich zu treffen, aber es stellte sich heraus, dass du ziemlich schwer aufzuspüren bist. Es tut mir leid, dass ich dich verpasst habe. Du siehst unfassbar gut aus. Ganz weich und üppig und ... Verdammt, jetzt will ich dich. Wie immer." Er warf ihr dieses sexy schiefe Grinsen zu, das es niemals verfehlte, sie in sein Bett zu locken.

Aber diesmal nicht. Diesmal würde sie stark sein.

Er bewegte sich, bis er gleich hinter ihr war, und legte ihr eine Hand auf den Oberschenkel. Ihr Körper begann vor reiner Vorfreude zu prickeln.

„Ich hatte eine Vision, dass du heute Nacht in meinem Bett sein würdest", flüsterte er ihr ins Ohr.

Verlangen kroch ihr Rückgrat empor, und sie gab beinahe sofort an Ort und Stelle nach, aber auf gar keinen Fall konnte sie mit auf sein Zimmer. Nicht, bevor sie geredet nicht hatten. „Das ist witzig. Meine Vision zeigte mich allein in einer riesengroßen Badewanne mit viel Schaum."

Er beäugte sie argwöhnisch. „Du hast doch keine Visionen."

„Jetzt schon." Sie lächelte ihn süß an, denn es stimmte. Und es war außerdem verstörend. Sie hatte keine Ahnung, wie Leute mit Visionen klarkamen.

„Aber wie?" Er runzelte die Stirn. „Du bist eine Feuerhexe, keine Geisthexe. Das habe ich noch nie zuvor gehört."

„Es passiert manchmal mit Schwangeren", sagte sie. Ihre Stimme bebte, als sie die Worte herauszwang. Da. Sie hatte es gesagt.

Grayson erstarrte, dann senkte er langsam den Blick auf ihren Körper. „Sagst du, was ich glaube, das du sagst?"

Amelia legte die Hände auf ihren Körper, sorgte dafür, dass ihr seidenes Kleid ihren Babybauch zeigte. „Gratuliere, Grayson. Du wirst in etwa fünf Monaten Vater."

ÜBER DIE AUTORIN

Die *New York Times*- und *USA Today*-Bestseller-Autorin Deanna Chase ist gebürtige Kalifornierin, abgewandert ins südöstliche Louisiana, wo die Uhren etwas langsamer ticken. Wenn sie nicht gerade schreibt, genießt sie mit ihrem Mann das Leben in New Orleans oder spielt mit ihren Hunden, zwei Shih Tzus. Weitere Informationen und Updates zu ihren neuesten Büchern findet man auf ihrer Website www.deannachase.com